IAIÁ GARCIA

Livros do autor na Coleção **L&PM** POCKET

O alienista
Casa Velha
Contos
Contos fluminenses
Dom Casmurro
Esaú e Jacó
Helena
Iaiá Garcia
A mão e a luva
Memorial de Aires
Memórias póstumas de Brás Cubas
Quincas Borba
Ressurreição

MACHADO DE ASSIS

IAIÁ GARCIA

Fixação de texto, notas e posfácio de
FÁBIO AUGUSTO STEYER

Coordenação editorial, biografia do autor, cronologia e panorama do Rio de Janeiro por LUÍS AUGUSTO FISCHER

Texto cotejado com a edição crítica do Instituto Nacional do Livro, estabelecida pela Comissão Machado de Assis

www.lpm.com.br
L&PM POCKET

Coleção **L&PM** POCKET, vol. 75

Coordenação editorial, biografia do autor, cronologia e panorama do Rio de Janeiro por Luís Augusto Fischer

Fixação de texto, notas e posfácio de Fábio Augusto Steyer

Primeira edição na Coleção **L&PM** POCKET: janeiro de 1999
Primeira edição anotada na Coleção **L&PM** POCKET: abril de 2011
Esta reimpressão: abril de 2023

Capa: Ivan Pinheiro Machado sobre ilustração de Caulos
Revisão: Elisângela Rosa dos Santos, Lia Cremonese e Caren Capaverde
Mapa: Fernando Gonda

CIP-Brasil. Catalogação na Fonte
Sindicato Nacional dos Editores de Livros, RJ

A866i

Assis, Machado de, 1839-1908
Iaiá Garcia / Machado de Assis; fixação de texto, notas e posfácio de Fábio Augusto Steyer; coordenação editorial, biografia do autor, cronologia e panorama do Rio de Janeiro por Luís Augusto Fischer; texto cotejado com a edição crítica do Instituto Nacional do Livro, estabelecida pela Comissão Machado de Assis; [ilustrador Fernando Gonda]. – [Ed. Comentada]. – Porto Alegre, RS: L&PM, 2023.
224p. : il. (Coleção L&PM POCKET; v. 75)

Apêndice
ISBN 978-85-254-0722-1

1. Romance brasileiro. I. Steyer, Fabio Augusto. II. Fischer, Luís Augusto. III. Título. IV. Série.

10-3793. CDD: 869.93
CDU: 821.134.3(81)-3

Rua Comendador Coruja, 314, loja 9 – Floresta – 90.220-180
Porto Alegre – RS – Brasil / Fone: 51.3225.5777

Pedidos & Depto. comercial: vendas@lpm.com.br
Fale conosco: info@lpm.com.br
www.lpm.com.br

Impresso no Brasil
Outono de 2023

Sumário

SUMÁRIO

Nota sobre a edição

*Luís Augusto Fischer**

Esta edição dos romances de Machado de Assis, integrando a comemoração brasileira em torno do centenário de falecimento do grande escritor, pretende colaborar para uma leitura mais profunda e mais proveitosa de sua obra. A coleção abrange os nove romances tradicionalmente conhecidos do autor mais o texto *Casa Velha*, ora tratado como conto, ora como novela, que Machado em vida publicou apenas como folhetim, e que recebeu edição completa em livro somente em 1944, por Lúcia Miguel Pereira, texto que nós, seguindo a opinião de especialistas como John Gledson, acolhemos na galeria de seus romances.

Muitos deles foram primeiro publicados de forma seriada, em revistas, para só depois aparecerem em livro. São eles, por ordem de redação:

Romance	Publicação seriada	Publicação em livro
Ressurreição	(sem edição seriada)	1872
A mão e a luva	Jornal *O Globo*, set-nov 1874	1874
Helena	Jornal *O Globo*, ago-set 1876	1876
Iaiá Garcia	Jornal *O Cruzeiro*, jan-mar 1878	1878
Memórias póstumas de Brás Cubas	*Revista Brasileira*, mar-dez 1880	1881

* Professor de Literatura Brasileira da UFRGS e autor de diversos livros, entre os quais *Machado e Borges*, *Literatura Brasileira: modos de usar*, *Dicionário de porto-alegrês* e o romance *Quatro negros*.

Casa Velha	Revista *A Estação*, jan 1885-fev 1886	1944 (póstuma)
Quincas Borba	Revista *A Estação*, 1886-1891	1891
Dom Casmurro	(sem edição seriada)	Dezembro de 1899 – o livro fica pronto em Paris. Janeiro de 1900 – o livro chega no Rio de Janeiro.
Esaú e Jacó	(sem edição seriada)	1904
Memorial de Aires	(sem edição seriada)	1908

Tendo em vista o leitor não especializado – o leitor escolar, o leitor universitário, o leitor leigo em geral –, esta edição coloca ao alcance de todos um texto criteriosamente revisado e enriquecido com alguns materiais ilustrativos. Como parte desse projeto, apresentamos aqui os critérios que organizaram a edição.

Quanto ao texto dos romances: como sabem todos os especialistas, a obra de Machado de Assis ainda hoje não recebeu uma edição crítica total; todas as edições que circulam padecem, em alguma medida, dessa ausência. Por isso, a L&PM tomou as seguintes precauções: primeiro, o texto foi cuidadosamente revisado, tomando em conta as edições Jackson e Aguilar, as mais completas em termos extensivos (mas ambas com muitos erros), assim como as edições Garnier, feitas ainda em vida pelo autor, e as edições da chamada Comissão Machado de Assis (instituída em 1958), que iniciaram o trabalho de edição crítica.

(b) Quanto à ortografia: como se sabe, depois do tempo de vida do autor e depois do trabalho da Comissão, houve reformas ortográficas que alteraram significativamente a ortografia da língua portuguesa. Isso significa que o texto das primeiras edições (Garnier), assim como o texto das edições mais completas (Jackson e Aguilar) e o da edição mais controlada cientificamente (a da Comissão) requerem atualização ortográfica. As providências que tomamos foram basicamente as seguintes: atualizamos a grafia de palavras ("dous" para "dois", por exemplo), incluindo os topônimos ("Rubicão" em lugar de "Rubicon") e a acentuação; utilizamos as formas aportuguesadas de termos estrangeiros incorporados ("almanack" para "almanaque", por exemplo), salvo em casos em que o contexto impusesse a manutenção da forma original; grafamos as formas de tratamentos e as abreviaturas conforme a regra atual; introduzimos sistematicamente o travessão nos diálogos quando da passagem do discurso direto, do personagem, para o relato do narrador e vice-versa; em alguns poucos casos, introduzimos ou retiramos vírgulas que marcam adjuntos adverbiais longos; e introduzimos vírgulas em orações de evidente caráter explicativo, isto é, não restritivo. Não se tratou nunca de alterar vocabulário eventualmente desusado, nem de mudar características expressivas da pontuação do autor (que, por exemplo, usa abundantemente vírgulas não obrigatórias e não totalmente canônicas para separar predicados referidos ao mesmo sujeito); em todos os casos, a intenção foi a de tornar fluente a leitura para o leitor do português de nosso tempo.

(c) Quanto às notas: foram apostas notas de rodapé nos seguintes casos – (1) tradução linear de citações em língua estrangeira; (2) esclarecimento sumário, com pequenas notas biográficas das personalidades mencionadas no texto, bem como de autores citados; (3) esclarecimento de alguma palavra desconhecida para o leitor médio e de importância vital para a compreensão do texto; (4) esclarecimento de algum eventual dado histórico ou geográfico indispensável à boa intelecção do texto. Não se tratou de esclarecer toda e qualquer palavra que o leitor médio ou escolar de hoje desconheça, mas de explicar palavras, dados ou referências específicas sem cujo conhecimento o texto não faz ou perde sentido.

Além dessas providências, dotamos os livros de um aparato destinado a contribuir para uma leitura proficiente: uma *biografia* sumária; uma *cronologia da vida e obra* de Machado, acrescida de episódios decisivos da vida brasileira e ocidental no período de vida dele; um *panorama do Rio de Janeiro* na época, contendo esclarecimentos sobre aspectos culturais e históricos hoje bastante distantes do leitor, relativos a horas do dia, horários das refeições, vestimenta, meios de transporte, dinheiro, diversões e aspectos da vida social do período; um *mapa* do Rio de Janeiro, em que são apontados os principais itens da geografia da cidade e do estado referidos no romance machadiano; por fim, um *ensaio crítico*, elaborado por especialista, que oferece ao leitor um panorama do debate que o livro despertou e continua despertando em seus leitores.

Pequena biografia de Machado de Assis

Luís Augusto Fischer

A vida do maior escritor brasileiro de todos os tempos ainda é bastante desconhecida, e talvez assim permaneça para sempre. Machado de Assis pouco escreveu diretamente sobre sua infância e juventude, e muitas vezes parece ter mesmo decidido silenciar sobre vários aspectos de sua vida pessoal. Para dar um exemplo: depois da morte da esposa, ele mandou destruir a correspondência que havia mantido com ela. Perdeu-se um material que certamente poderia ter contribuído para nós, seus pósteros, sabermos mais a respeito de sua intimidade. Mesmo na maturidade, quando se havia convertido em uma figura de prestígio público, há aspectos bastante obscuros de sua experiência. Quando começou seu problema de saúde? Por que ele não manteve laços claros com parentes seus e de seus pais? É verdade que ele renegava sua condição de descendente de escravos?

Essas perguntas e várias outras permanecem lamentavelmente sem resposta clara. Mas isso não desautoriza as perguntas: por mais que saibamos que a obra de arte nunca responde diretamente aos aspectos da vida real do autor, a vida de um grande artista sempre interessa, em alguma medida, para a compreensão de sua obra. Nem que seja para a gente admirar como é que o sujeito pôde, em meio a seus tormentos pessoais, inventar os mundos que inventou, flagrar as tantas coisas que flagrou.

Para quem gosta de encontrar paradoxos, a vida de Machado de Assis é um terreno promissor. Menino pobre, nascido no morro do Livramento, relativamente perto do Centro da cidade do Rio de Janeiro – a capital, sede dos poderes do Império do Brasil e por isso mesmo chamada de "a Corte", e a mais importante cidade brasileira de então –, numa situação social precária, subiu todos os degraus possíveis para quem contava apenas com seu trabalho, vindo a falecer em confortável situação econômica, sem nunca ter sujado as mãos em negócio escuso, numa história repleta de méritos próprios. Tornou-se nada menos que o mais importante escritor de sua época no país, reconhecido ainda em vida quase unanimemente, tudo isso coroado, como um símbolo final, com a eleição para a Presidência da Academia Brasileira de Letras. Num país que foi escravista até quando tal regime não era mais sequer rentável do ponto de vista econômico (1888), e em se tratando de um pobre descendente de escravos, Machado não é apenas um caso curioso; é uma das mais eloquentes exceções concebíveis.

Joaquim Maria Machado de Assis nasceu no Rio de Janeiro, em 1839 (21 de junho), filho de Francisco José de Assis, um pintor de paredes e dourador, mulato (filho, por sua vez, de escravos alforriados), e de uma portuguesa açoriana, imigrada menina para o Brasil, Maria Leopoldina Machado de Assis, que fazia serviços domésticos. Os dois sabiam ler e escrever, coisa bastante rara para sua condição social; casaram-se relativamente tarde: ela com 26 anos, ele com 32. Sua família – os pais, ele e uma irmãzinha mais nova, Maria, que morreu de sarampo antes dos cinco anos – formou-se na condição de agregada da família rica que vivia numa propriedade senhorial, no Livramento; pai e mãe trabalharam ali. Os padrinhos do menino foram gente dessa família, o que é mais um sintoma de sua condição humilde, porque era típico que filhos de agregados buscassem a proteção dos senhores mediante apadrinhamento.

Ficou órfão de mãe ainda menino, antes dos dez anos; o pai voltará a casar em 1854, quando Joaquim Maria andava pelos quinze anos; a nova esposa chamava-se Maria Inês, tinha sangue negro como o pai, e estava com 33 anos ao casar (Francisco estava com 46 anos e morreria não muitos anos depois disso). Não se tratava de gente miserável, mas pobre; seus avós e seus pais eram todos pessoas livres, isto é, não escravos, mas todos dependeram de algum tipo de proteção de gente de cima, pelo menos em alguma época de suas vidas. Em termos atuais, pertenceriam a um estrato inferior da classe média (supondo abaixo deles os escravos), ou a um estrato superior da classe baixa.

Para entender mais de perto esse quadro, é preciso pensar em uma realidade que para nós não é muito simples de conceber: um mundo em que cotidianamente se cruzavam nas ruas e nas casas indivíduos livres e outros escravos, sendo que entre os livres havia muitos com ascendência africana, visível na cor da pele. Como saber exatamente quem era o quê? E mais ainda: entre os livres havia muitos alforriados, quer dizer, libertados em seu período de vida; mas essa alforria em muitos casos era reversível, isto é, aquele antigo proprietário podia registrar, em documento de valor legal, que concedia a liberdade para seu escravo desde que este mantivesse bom comportamento, ou permanecesse servindo ao antigo dono até a morte, etc. Homens e mulheres livres desde sempre, como Joaquim Maria, seu pai e sua madrasta, podiam ser tomados como alforriados ou, pior ainda, como escravos, ao andarem pela rua; inversamente, escravos podiam ser tomados por homens livres, ao cruzarem a mesma rua.

Coloquemos na conta as datas de referência: em 1850 (Machado com onze anos), é editada uma lei que proíbe o tráfico de escravos, o que ao mesmo tempo fecha a fonte costumeira de mão de obra e complica a vida dos escravos aqui existentes e os que nasciam de ventre escravo, que agora tinham mais valor de mercado e por isso mesmo eram mais vigiados; em 1871 (Machado adulto, já com 32 anos, já funcionário público) sai a Lei do Ventre Livre, que demorou para ser aplicada mas que representou outra novidade importante, porque colocava um horizonte de tempo para a vigência da escravidão; e só em 1888 (Machado maduro, com quase cinquenta anos) viria a Lei Áurea, que acabou com a escravidão legal no Brasil.

Voltemos à meninice de nosso escritor. De poucos dados documentais se tem certeza; daí por diante há muita especulação. Uma delas sugere que ele teria renegado viver com a madrasta, que era quituteira e doceira. Mas essa renegação é pouco crível, já que na altura dos quinze anos ele começou a trabalhar regularmente, e pouco depois já estava morando fora da casa familiar. É certo também que estudou pouco tempo em escolas formais, mas soube continuar vivendo e aprendendo, o que incluiu o português, algum latim e o francês (mais adiante dominará o inglês e chegará a estudar o alemão e o grego clássico). Como fez esse caminho? Uma especulação fala de ele ter aprendido francês com um padeiro emigrado para cá. Teria sido sacristão, conforme outra dessas estimativas; teria vendido doces em uma escola (feitos, possivelmente, pela madrasta) em troca de assistir aulas; tudo é muito incerto em matéria de informação sobre sua infância e juventude.

Os biógrafos, para suprir essas lacunas, costumam recorrer ao que Machado escreveu nas crônicas, nas quais de vez em quando evocou aspectos não tanto pessoais, mas sim da cidade de sua infância, e na ficção, em que registrou algo da vida de menino (como no famoso "Conto de escola", que documenta uma sala de aula e a relação entre colegas) e algo talvez da vida da antiga propriedade senhorial de seus primeiros anos (como no romance *Casa Velha*). Trata-se de deduções possíveis, mas não totalmente confiáveis, que de todo modo ajudam a acercar-nos daquele período.

A parte bem documentada de sua vida, aquela que tem a ver com o que escreveu, começa aos quinze anos: nessa idade aparecem seus textos, primeiro poemas (todo mundo queria ser poeta em 1854, ele com quinze anos, auge do Romantismo), depois crítica literária e teatral. Nessa obra inicial se percebe já o metódico de sua atuação: Machado dá sempre a impressão de compensar com esforço e organização os aspectos arbitrários da vida. A poesia desse período não traz novidade, mas as crônicas e os ensaios sim, porque mostram o jovem intelectualmente impetuoso, dotado de um notável desejo de consertar o mundo – ele quer um teatro mais sério, recusando as grosserias do que nós chamaríamos de "pastelão"; ele quer o jornal como um meio de educação cívica do leitor; ele quer uma literatura envolvida com a vida do povo de seu país e de seu tempo. Tais ideias foram, de certa forma, mantidas ao longo da vida; mas o ímpeto arrefeceu, e aquele jovem de texto combativo deu lugar a um ironista que, como um personagem seu, tinha "tédio à controvérsia".

De todo modo, antes dos dezoito anos já o encontramos trabalhando, algum tempo como caixeiro no comércio, depois como aprendiz de tipógrafo na Tipografia Nacional. Daí por diante vamos encontrá-lo sempre metido em trabalhos letrados, atuando como revisor de editora e de jornal, como jornalista mesmo, e mais tarde ainda como funcionário público no campo administrativo. Uma figura imprescindível em sua vida, na altura dos dezessete anos, é Francisco de Paula Brito: editor, jornalista e, mais que isso, animador cultural, tinha idade para ser pai de Machado de Assis, e de certa forma foi seu tutor, nesse começo de vida intelectual. Mulato e defensor do fim dos preconceitos, Paula Brito reunia intelectuais e escritores, oferecendo em sua loja um raro ponto de encontro cultural na cidade, que serviu para Machado, o jovem pobre e esforçado, enturmar-se com gente já importante no mundo das letras e com jovens promissores, como Casimiro de Abreu. O jovem Joaquim Maria vive, assim, nas duas pontas do processo intelectual, como funcionário técnico (tipógrafo e revisor) e como autor. Ao contrário de gente como José de Alencar ou Casimiro de Abreu, escritores de família abastada, Machado só podia mesmo era trabalhar, duro e bastante.

O Rio de Janeiro de sua infância se modifica muito, com o passar do tempo. A cidade imunda dos anos 1830 conhece um surto de desenvolvimento forte com o auge da produção do café, nos anos 1850, momento que se acompanha de uma intensa sofisticação dos hábitos culturais da cidade, incluindo jornais novos, editoras, livrarias, teatro, música. A partir de 1870, começam a crescer duas campanhas que empolgaram as pessoas sensíveis: a luta pela Abolição e a batalha pela República. Na virada do século, no final da vida de Machado, a cidade conhece uma revolução urbanística, que modificou radicalmente o Centro e a antiga Zona Sul, derrubando casebres e construções coloniais para dar lugar a prédios de arquitetura requintada, na intenção de tornar o Rio uma metrópole modernizada, uma cidade que queria pensar-se como europeia, ainda que mantivesse na miséria dezenas de milhares de ex-escravos e pobres em geral.

Enquanto isso, Machado trabalhava, o tempo todo. Nem pensava em folgas, e quase nunca tirava férias. O período mais longo de repouso aconteceu por força de doença: na altura de seus quarenta anos teve uma crise que apareceu como um problema nos olhos (ele temeu ficar cego); pela mesma época, manifestou-se duramente a epilepsia, que já o acometia e que o acompanharia para sempre (parece haver relação entre as duas coisas, a cegueira temporária e a epilepsia). Por sorte, já estava casado com Carolina Xavier de Novais, uma mulher muito culta, portuguesa, que seria sua companhia até o fim da vida (ela morreu em 1904, e ele quatro anos depois). Estando acamado por aquela crise de saúde, foi para Carolina que ele ditou os primeiros capítulos da obra que marcaria uma tremenda mudança em sua escritura: as *Memórias póstumas de Brás Cubas*. Talvez essa crise de saúde tenha sido um motor, assim, para a radicalidade com que Machado forçou os limites da narrativa que até então praticara, dando lugar a uma estratégia de grande inventividade e incrível força crítica: um morto, Brás Cubas, resolve contar coisas sobre sua vida; e, como está morto, não precisa preservar nada, ninguém.

Em 1867 recebe uma comenda do Imperador (cavaleiro da Ordem da Rosa), o que indica seu relativo prestígio social, e entra para o serviço público, emprego estável e bem pago, o que deve ter sido uma bênção para quem vinha de baixo e queria ter condições de escrever criativamente. No ano seguinte, conheceu Carolina, e mais um ano depois, aos trinta anos, casa com ela. Daí por diante sua vida pessoal vai ser bastante serena: um casamento que parece ter sido muito amoroso e certamente foi produtivo para suas pretensões intelectuais e artísticas, junto com uma carreira funcional ascendente, que vai culminar na destacada condição de Diretor-Geral de Ministério. Não tira férias longas, não para de trabalhar, nem se aposenta. No ano de 1908, que marcará a edição de seu último e magnífico romance, *Memorial de Aires* (poucos meses antes de sua própria morte), Machado licencia-se para tratar da saúde, que já andava precária. Tinha 69 anos, uma vasta e já reconhecida obra, e uma carreira exemplarmente bem-sucedida na burocracia do serviço público.

Quase não dá para imaginar uma conciliação entre essa serena e metódica figura com o criativo e ousado escritor que sacudiu a serenidade do romance de amor em *Dom Casmurro* (1900) ao inscrever nas entrelinhas o vírus letal do ciúme, a terrível sensação de traição que Bento Santiago alimenta a respeito de sua própria esposa, Capitu. É quase impossível imaginar que um sujeito tão afastado de preocupações menores, tão distante dos arroubos nacionalistas que comoveram os de sua geração (tanto em sua juventude, com a moda indianista dos anos 1850 e 1860, quanto em sua maturidade, no episódio da luta pela República, nos anos 1880), um sujeito tão cosmopolita, fosse também um indivíduo tão pouco viajado. Como se sabe, mas custa crer, Machado nunca foi ao exterior, e o limite de suas andanças brasileiras foi Petrópolis e Vassouras, no estado do Rio, e Barbacena, já em Minas, cidades bastante próximas da capital federal de então.

Machado foi um elegante. De tudo o que dele se sabe, nunca usou expedientes escusos para encontrar seu lugar na sociedade brasileira ou na literatura de seu país. Não teve padrinhos a quem pudesse recorrer para conseguir favores ou subir posições sociais; não praticou as mesquinharias tão comuns no mundo artístico como plataforma para firmar-se na opinião pública. Tudo leva a crer que se trata realmente de um raro caso de cidadão brasileiro que veio muito de baixo e subiu por méritos próprios, sendo simultaneamente um artista de grande poder crítico. Essa trajetória autônoma mais se salienta se levarmos em conta que seus pais e avós viveram, pelo menos em parte de suas vidas, na dependência de alguém bem posicionado socialmente, precisando de algum favor.

É certo que ele, como sua cidade e o mundo, foi mudando ao longo do tempo. Em traços largos, pode-se dizer que Machado principia sua carreira como jornalista, poeta e dramaturgo, atividades que se desenvolvem ao longo dos anos 1860, época em que também faz algumas traduções do francês. Nos anos 1870, continua praticando poesia, mas vai deixando o drama e o jornalismo para concentrar suas atenções na crítica – nesses anos escreve um conjunto apreciável de ensaios ainda hoje interessantes – e na prosa narrativa. Depois de 1880, vai praticamente abandonar poesia e crítica para dedicar mais atenção à narrativa, em romances e contos, e à crônica, gênero que ele elevou a patamares inéditos. Quanto à visão de mundo, pode-se dizer que nosso autor passa de um liberalismo acentuado na juventude para uma posição cada vez mais desiludida e cética, motivo de fundo de sua ironia constante, aguda e sutil. Dá a impressão de que foi afinando seus instrumentos de análise da sociedade brasileira, o que lhe permite partir de uma visão relativamente ingênua e atingir essa condição superiormente irônica, ao mesmo tempo crítica, cética e radicalmente humana.

Joaquim Maria Machado de Assis, muitas vezes referido com o apelido "Bruxo do Cosme Velho" – "bruxo" pela inventividade, por aquela espécie de feitiço que se encontra na obra dos grandes artistas, "Cosme Velho" por ser este o bairro do Rio de Janeiro em que ele viveu os últimos anos de sua vida –, não teve filhos, como aliás boa parte de seus maiores personagens: Brás Cubas, Quincas Borba, Bento Santiago, os gêmeos Pedro e Paulo, o conselheiro Aires. Debilitado, mas reconhecido no mundo intelectual, morreu no dia 29 de setembro de 1908. Por determinação expressa deixada antes da morte, foi enterrado no mesmo jazigo em que estava, fazia quatro anos, sua amada Carolina.

Cronologia: vida e obra de Machado de Assis

1822 **Brasil:** • Independência do Brasil

1839 **Vida e obra:** • Nasce Joaquim Maria Machado de Assis
Brasil: • Nasce Casimiro de Abreu (morto em 1860)
Mundo: • Nasce Paul Cézanne, pintor francês (morto em 1906)

1840 **Brasil:** • Dom Pedro II proclamado Imperador, aos quatorze anos • Fim da Cabanagem, no Pará • Introdução do daguerreótipo no Brasil (começos da fotografia)

1841 **Vida e obra:** • Nasce a irmã, Maria (que morre em 1845, de sarampo, antes dos cinco anos)
Brasil: • Fim da Balaiada, revolta popular, no Maranhão

1843 **Brasil:** • Primeira linha regular de navios entre o Rio de Janeiro e a França
Mundo: • "Conto de Natal", Charles Dickens (1812-1870)

1845 **Brasil:** • Fim da Revolução Farroupilha, no Rio Grande do Sul

1848 **Mundo:** • "Manifesto comunista", de Karl Marx (1818-1883) e Friedrich Engels (1820-1895) • Revolução na França: começo da Segunda República

1849 **Vida e obra:** • Morre sua mãe
Mundo: • Morre Edgar Allan Poe (1809-1849)

1850 **Brasil:** • Lei Eusébio de Queirós: extinção do tráfico de escravos • Lei de Terras • Nesta década, o piano torna-se frequente nas casas da elite carioca e brasileira

1851 **Brasil:** • Inauguração da linha a vapor transatlântica entre o Rio de Janeiro e Liverpool

1854 **Vida e obra:** • Estreia em jornal com um poema • Seu pai casa de novo, com Maria Inês, mulata, doceira e quituteira
Brasil: • Começo da iluminação a gás no Rio de Janeiro • É inaugurado o primeiro trecho da estrada de ferro entre o Rio de Janeiro e Petrópolis

1855 **Vida e obra:** • Começa a colaborar na *Marmota*, revista de Francisco de Paula Brito (1809-1861), que era impressor e livreiro
Brasil: • É organizada a Sociedade das Sumidades Carnavalescas, a primeira dedicada ao carnaval, contando com José de Alencar, Manuel Antônio de Almeida e outros entre os sócios, e o próprio Imperador e família como entusiastas

1856 **Vida e obra:** • Primeiro emprego, como caixeiro, com Paula Brito • Aprendiz de tipógrafo na Imprensa Nacional, função em que permanece até 1858 • Publicação das primeiras prosas ensaísticas
Brasil: • Lançamento de *A Confederação dos Tamoios*
Mundo: • Flaubert (1821-1880) publica *Madame Bovary*, na França

1857 **Vida e obra:** • Primeira tradução do francês, um poema de Lamartine
Brasil: • Dom Pedro II cria a Imperial Academia de Música e a Ópera Nacional • José de Alencar (1829-1877) publica *O guarani*
Mundo: • Charles Baudelaire (1821-1867) publica *As flores do mal*, na França

1858 **Vida e obra:** • Ensaio "O passado, o presente e o futuro da literatura" • Publicação de seu primeiro conto, "Três tesouros perdidos"

1859 **Vida e obra:** • Ensaios: "Ideias sobre o teatro" e "Aquarelas" • Emprego: redator de *O Espelho*, pela primeira vez remunerado para escrever • Conhece Charles Ribeyrolles (1812-1860), jornalista francês, republicano e culto; traduz para o português textos dele de *O Brasil pitoresco*
Mundo: • Charles Darwin (1809-1882) publica *A origem das espécies*, na Inglaterra

1861 **Vida e obra:** • Teatro: *Desencantos* • Tradução para o teatro, a primeira publicação em livro assinada por Machado: *Queda que as mulheres têm pelos tolos*, do francês Victor Hénaux
Brasil: • Início do processo de saneamento na cidade do Rio de Janeiro
Mundo: • Começa a Guerra Civil nos Estados Unidos (até 1865)

1862 **Mundo:** • Victor Hugo (1802-1885) publica *Os miseráveis*, na França

1863 **Vida e obra:** • Publica *Teatro de Machado de Assis*

1864 **Vida e obra:** • Teatro: *Quase ministro* • Primeiro livro de poesia: *Crisálidas*

1865 **Vida e obra:** • Ensaio: "O ideal do crítico"
Brasil: • Começa a Guerra de Brasil, Argentina e Uruguai contra o Paraguai
Mundo: • Libertação total dos escravos nos EUA, ao fim da Guerra Civil

1866 **Vida e obra:** • Teatro: *Os deuses de casaca* • Tradução: *Os trabalhadores do mar*, de Victor Hugo
Brasil: • José de Alencar (1829-1877) publica *Iracema*
Mundo: • Ligação telegráfica entre a Europa e a América • Dostoiévski (1821-1881), na Rússia, publica *Crime e castigo*

1867 **Vida e obra:** • Agraciado com a Ordem da Rosa, no grau de cavaleiro (o primeiro de seis graus), uma comenda concedida por Dom Pedro II para quem fosse reconhecido como sendo fiel ao Imperador e como tendo prestado bons serviços ao país • Nomeado ajudante do diretor do *Diário Oficial*; sai do jornalismo diário

1868 **Vida e obra:** • Conhece Carolina, irmã de seu amigo Faustino Xavier de Novais
Brasil: • Linhas de bonde sobre trilhos no Rio de Janeiro

1869 **Vida e obra:** • Falecimento de Faustino • Casamento com Carolina Augusta Xavier de Novais

1870 **Vida e obra:** • *Falenas*, poesia • Primeiro livro de contos: *Contos fluminenses* • Tradução: *Oliver Twist*, de Charles Dickens (parcial, a partir do francês)
Brasil: • Fim da Guerra do Paraguai • "Manifesto Republicano": começo da onda pró-República • Estreia *O guarani*, ópera de Carlos Gomes, baseada no romance de Alencar • *Espumas flutuantes*, poesias de Castro Alves

1871 **Brasil:** • Lei do Ventre Livre (também chamada Lei dos Ingênuos), em 28 de setembro
Mundo: • Comuna de Paris • Conclusão da unificação do Império alemão

1872 **Vida e obra:** • Primeiro romance: *Ressurreição*

1873 **Vida e obra:** • *Histórias da meia-noite*, contos • "Instinto de nacionalidade", ensaio • Ascensão na carreira: é nomeado primeiro-oficial da Secretaria de Agricultura, Comércio e Obras Públicas
Brasil: • I Congresso Republicano em Itu (SP) • Inauguração do cabo marítimo efetiva a ligação telegráfica entre o Brasil e a Europa

1874 **Vida e obra:** • *A mão e a luva*, romance

1875 **Vida e obra:** • *Americanas*, poesia
Brasil: • Onda de imigração de portugueses para o Rio na segunda metade desta década

1876 **Vida e obra:** • *Helena*, romance • Promovido a chefe de seção
Mundo: • Patente do telefone, por Graham Bell

1877 **Brasil:** • Rio de Janeiro e São Paulo são interligados por ferrovia • Dom Pedro II instala telefones entre o palácio e residências de ministros • Chiquinha Gonzaga compõe a polca "Atraente", um dos primeiros chorinhos • Morre José de Alencar
Mundo: • Primeira gravação de sons, por Thomas Edison

1878 **Vida e obra:** • *Iaiá Garcia* • Ensaio sobre *O primo Basílio*, de Eça de Queirós • Séria crise de saúde, que o obriga a uma temporada de descanso (de dezembro de 1878 a março de 1879)

1879 **Vida e obra:** • Ensaio: "A nova geração"
Brasil: • Inauguração da rede de iluminação elétrica na estação central da estrada de ferro Dom Pedro II
Mundo: • Thomas Edison cria a lâmpada incandescente durável

1880 **Vida e obra:** • Entra, a 6 de fevereiro, em licença de um mês, por estar sofrendo dos olhos. • Designado oficial de gabinete do Ministro da Agricultura

1881 **Vida e obra:** • *Memórias póstumas de Brás Cubas* em livro
Brasil: • *O mulato*, romance naturalista de Aluísio Azevedo (1857-1913)

Mundo: • *Retrato de uma senhora*, romance de Henry James (1843-1916)

1882 **Vida e obra:** • *Papéis avulsos*, contos • Licença de três meses para tratamento de saúde

1883 **Brasil:** • *O abolicionismo*, de Joaquim Nabuco (1849-1910)

1884 **Vida e obra:** • *Histórias sem data*, contos
Brasil: • *Meridionais*, poesia parnasiana de Alberto de Oliveira (1857-1937)

1885 **Vida e obra:** • *Casa Velha* (romance de publicação seriada; em livro só seria publicado em 1944)
Brasil: • Lei dos Sexagenários

1886 **Vida e obra:** • Começo da publicação seriada de *Quincas Borba* (até 1891, quando sai em livro)
Mundo: • *O médico e o monstro*, de R. L. Stevenson (1850-1894) • Primeiro veículo automotor movido a gasolina

1888 **Brasil:** • A Lei Áurea: fim da escravidão • *O Ateneu*, de Raul Pompeia (1863-1895) • *Poesias*, de Olavo Bilac (1865-1918)

1889 **Vida e obra:** • Promovido a diretor da Diretoria de Comércio na Secretaria da Agricultura
Brasil: • Proclamação da República, em 15 de novembro
Mundo: • Exposição Universal de Paris comemora o centenário da Revolução Francesa; o Brasil é a única monarquia a tomar parte no evento

1890 **Brasil:** • *O cortiço*, de Aluísio Azevedo (1857-1913)

1891 **Vida e obra:** • *Quincas Borba*, romance

1892 **Vida e obra:** • Promovido a diretor-geral do Ministério da Viação
Brasil: • O Rio de Janeiro passa a ser a primeira cidade sul-americana a contar com serviço de bondes elétricos

1893 **Brasil:** • *Broquéis*, poesia simbolista de Cruz e Sousa (1861-1898) • Revolta da Armada, no Rio de Janeiro, e Revolução Federalista no Rio Grande do Sul (até 1895)

1895 **Brasil:** • Primeira exibição de um filme no Brasil

1896 **Vida e obra:** • *Várias histórias*, contos • Escolhido por aclamação para dirigir a primeira sessão preparatória da fundação da Academia Brasileira de Letras
Brasil: • Guerra de Canudos (até o ano seguinte)

1897 **Brasil:** • Início das atividades da Academia Brasileira de Letras

1898 **Vida e obra:** • Com 31 anos de serviço público, é posto em disponibilidade (fica sem tarefas, mas recebendo) por não ter "formação técnica" • Ao final do ano, retorna à ativa, para sua felicidade

1899 **Vida e obra:** • *Páginas recolhidas*, contos
Brasil: • Chiquinha Gonzaga compõe "Ó, abre alas", a primeira marchinha carnavalesca
Mundo: • *A interpretação dos sonhos*, de Sigmund Freud (1856-1939)

1900 **Vida e obra:** • *Dom Casmurro*, romance

1901 **Vida e obra:** • *Poesias completas*

1902 **Brasil:** • Início da gravação de discos no Brasil • Início de uma grande reforma urbana do Rio de Janeiro, com o prefeito Pereira Passos • *Os sertões*, de Euclides da Cunha

1904 **Vida e obra:** • *Esaú e Jacó*, romance • Falece Carolina, sua esposa por 35 anos
Brasil: • Revolta da Vacina no Rio de Janeiro
Mundo: • Morre Anton Tchékhov (nascido em 1860), contista e dramaturgo russo

1905 **Mundo:** • Albert Einstein publica os artigos iniciais da Teoria da Relatividade

1906 **Vida e obra:** • *Relíquias de casa velha*, último livro de contos

1908 **Vida e obra:** • *Memorial de Aires*, último romance • Falecimento, em 29 de setembro
Brasil: • Centenário da chegada da Corte portuguesa ao Brasil • Nasce Guimarães Rosa

Panorama do Rio de Janeiro: alguns elementos para compreender o mundo de Machado de Assis

I – Vida cotidiana

Horas do dia

Horas Canônicas: horas definidas pelas práticas católicas, em que os religiosos rezam. As igrejas e capelas badalavam os sinos em algumas delas, de forma que era comum se organizar o dia por esses sons. Vale lembrar que até 1889, ano da Proclamação da República, o Brasil era um país oficialmente católico. As principais referências a horas canônicas são:

Laudes: o momento inicial do dia, o raiar do dia.
Prima, terça, sexta e **nona**: respectivamente 6h, 9h, 12h e 15h.
Véspera ou **Vésperas**: 18h.
Ave-marias: horário do fim da tarde, também conhecida como "hora do ângelus", anunciada por três badaladas que chamavam os fiéis para a oração.

Refeições

Antes de haver iluminação a gás (chegada ao Brasil em 1854), as tarefas noturnas eram feitas com iluminação a vela ou com lamparinas com óleo de baleia, duas formas precárias de prover luz. Isso significa que poucas tarefas podiam ser realizadas sem a luz natural; assim, as refeições eram feitas de dia. A luz elétrica (instalada no Brasil a partir de 1880, mas tornada comum apenas na virada do século) mudou o panorama: várias tarefas passaram a ser exequíveis à noite e as refeições puderam se estender até mais tarde. Vale lembrar que os romances de Machado de Assis, com exceção dos dois últimos, têm suas ações localizadas entre 1840 e 1870, aproximadamente.

Na educação dos seus filhos, feita em casa e com preceptores, Dom Pedro II estipulou: levantar-se às 6h; assistir à missa; almoço às 8h; ler e estudar; jantar às 14h; preparar lições; passear às 17h30min; cear às 21h; recolher-se às 21h30. Ao longo do século XIX, cada vez se oferecem mais alternativas para refeições na rua, em hotéis, pensões, bares, restaurantes, em horários mais variados que o das refeições caseiras.

Almoço: refeição feita por volta das 8h. Ou seja: aquilo que chamamos hoje café da manhã ou desjejum.
Jantar: a principal refeição do dia, servida às 14h, mais ou menos.
Merenda: refeição possível, sempre leve, ao cair da tarde ou no começo da noite.
Ceia: a última refeição do dia, servida em torno das 21h.

Roupas

Genericamente, o século XIX vai sofisticar muito a vestimenta feminina, envolvendo-a em fantasias que têm muito de erótico e que marcam um longo período de entronização da figura da mulher como delicada, misteriosa, desejável, vestida de modo meio celestial no sentido de viver como que fora do mundo cotidiano do trabalho. Quase no sentido oposto, o mesmo período vai simplificar a vestimenta masculina, sem que isso necessariamente signifique empobrecimento; haverá sofisticação nos tecidos e na composição do traje. Quanto aos tecidos, o século XIX vai criar uma gradativa distinção entre aqueles utilizados pelos homens e pelas mulheres: para elas, há os tecidos vaporosos, como organdi, musselina e tule; para eles, os mais grosseiros e ásperos, como o linho e a lã. Chita, de algodão, é o tecido mais simples; seda, veludo e lã são os mais nobres, ao lado de produtos sofisticados fabricados pela nova indústria têxtil, como brocados de ouro e prata, tecidos com flores coloridas, gazes, tules.

Claro que estamos falando das classes ricas, sobretudo as que viviam nas cidades, e apenas secundariamente nos referimos às classes médias urbanas, que desde sempre copiaram os modelos de cima, mas com atraso de anos. Os de baixo, particularmente os escravos, vestiam-se como era possível, com roupas de tecido grosseiro que apenas serviam para tapar o corpo; os escravos, mesmo os urbanos, não costumavam usar sapatos, pois era o item mais caro do vestuário e também uma forma de civilidade superior reservada apenas aos livres e aos libertos.

Podemos pensar em três fases para descrever as roupas do século XIX:

Primeira: após a chegada da família real portuguesa ao Rio, no começo de 1809, a cidade ganha um enorme prestígio, porque agora ali estará a vida da Corte, por definição uma vida sofisticada. As elites brasileiras até então concentravam-se nas cidades mais antigas e desenvolvidas, como Salvador ou Ouro Preto, ou em suas fazendas, no interior, em detrimento do Rio de Janeiro. O século XIX começou com uma moda tendendo ao simples; as mulheres deixaram de lado espartilhos, anáguas, saltos altos, e os vestidos passaram a ser mais simples. No entanto, nas cerimônias oficiais da corte no Rio a vestimenta ainda era modelada pela moda aristocrática do século XVIII. Homens vestem calções de pernas largas, com botas de montar; o chapéu masculino é o tricórnio. O **rodaque** – paletó comprido, quase atingindo os joelhos – aparece bastante na ficção do século XIX. No entanto, cairia de moda em meados do século, parecendo então uma vestimenta de gente modesta, não de gente rica.

Segunda: nas décadas de 1830 a 1860, uma onda de requinte tomou conta da moda. É abandonado o modelo de simplicidade; volta o espartilho, as mangas dos vestidos femininos serão enormes, e os vestidos se sobrepõem à **crinolina** (armação ampla e arredondada, que em meados do século passou a ser feita de aço); toda a roupa feminina terá muitas rendas e fitas, babados e folhos. Esse padrão conhecerá uma variação mais moderna nos anos 1870 e 1880, com os vestidos decotados, de cintura muito apertada, e com a crinolina reduzida às **anquinhas**, armações muito menores do que antes, arrematadas com um laço, nas costas, ressaltando a curva suave das ancas. A invenção da máquina de costura permitiu grande sofisticação nos trajes. Para os homens, a moda é a casaca, de abas longas atrás, e a cartola, que pode ser alta ou baixa. Em lugar dos antigos calções, agora só se usam calças.

Terceira: no fim do século, saem de moda as anquinhas, mas os chapéus crescem em importância, havendo de todos os tamanhos, conforme a formalidade da ocasião e a hora do dia. Para os homens, o traje se simplifica, o paletó substitui a casaca e entra na composição do terno – calça, colete e paletó do mesmo tecido –, assim como o chapéu de feltro substitui a cartola; a gravata preferencial ainda é em forma de borboleta, mas os mais sofisticados já começam a usar a gravata oblonga, semelhante às de hoje.

Meios de transporte

Transportes marítimos

Barca: embarcação a vapor simples, utilizada para percursos pequenos, como para ir até Petrópolis (ia-se da cidade do Rio até o fundo da baía e dali pegava-se um veículo de tração animal para subir a serra), Niterói (antiga Praia Grande) e outros destinos na baía de Guanabara.

Paquete: barco a vapor pequeno e veloz, de frequência mensal, que desde 1851 ligava o Rio (saindo do cais Pharoux) à Europa.

Transporte coletivo terrestre

Bonde: veículo de rodas que se movimentam dentro de trilhos por tração animal. Usado no Rio de Janeiro a partir de 1868.

Ônibus: a palavra (do latim *omnibus*, "para todos") designou primeiro uma carroça para passageiros e depois um bonde de tração animal.

Transporte individual terrestre

Cabriolé: carruagem pequena, leve e rápida, de duas rodas, capota móvel e puxada por apenas um cavalo. Mais moderno que o *landau* e o *coupé*. No Rio de Janeiro, o cabriolé ficou popular depois de 1839, mas há quem diga que chegou já em 1817.

Cadeirinha: meio de transporte que consiste em um assento com encosto, coberto e geralmente fechado, montado sobre dois longos varais paralelos que são conduzidos, à frente e à traseira, por escravos; liteira pequena. Usado no Brasil somente até os anos 1840.

Caleça ou **caleche**: antiga carruagem de quatro rodas, com dois assentos, um diante do outro, puxada por dois cavalos, com capota recolhível.

Carroça: veículo de quatro rodas, puxado por um ou dois bois, de feitio grosseiro, destinado ao transporte de mercadorias e também de pessoas. Aparece mais como "carro de bois".

Carruagem: nome genérico dos carros de tração animal; quando designa um meio de transporte específico, é um veículo de quatro rodas sobre molas, puxado por duas ou mais parelhas de animais, para transporte de passageiros, suas malas e bagagens, e para funções de correio. Também chamada de "diligência".

Coupé ou **cupê**: antiga e pequena carruagem fechada puxada por dois cavalos, de duas portas e geralmente dois lugares, com o cocheiro num banco à frente.

Faeton: carruagem leve, sem cobertura, de quatro rodas. O nome foi utilizado pela primeira vez em 1788. Os veículos desse tipo eram muitas vezes guiados pelos proprietários, em geral pessoas abastadas.

Fiacre: antiga carruagem de aluguel, normalmente puxada por um só cavalo.

Landau: carruagem de quatro rodas e dois bancos de passageiros que se defrontam, coberta com capota em fole dividida em duas seções que se podem arriar, levantar ou remover independentemente uma da outra. Puxado por quatro cavalos, era um carro dispendioso, só usado por gente muito abastada.

Sege: antiga carruagem fechada, de duas rodas e um só assento, com a frente fechada por cortinas ou vidraça e puxada por dois cavalos.

Tílburi: carro moderno, visto no Rio a partir de 1830, de duas rodas e dois assentos, com capota e sem boleia, puxado por um só animal.

Traquitana: carruagem com quatro rodas, um só banco para duas pessoas e a frente fechada por uma cortina.

Vitória: Carro macio e leve, com capota móvel, puxado por dois cavalos, surgido em meados do século XIX. As mais elegantes eram pretas, sem decoração.

Dinheiro

Pataca ou **patacão**: moeda antiga de prata que valia 320 réis.

Réis ou **reais**, plural de **real**: antiga base unitária do dinheiro usado no Brasil; as cédulas eram múltiplas e as moedas, frações de mil-réis.

Mil-réis: base unitária prática do meio circulante brasileiro.

Conto de réis: mil vezes mil-réis.

II – Diversões

Música

Poucos gêneros de música eram aceitos pelas classes cultas. Em primeiro lugar em matéria de sofisticação estava a música de concerto, sem letra, chamada "erudita" ou "clássica". No Brasil, havia pouca chance de cultivo dessa tradição, mas ela de todo modo existia, quando menos ao lado da música religiosa católica, também erudita e cultivada em igrejas e na Corte. A **ária** pertence ao mundo do canto erudito europeu: é um canto solo, em geral fazendo parte de uma narrativa maior (uma ópera, por exemplo). Em meados do século XIX, houve no Brasil uma febre de piano: importava-se o instrumento, e as famílias de posses faziam suas filhas aprenderem a tocá-lo para exibição em saraus. Nos salões das famílias de boa posição, fazia sucesso a **quadrilha**, dança coletiva, com evoluções previamente estabelecidas. Também era forte o prestígio da **valsa**, dança que acompanha o gênero musical de mesmo nome, de enorme sucesso no Brasil a partir de meados do século XIX; seu compasso ternário se presta a evoluções elegantes, mas seu andamento é vivo e o par dança enlaçado, o que a torna mais sensual que a quadrilha. No limite do tolerável pelas famílias da elite brasileira estava a **modinha**, um tipo de canção lírica nascida no mundo luso-brasileiro, quase sempre de tema amoroso mas também com alguns elementos mais picantes, que podia ser acompanhada de piano ou violão. O gênero também recebia composições sem letra, apenas para piano.

Entre os gêneros populares, em regra mais sacudidos e lascivos, o Brasil conheceu vários. O **cancã** é uma dança de cabaré, na verdade uma coreografia, alegre e meio acrobática, na qual as dançarinas jogam as pernas para o alto, num movimento que as faz erguer e sacudir as saias com as mãos. É dança francesa, de muito sucesso entre o público masculino, pelo aspecto sensual. Evidentemente não entrava em casa de família, nem em clubes sociais elegantes. O gênero mais empolgante desse grupo, que foi um furacão no plano da música popular, era a **polca**, atualmente chamada de "choro". De ritmo rápido, sensual e vibrante, era dançado pelo par enlaçado. Havia também o **tango** e outros gêneros dançantes populares, como a **mazurca** e o **schotisch** (o futuro xote), o **entrudo** e o **zé-pereira**. No final do século, um desenvolvimento combinado de polca, **habanera** e tango se chamou de **maxixe**, modalidade extremamente sensual e vibrante de música e dança. Esses gêneros todos se combinaram com variadas formas de batucada, no caminho do samba, que só define seus contornos nos anos 1910.

Lugares de passeio

A cidade do Rio de Janeiro foi vista desde sempre como um lugar lindo, paradisíaco, com inúmeras belezas naturais. Era o caso da baía de Guanabara, assim como das pequenas enseadas internas, como a de Botafogo, que Rubião admira no começo de *Quincas Borba*; era também o caso do morro do **Pão de Açúcar** (sem bondinho, que só seria colocado ali em 1912).

Além disso, algumas obras de engenharia logo se mostraram charmosas o suficiente para despertar interesse das pessoas, nativas ou estrangeiras, como foi o caso do **Jardim Botânico**, criado já em 1808, por Dom João VI, como um viveiro de plantas exóticas que ao longo dos anos se converteu num local de passeio e pesquisa botânica. O mesmo se pode dizer do **Passeio Público**, ainda mais antigo: foi projetado no século XVIII pelo famoso Mestre Valentim e reformado nos anos 1860 sob coordenação do engenheiro e paisagista francês Auguste Glaziou. Existente até hoje, ficava na beira do mar e permitia uma contemplação única da enseada da **Glória**. Hoje, pelos sucessivos aterros, fica bem dentro do traçado urbano, junto ao Aterro do Flamengo. Igualmente existente até hoje, o Campo de Santana, ou **Campo da Aclamação** (atualmente Praça da República), também era local de passeios, sobretudo depois do ajardinamento comandado pelo mesmo Glaziou.

Para passeios mais distantes, havia a chamada **Floresta da Tijuca**, mandada plantar por Dom Pedro II numa região que, na primeira metade do século XIX, era uma zona rural para passeios a cavalo. Outro destino era **Petrópolis** e outras localidades na serra. A família do imperador e muitos nobres e endinheirados para lá rumavam assim que o clima começava a esquentar, na entrada do verão, pois a cidade do Rio ficava empestada com os esgotos a céu aberto e as doenças tropicais. Essa gente retornava para a cidade quando o calor amainava, o que coincidia com a retomada das festas nos salões da Corte.

Entre todos os passeios urbanos, a **rua do Ouvidor** era o predileto. Dotada de poucos quarteirões, primeira rua do Rio a ter iluminação pública a gás, em 1854, mas calçada com paralelepípedos apenas em 1857 – antes seu piso era de pedras irregulares –, ela era todo um mundo. Antiga, do tempo colonial, ela foi o centro nervoso da inteligência, da moda e mesmo da política da Corte. Seu prestígio só arrefeceu quando foi aberta a avenida Rio Branco, no começo do século XX, e para esta moderna artéria se transferiu parte do comércio.

Na rua do Ouvidor se instalaram muitos dos principais jornais do Rio de Janeiro, que eram também os principais do país: *A Nação, Jornal do Comércio*, o *Diário de Notícias*, o republicano *O País*, a *Gazeta de Notícias*, etc. Também ali se fixaram revistas e se inventaram movimentos literários, como o Simbolismo. Na redação da *Revista Brasileira*, em 1896, foi criada a Academia Brasileira de Letras. Na rua do Ouvidor estavam as principais livrarias e editoras, como as de Laemmert, Garnier e Francisco Alves; o primeiro vendedor de livros antigos também nela abriu seu negócio.

Era lá que tinham suas lojas profissionais franceses do ramo da moda: o famoso cabeleireiro Desmarais, muitas costureiras trazidas diretamente de Paris, comerciantes de tecidos chiques, como Wallerstein, a florista Madame Finot, o fabricante de guarda-chuvas Villan. Era no Ouvidor que ficava a famosa confeitaria Carceler, de um francês com esse sobrenome (depois ela se mudou para ali perto, na rua Direita). Restaurantes, cafés, hotéis e pensões; lojas de charutos e estabelecimentos que vendiam sorvetes; magazines e alfaiatarias; joalherias e relojoarias; consultórios médicos e odontológicos;

lojas que venderam as primeiras máquinas de costura no Brasil, em 1853; até fotógrafos e, claro, a primeira experiência de "animatógrafo", mecanismo de projeção de imagens que é o pai do cinema; a Casa Edison, primeira gravadora de discos do país. Estamos falando, portanto, de tudo o que era refinado, moderno e cosmopolita nessa matéria, tudo isso em umas poucas quadras.

Salões, clubes, teatros e bibliotecas

Ao longo de todo o Segundo Império, foi comum as pessoas abastadas e nobres, e eventualmente estrangeiros e viajantes destacados, participarem de festas sofisticadas, que aconteciam nas casas de grandes proprietários rurais, altos burocratas, grandes comerciantes, nobres ricos. Eram os "salões": falava-se por exemplo no "salão da Marquesa de Abrantes" ou no "salão de Nabuco". Tratava-se de reuniões que não raro se compunham de jantar, após o qual acontecia um sarau, em que as filhas da família tocavam piano e cantavam alguma ária, uma canção lírica francesa (em francês, naturalmente) ou mesmo uma modinha brasileira. A seguir havia um baile, no qual se dançavam preferencialmente valsas e quadrilhas, e talvez alguns *schotisches*.

Nesses salões imperava a moda parisiense nos trajes e nos penteados. O período preferencial dessas reuniões era entre maio e setembro, os meses menos quentes, já que os demais eram passados em Petrópolis, cidade de clima mais ameno. O historiador Wanderley Pinho qualificou a rua do Ouvidor como "um salão a céu aberto", numa eloquente comparação.

Como havia uma corte imperial europeia em plena cidade tropical, também era esperável que nos palácios da família de Dom Pedro II se oferecessem festas pomposas. Mas não era o caso. Fosse por modéstia, fosse por temperamento menos cortesão ou por outro motivo, o certo é que o imperador brasileiro não gostava muito da vida mundana desses salões. O último baile do Paço, quer dizer, do Palácio Imperial, ocorreu em 1852, o que significa dizer que desse ano até 1889 não se promoveu tal festa no Palácio.

Nos salões também podia acontecer alguma encenação teatral, que, em regra, ocorria mesmo era nos teatros da cidade, palco de peças estrangeiras e nacionais e também de espetáculos de canto lírico e música orquestral. Nos teatros era possível assistir às funções na plateia, nas frisas (onde ficam os camarotes, entre os quais os dos nobres) ou, como era o caso dos espectadores com menos dinheiro, estudantes e alguns jovens candidatos ao mundo letrado, na galeria superior, conhecida como "torrinha", "poleiro" ou "paraíso", como havia no **Teatro Lírico** e no teatro que primeiro se chamou Real Teatro São João (inaugurado em 1813), depois Teatro São Pedro de Alcântara (1826), em seguida Teatro Constitucional e finalmente, após 1923, Teatro João Caetano.

Outro teatro importante no Rio de Machado era o teatro **Ginásio Dramático**, nascido como Teatro de São Francisco em 1832, que após 1855 se notabilizou por levar peças modernas, do chamado realismo francês, para público exigente, peças mais discretas e mais profundas do que os dramalhões – exatamente como queria o jovem crítico teatral Machado de Assis. Outros teatros do período eram o **São Januário** e o **Provisório**, nome popular do Teatro Lírico Fluminense. Os dramalhões, ao lado das comédias populares, do teatro musical e das encenações e atrações meio circenses (o chamado "teatro de variedades" ou *vaudevilles*), faziam o gosto da população mais simples, que se divertia também nos cafés-concerto ou cafés-cantantes, nos cabarés e casas de diversão noturna. O teatro **Alcazar Lírico** era o palco preferencial desses espetáculos para populares. Vale registrar que a partir de 1845, mais ou menos, alguns dos teatros promoviam bailes de máscaras, ligados ou não ao período do carnaval.

Falando em carnaval: pode-se mencionar o miolo do século XIX como um marco na evolução de sua história. Entre as classes populares ainda vigorava a brincadeira do entrudo: as pessoas levavam para a rua bolas ocas de cera contendo líquidos mais ou menos suspeitos, que eram lançados contra qualquer passante. Entre as elites, o carnaval veio com a marca dos bailes, precedidos de ceias, nos quais se dançava ao som de vários gêneros musicais. Em 1885 inicia-se outra prática, que terá muito futuro: o desfile de carros, com pessoas fantasiadas que cantavam letras eventualmente satíricas.

Para os mais sofisticados e de posição social superior, outra diversão eram os clubes. Um deles é registrado por Machado de Assis, que o frequentou, não por rico mas por culto: o **Clube Fluminense**. Houve também um Cassino Fluminense, na rua da Glória, que abrigou o **Club Beethoven**, dedicado à música erudita, como o **Clube Schubert**, da comunidade alemã que vivia no Rio.

Para o jovem Machado de Assis, houve outra instituição de enorme valor, por proporcionar diversão e contato social. Foi a **Sociedade Petalógica**, que de sociedade tinha apenas o nome e a prática das reuniões, pois jamais foi uma instituição formal. Era o nome meio pomposo e meio brincalhão ("peta" quer dizer "mentira", "fofoca") dado às reuniões espontâneas que aconteciam na livraria do principal animador cultural, **Francisco de Paula Brito**, impressor, livreiro, editor da revista *Marmota* e escritor, hoje conhecido como o primeiro empregador do jovem Machado de Assis. Escritores já publicados e candidatos a escritor ali conviviam com atores e políticos, para trocar ideias e conversar, numa cidade que dispunha então de poucos pontos de convivência culta. Durou até a morte de Paula Brito, em 1861.

Finalmente, outra instituição importante para a vida cultural era a biblioteca. De importantes, havia a **Biblioteca Nacional**, composta basicamente pelo acervo trazido pela família real portuguesa e funcionando aberta ao público desde 1814, e a generosa biblioteca do **Gabinete Português de Leitura**, instituição criada por comerciantes lusos que viviam no Rio, fundada em 1837, onde Machado passou boas horas de leitura e aprendizado.

Jogos e práticas de salão

Rapé ou **charuto**: o século XIX viu uma mudança no que se refere ao hábito do tabaco: foi a transição do rapé ao charuto. O rapé foi moda que se espalhou no século XVIII; tratava-se de fumo em pó, guardado em caixinhas artísticas, que os homens e algumas mulheres levavam consigo ou que ficavam à disposição. O fumo era inalado, em pequenas porções. No começo da moda, raspava-se rolos de fumo em raladores de marfim e o pó era sorvido em pequenas colheres; depois, com raladores assim ou mais simples, o rapé passou a ser apanhado com as pontas dos dedos. Esse uso de cheirar o fumo sucedeu a primeira onda referente ao tabaco, que era fumá-lo em cachimbos. Ao longo do século XIX, o rapé foi substituído pelo charuto, e na altura de 1850 só os velhos e os que viviam em pequenas cidades ou no mundo rural mantinham a prática do rapé, vista cada vez mais como algo do passado; a juventude ligada ao tabaco apreciava o charuto. Também na altura da metade do século, começou a se difundir o cigarro, ainda não industrializado: era vendido o fumo e o papel (ou a palha seca de milho), e o fumante preparava cada cigarro – mais barato que o charuto.

Jogos: *o **whist*** ou **uíste** era muito difundido no século XVIII e mais ainda no século XIX. Trata-se de um ancestral do bridge, disputado com um baralho de 52 cartas dividido por quatro jogadores em duas parcerias. Havia também o **voltarete**: um antigo jogo com baralho de quarenta cartas e três parceiros que recebem, cada um, nove cartas, restando treze na mesa para compras. O ***poker***, abrasileirado para **pôquer**, surgiu no Brasil na segunda metade do século XIX. Havia também outros jogos de salão ainda hoje conhecidos, como o gamão, o jogo de damas e o ancestral xadrez.

Leques e buquês: as mulheres dispunham de dois elementos decorativos que se tornaram parte do trato social entre as pessoas bem colocadas socialmente. O buquê de flores, naturais ou artificiais, acompanhava as moças e as damas nos salões; podia ser um ramalhete atado com fita ou, nos casos mais sofisticados, uma verdadeira joia, com flores armadas com suportes de ouro, marfim e madrepérola. O outro item fundamental para a mulher elegante era o leque ou ventarola. Podia ser simples, com tecido simples e armação de madeira, ou sofisticado, com a utilização de rendas ou tecidos bordados ou pintados, em suporte de marfim e mesmo de ouro. Havia todo um código de namoro envolvendo a utilização do leque, nos salões elegantes: ao colocar o leque sobre o coração, a moça estaria dizendo a seu admirador que o amava; ao tocar com o leque a face direita estaria dizendo "sim", e na face esquerda "não", e assim por diante. Outros elementos que compunham a figura feminina nesse nível social eram o lenço, a sombrinha e a bolsa.

III – Vida social

O Rio de Janeiro representou um universo peculiar em matéria de convivência social, por ser uma grande cidade, nascida e desenvolvida como um importante porto internacional, dentro de uma generosa baía (capaz de acolher navios de todo tamanho), e ao mesmo tempo foi cenário do terrível espetáculo da escravidão urbana, que o Brasil manteve por muito tempo e numa proporção muito grande. O censo de 1872 registra 17,8% de escravos na população do "município da Corte". Na província do Rio de Janeiro como um todo, o percentual era de 32,3%, o mais alto do país, em função do emprego ainda expressivo de escravos nos cafezais. Isso, vale salientar, é uma contagem feita depois das duas grandes leis de cunho abolicionista anteriores à Lei Áurea: a Lei Eusébio de Queirós, de 1850, que proibiu o tráfico de escravos da África para o Brasil, e a Lei do Ventre Livre, de 1871, que declarou livres os filhos de escravas. Sabe-se que essas datas são referência certa, mas não definitiva, porque a lei de 1850 demorou talvez uma década para efetivar-se, e a de 1871 custou anos de debates para ser implementada. De todo modo, estamos falando de uma cidade em que quase metade da população é de origem africana (quer dizer, de origem escrava), e quase um quinto era escrava: de cada dez habitantes, cinco eram afrodescendentes, dois dos quais eram escravos.

Acresce que o Rio foi palco de uma outra singularidade histórica que moldou seu destino: sendo a capital de uma colônia, foi a sede escolhida pelo centro do poder imperial para o estabelecimento da burocracia portuguesa quando a Corte precisou sair de Portugal, às pressas, em fins de 1807. Portugal era um país secundário no contexto europeu, mas ainda assim europeu, e isso significava que em sua capital, Lisboa, havia os requintes da vida de uma grande cidade europeia, a começar da burocracia, passando pela vida cultural bastante exigente e chegando à condição de sede de embaixadas. E ocorreu que tudo isso, em maior ou menor grau, aterrissou no Rio de Janeiro, uma cidade muito acanhada que inchou e explodiu de tamanho e de importância no começo do século XIX. Alguns anos depois, com a Independência do Brasil, o mesmo Rio de Janeiro virou capital do novo país, que, mais uma vez singularmente, começou sua história nova como um império, e não como república – opção feita apenas pelo Brasil, em toda a América do Sul.

Vamos somando isso e temos uma imagem dessa cidade que Machado de Assis registra em sua ficção: porto internacional, lugar de comércio em larga escala, sede de grandes companhias de exportação e importação; sede da monarquia portuguesa e depois do Império brasileiro, com toda a sua burocracia e sua pompa; cidade moderna pelo contato direto com as novidades europeias; e finalmente cidade atrasadíssima em matéria social, pela manutenção de uma prática escravista condenada por todos, pelo menos desde a Revolução Francesa.

É preciso ainda lembrar a instituição da alforria. Escravos buscavam sua liberdade de várias formas. A mais radical era a fuga, complementada com a organização de quilombos, locais de organização social alternativa ao mundo das leis escravistas que existiram até mesmo em cidades como o Rio de Janeiro. Com o passar do século XIX, marcado pela pressão internacional e pelas lutas locais pela abolição, a alforria toma lugar de destaque como meio de obter liberdade.

A alforria tinha várias feições. Os veículos formais podiam ser uma declaração registrada em cartório, um testamento, uma declaração privada escrita ou até mesmo o registro de batismo, quando o senhor libertava o recém-nascido. Mas as condições da alforria eram muito variadas, podendo gerar uma série de constrangimentos sociais. Podia haver uma alforria incondicional, que libertava o sujeito sem mais; podia ser comprada, com o escravo ou alguma entidade abolicionista pagando ao dono um valor estipulado por este como indenização pelo valor do bem que era o escravo; havia também uma modalidade intermediária, a coartação, em que o escravo recebia o benefício de trabalhar por conta própria até acumular o dinheiro com que poderia comprar sua liberdade (era chamado "escravo de ganho"); e havia a alforria condicional, que limitava a liberdade concedida mediante obrigação do alforriado de continuar prestando serviços a seu dono até a morte deste, por exemplo.

Até a altura de 1860, todas as alforrias eram revogáveis, se é que dá para imaginar tal horror: um sujeito comprava sua liberdade, com esforço, ou era contemplado pela sorte de ser alforriado por uma velha senhora, digamos, e no dia seguinte sua condição podia ser revertida, por simples ato do antigo dono. Isso significa que até aquela década um escravo liberto nunca se livrava do fantasma do cativeiro. Por outro lado, havia alforrias concedidas contra a vontade do senhor: se o escravo conseguisse provar que sua servidão era ilegal, podia acionar o aparelho judiciário para ver cumprida a lei. Isso sem contar as alforrias por serviços, por exemplo na guerra.

Era nas cidades que os escravos tinham maiores chances de obter alforria, especialmente os que trabalhavam nas casas, os escravos domésticos. As mulheres tinham mais chance de obter a alforria do que os homens, e parece que mulatos e pardos conseguiam o benefício mais do que os negros. Finalmente, vale lembrar que a alforria funcionava também como um elemento de pressão ideológica sobre o escravo, que com a perspectiva de ganhar a liberdade tendia a ter comportamento dócil, submisso, como forma de captar a benevolência, que porém podia não vir.

Essa trama complexa de possibilidades dá uma boa ideia de como era a relação entre negros, mulatos e brancos, entre escravos e senhores, entre alforriados e livres no Rio de Janeiro de então. Pode-se imaginar o quanto valia o favor, o "jeitinho", a subserviência, que poderiam render benefícios que chegavam até à alforria, mas que não garantiam nada, pois o poder dos proprietários era absoluto.

Agregado: indivíduo não escravo, que podia ser um alforriado ou um homem livre, que vivia trabalhando em pequenas tarefas junto a seu senhor, como um funcionário doméstico, podendo desempenhar pequenos serviços de reparos e pintura ou, no caso das mulheres, serviços de costura e assemelhados (o pai e a mãe de Machado de Assis viviam nessa condição quando ele nasceu) até realizar trabalhos mais sutis (como é o caso de José Dias, em *Dom Casmurro*).

Alforria: libertação do escravo. A chamada "carta de alforria" era o instrumento legal desse procedimento.

Ama de leite: empregada doméstica, muitas vezes escrava, que tinha como função amamentar o recém-nascido da família proprietária ou contratadora.

Escravo de ganho: figura muito presente nas cidades brasileiras do período do Império, era o escravo colocado para trabalhar quase como autônomo, prestando serviços na rua ou em casas (como limpador, pintor, vendedor de algum produto, etc.), mas permanecendo vinculado a seu proprietário; ao final da jornada de trabalho, o escravo repassava o ganho do dia para o senhor, ficando com uma parte, muitas vezes economizada para a compra da alforria. Também chamado de *preto de ganho*.

Fâmulos: designação elegante e eufemística dos escravos domésticos.

Forro: escravo alforriado, que tinha ganhado (ou comprado) a alforria.

Moleque: designação genérica do menino escravo muito mais comum do que *pajem*.

Mucama: escrava doméstica.

Pajem: menino escravo ou eventualmente livre (talvez filho de escrava), encarregado de pequenos serviços domésticos, como levar e trazer os bilhetes que as personagens de ficção trocam entre si. Comumente chamado de *moleque*.

Pardo: como se chamava o mulato (palavra esta criada em analogia com *mula*, animal híbrido); o termo é usado em contraste com *preto*: este é o sujeito de pele escura, sem marca de ter ascendente europeu, enquanto aquele tem cor de pele menos escura, possuindo ascendente europeu.

Sinhá: termo usado inicialmente pelos de baixo para designar a senhora, a proprietária. "Iaiá", "Nhanhã", "Nhá" são algumas variações.

Sinhô: a forma popular de "senhor", isto é, o dono de escravos. Daí "Nhô" e outras variações.

Referências

Carvalho, José Murilo de. *D. Pedro II*. São Paulo: Cia. das Letras, 2007.

Coaracy, Vivaldo. *Memórias da cidade do Rio de Janeiro*. Rio de Janeiro: José Olympio, 1955.

Gerson, Brasil. *História das ruas do Rio*. Edição do texto, introdução e notas de Alexei Bueno. 5. ed. Rio de Janeiro: Lacerda Editora, 2000.

Lima, Evelyn F. Werneck. *Arquitetura do espetáculo:* teatros e cinemas da Praça Tiradentes e da Cinelândia. Rio de Janeiro: Editora da UFRJ, 2000.

Mello e Sousa, Gilda. *O espírito das roupas:* a moda no século dezenove. São Paulo: Cia. das Letras, 1987.

Moreira de Azevedo. *O Rio de Janeiro:* sua história, monumentos, homens notáveis, usos e curiosidades. 3. ed. 2 v. Rio de Janeiro: Livraria Brasiliana Editora, 1969.

Novais, Fernando (org.). *História da vida privada no Brasil*. São Paulo: Cia. das Letras, 1997. Volume 2: "Império: a corte e a modernidade nacional".

Pinho, Wanderley. *Salões e damas do Segundo Reinado*. 4. ed. São Paulo: Martins, 1970.

Renault, Delso. *Rio de Janeiro:* a vida da cidade refletida nos jornais. Rio de Janeiro: Civilização Brasileira, 1978.

Sevcenko, Nicolau. *Literatura como missão:* tensões sociais e criação cultural na Primeira República. São Paulo: Brasiliense, 1983.

Stiel, Waldemar Corrêa. *História do transporte urbano no Brasil*. Brasília: EBTU, 1984.

Vainfas, Ronaldo (org.). *Dicionário do Brasil Imperial (1822-1889)*. Rio de Janeiro: Objetiva, 2002.

Tijuca
Rio Comprido
Oceano Atlântico
Engenho Velho
Engenho Novo
Norte
Andaraí
Baía de Guanabara
Centro
Niterói
Fortaleza de Santa Cruz
Petrópolis
Serra dos Órgãos
Cantagalo
Laranjeiras
Botafogo
Praia de Botafogo
Rua de Olinda
Largo da Lapa
Catete
Praia Vermelha
Pão de Açúcar
Praia do Flamengo
Largo do Machado
Rua da Princesa
Ladeira da Glória
Baía de Guanabara
Rio de Janeiro
1860/1870

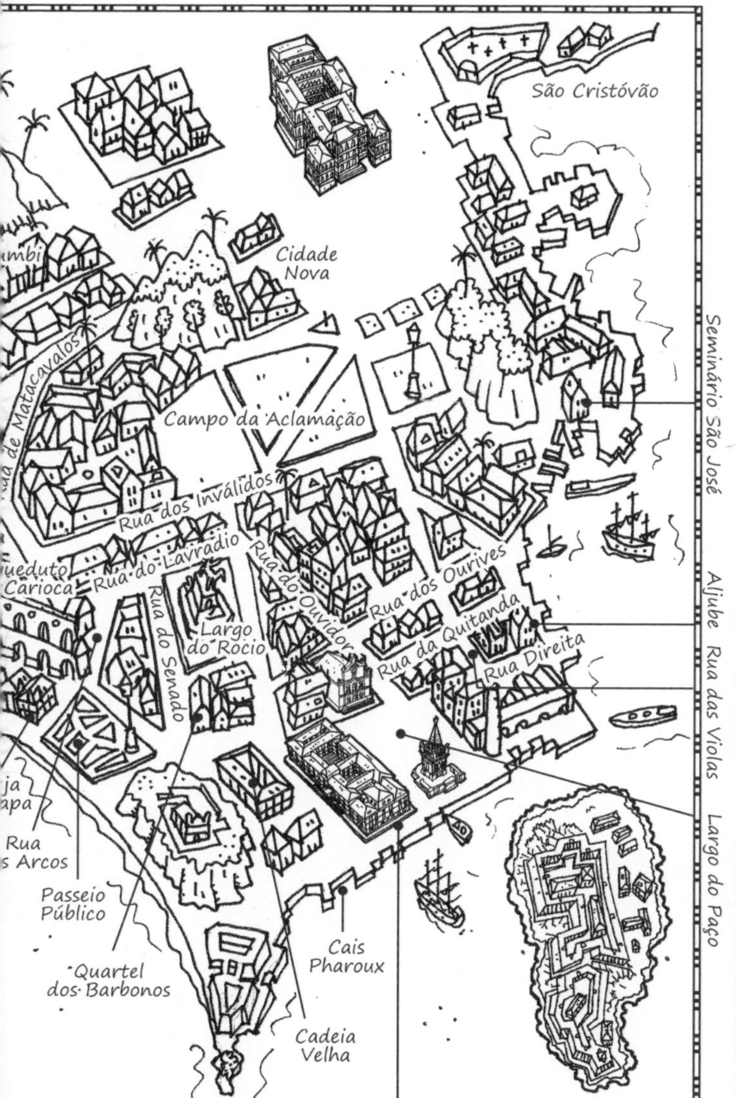

São Cristóvão
Cidade Nova
de Matacavalos
Campo da Aclamação
Rua dos Inválidos
Rua do Lavradio
Carioca
Rua do Ouvidor
Rua dos Ourives
Largo do Rocio
Rua do Senado
Rua da Quitanda
Rua Direita
Passeio Público
Quartel dos Barbonos
Cais Pharoux
Cadeia Velha
Seminário São José
Aljube
Rua das Violas
Largo do Paço
Palácio Imperial

IAIÁ GARCIA

Capítulo I

Luís Garcia transpunha a soleira da porta, para sair, quando apareceu um criado e lhe entregou esta carta:

> 5 de outubro de 1866.
> Sr. Luís Garcia – Peço-lhe o favor de vir falar-me hoje, de uma a duas horas da tarde. Preciso de seus conselhos, e talvez de seus obséquios.
>
> Valéria

– Diga que irei. A senhora está cá no morro?

– Não, senhor, está na rua dos Inválidos.

Luís Garcia era funcionário público. Desde 1860 elegera no lugar menos povoado de Santa Teresa uma habitação modesta, onde se meteu a si e a sua viuvez. Não era frade, mas queria como eles a solidão e o sossego. A solidão não era absoluta, nem o sossego ininterrompido; mas eram sempre maiores e mais certos que cá embaixo. Os frades, que, na puerícia da cidade, se tinham alojado nas outras colinas, desciam muita vez – ou quando o exigia o sacro ministério, ou quando o governo precisava da espada canônica –, e as ocasiões não eram raras; mas geralmente em derredor de suas casas não ia soar a voz da labutação civil. Luís Garcia podia dizer a mesma coisa; e, porque nenhuma vocação apostólica o incitava a abrir a outros a porta de seu refúgio, podia dizer-se que fundara um convento em que ele era quase toda a comunidade, desde prior até noviço.

No momento em que começa esta narrativa, tinha Luís Garcia 41 anos. Era alto e magro, um começo de calva, barba rapada, ar circunspecto. Suas maneiras eram frias, modestas e corteses; a fisionomia um pouco triste. Um observador atento podia adivinhar por trás daquela impassibilidade aparente ou contraída as ruínas de um coração desenganado. Assim era; a experiência, que foi precoce, produzira em Luís Garcia um estado de apatia e ceticismo, com seus laivos de desdém. O desdém não se revelava por nenhuma expressão exterior; era a ruga sardônica do coração. Por fora, havia só a máscara imóvel, o gesto lento e as atitudes tranquilas. Alguns poderiam temê-lo, outros detestá-lo, sem que merecesse execração nem temor. Era inofensivo por temperamento e por cálculo. Como um célebre eclesiástico, tinha para si que uma onça de paz vale mais que uma libra de vitória. Poucos lhe queriam deveras, e esses empregavam mal a afeição, que ele não retribuía com afeição igual, salvo duas exceções. Nem por isso era menos amigo de obsequiar. Luís Garcia amava a espécie e aborrecia o indivíduo. Quem recorria a seu préstimo era raro que não obtivesse favor. Obsequiava sem zelo, mas com eficácia, e tinha a particularidade de esquecer o benefício, antes que o beneficiado o esquecesse.

A vida de Luís Garcia era como a pessoa dele – taciturna e retraída. Não fazia nem recebia visitas. A casa era de poucos amigos; havia lá dentro a melancolia da solidão. Um só lugar podia chamar-se alegre; eram as poucas braças de quintal que Luís Garcia percorria e regava todas as manhãs. Erguia-se com o sol, tomava do regador, dava de beber às flores e à hortaliça; depois, recolhia-se e ia trabalhar antes do almoço, que era às oito horas. Almoçado, descia a passo lento até a repartição, onde, se tinha algum tempo, folheava rapidamente as gazetas do dia. Trabalhava silenciosamente, com a fria serenidade do método. Fechado o expediente, voltava logo para casa, detendo-se raras vezes em caminho. Ao chegar à casa, já o preto Raimundo lhe havia preparado a mesa – uma mesa de quatro a cinco palmos – sobre a qual punha o jantar, parco em número, medíocre na espécie, mas farto e saboroso para um estômago sem aspirações nem saudades. Ia dali ver as plantas e reler algum tomo truncado, até que a noite caía. Então, sentava-se a trabalhar até as nove horas, que era a hora do chá.

Não somente o teor da vida tinha essa uniformidade, mas também a casa participava dela. Cada móvel, cada objeto – ainda os ínfimos – parecia haver-se petrificado. A cortina, que usualmente era corrida a certa hora, como que se enfadava se lhe não deixavam passar o ar e a luz, à hora costumada; abriam-se as mesmas janelas e nunca outras. A regularidade era o estatuto comum. E, se o homem amoldara as coisas a seu jeito, não admira que amoldasse também o homem. Raimundo parecia feito expressamente para servir Luís Garcia. Era um preto de cinquenta anos, estatura mediana, forte, apesar de seus largos dias, um tipo de africano, submisso e dedicado. Era escravo e livre. Quando Luís Garcia o herdou de seu pai – não avultou mais o espólio –, deu-lhe logo carta de liberdade. Raimundo, nove anos mais velho que o senhor, carregara-o ao colo e amava-o como se fora seu filho. Vendo-se livre, pareceu-lhe que era um modo de o expelir de casa, e sentiu um impulso atrevido e generoso. Fez um gesto para rasgar a carta de alforria, mas arrependeu-se a tempo. Luís Garcia viu só a generosidade, não o atrevimento; palpou o afeto do escravo, sentiu-lhe o coração todo. Entre um e outro houve um pacto que para sempre os uniu.

– És livre – disse Luís Garcia –, viverás comigo até quando quiseres.

Raimundo foi dali em diante um como espírito externo de seu senhor; pensava por este e refletia-lhe o pensamento interior, em todas as suas ações, não menos silenciosas que pontuais. Luís Garcia não dava ordem nenhuma; tinha tudo à hora e no lugar competente. Raimundo, posto fosse o único servidor da casa, sobrava-lhe tempo, à tarde, para conversar com o antigo senhor, no jardinete, enquanto a noite vinha caindo. Ali falavam de seu pequeno mundo, das raras ocorrências domésticas, do tempo que devia fazer no dia seguinte, de uma ou outra circunstância exterior. Quando a noite caía de todo e a cidade abria os seus olhos de gás, recolhiam-se eles à casa, a passo lento, à ilharga um do outro.

– Raimundo hoje vai tocar, não é? – dizia às vezes o preto.

– Quando quiseres, meu velho.

Raimundo acendia as velas, ia buscar a marimba[1], caminhava para o jardim, onde se sentava a tocar e a cantarolar baixinho umas vozes de África, memórias desmaiadas da tribo em que nascera. O canto do preto não era de saudade; nenhuma de suas cantilenas vinha afinada na clave pesarosa. Alegres eram, guerreiras, entusiastas; por fim calava-se. O pensamento, em vez de volver ao berço africano, galgava a janela da sala em que Luís Garcia trabalhava e pousava sobre ele

1. Instrumento de percussão.

como um feitiço protetor. Quaisquer que fossem as diferenças civis e naturais entre os dois, as relações domésticas os tinham feito amigos.

Entretanto, das duas afeições de Luís Garcia, Raimundo era apenas a segunda; a primeira era uma filha.

Se o jardim era a parte mais alegre da casa, o domingo era o dia mais festivo da semana. No sábado, à tarde, acabado o jantar, descia Raimundo até a rua dos Arcos, a buscar a sinhá moça, que estava sendo educada em um colégio. Luís Garcia esperava por eles, sentado à porta ou encostado à janela, quando não era escondido em algum recanto da casa para fazer rir a pequena. Se a menina o não via à janela ou à porta, percebia que se escondera e corria a casa, onde não era difícil dar com ele, porque os recantos eram poucos. Então caíam nos braços um do outro. Luís Garcia pegava dela e sentava-a nos joelhos. Depois, beijava-a, tirava-lhe o chapelinho, que cobria os cabelos acastanhados e lhe tapava parte da testa rosada e fina; beijava-a outra vez, mas então nos cabelos e nos olhos, os olhos, que eram claros e filtravam uma luz insinuante e curiosa.

Contava onze anos e chamava-se Lina. O nome doméstico era Iaiá. No colégio, como as outras meninas lhe chamassem assim, e houvesse mais de uma com igual nome, acrescentavam-lhe o apelido de família. Esta era Iaiá Garcia. Era alta, delgada, travessa; possuía os movimentos súbitos e incoerentes da andorinha. A boca desabrochava facilmente em riso – um riso que ainda não toldavam as dissimulações da vida, nem ensurdeciam as ironias de outra idade. Longos e muitos eram os beijos trocados com o pai. Luís Garcia punha-a no chão, tornava a subi-la aos joelhos, até que consentia finalmente em separar-se dela por alguns instantes. Iaiá ia ter com o preto.

– Raimundo, o que é que você me guardou?

– Guardei uma coisa – respondia ele sorrindo. – Iaiá não é capaz de adivinhar o que é.

– É uma fruta.

– Não é.

– Um passarinho?

– Não adivinhou.

– Um doce?

– Que doce é?

– Não sei; dá cá o doce.

Raimundo negaceava ainda um pouco; mas afinal entregava a lembrança guardada. Era às vezes um confeito, outras uma fruta, um inseto esquisito, um molho de flores. Iaiá festejava a lembrança do escravo, dando saltos de alegria e de agradecimento. Raimundo olhava para ela, bebendo a felicidade que se lhe entornava dos olhos, como um jorro de água pura. Quando o presente era uma fruta ou um doce, a menina trincava-o logo, a olhar e a rir para o preto, a gesticular e a interromper-se de quando em quando:

– Muito bom! Raimundo é amigo de Iaiá... Viva Raimundo!

E seguia dali a mudar de roupa, e a visitar o resto da casa e o jardim. No jardim achava o pai já sentado no banco do costume, com uma das pernas sobre a outra e as mãos cruzadas sobre o joelho. Ia ter com ele, sentava-se, erguia-se, colhia uma flor, corria atrás dos insetos. De noite, não havia trabalho para Luís Garcia; a noite, como o dia seguinte, era toda consagrada à criança. Iaiá referia ao pai as anedotas do colégio, as puerilidades que não valem mais nem menos que outras da idade madura, as intriguinhas de nada, as pirraças de coisa nenhuma. Luís Garcia escutava-a com igual atenção à que prestaria a uma grande narrativa histórica. Seu magro rosto austero perdia a frieza e a indiferença; inclinado sobre a mesa, com os braços estendidos, as mãos da filha nas suas, considerava-se o mais venturoso dos homens. A narrativa da pequena era como costumam ser as da idade infantil: desigual e truncada, mas cheia de um colorido seu. Ele ouvia-a sem interromper; corrigia, sim, algum erro de prosódia ou alguma reflexão menos justa; fora disso, ouvia somente.

Pouco depois da madrugada todos três estavam de pé. O sol de Santa Teresa era o mesmo da rua dos Arcos; Iaiá, porém, achava-lhe alguma coisa mais ou melhor, quando o via entrar pela alcova adentro, através das persianas. Ia à janela que dava para uma parte do jardim. Via o pai bebendo a xícara de café, que aos domingos precedia o almoço. Às vezes ia ter com ele; outras vezes ele caminhava para a janela, e, com o peitoril de permeio, trocavam os ósculos[2] da saudação. Durante o dia, Iaiá derramava pela casa toda as sobras de vida que tinha em si. O rosto de Luís Garcia acendia-se de um reflexo de juventude, que lhe dissipava as sombras acumuladas pelo tempo. Raimundo vivia da alegria dos dois. Era domingo para todos três, e tanto o senhor como o antigo escravo não ficavam menos colegiais que a menina.

– Raimundo – dizia esta –, você gosta de santo de comer?

Raimundo empertigava o corpo, abria um riso, e, dando aos quadris e ao tronco o movimento de suas danças africanas, respondia cantarolando:

– Bonito santo! Santo gostoso!

– E santo de trabalhar?

Raimundo, que já esperava o reverso, estacava subitamente, punha a cabeça entre as mãos, e afastava-se murmurando com terror:

– Eh... eh... Não fala nesse santo, Iaiá! Não fala nesse santo!

– E santo de comer?

– Bonito santo! Santo gostoso!

E o preto repetia o primeiro jogo, depois o segundo, até que Iaiá, aborrecida, passava a outra coisa.

Não havia só recreio. Uma parte mínima do dia – pouco mais de uma hora – era consagrada ao exame do que Iaiá aprendera no colégio, durante os dias anteriores. Luís Garcia interrogava-a, fazia-a ler, contar e desenhar alguma coisa. A docilidade da menina encantava a alma do pai. Nenhum receio, nenhuma hesitação; respondia, lia ou desenhava, conforme lhe era mandado ou pedido.

– Papai quer ouvir tocar piano? – disse ela um dia. – Olhe, é assim.

E, com os dedos na borda da mesa, executava um trecho musical, sobre teclas ausentes. Luís Garcia sorriu, mas um véu lhe empanou os olhos. Iaiá não tinha piano! Era preciso dar-lhe um, ainda com sacrifício. Se ela aprendia no colégio, não era para tocar mais tarde em casa? Esse pensamento enraizou-se-lhe no

2. Beijos.

cérebro e turbou o resto do dia. No dia seguinte, Luís Garcia encheu-se de valor, pegou da caderneta da Caixa Econômica e foi retirar o dinheiro preciso para comprar um piano. Eram da filha as poucas economias que ajuntava; o piano era para ela igualmente; não lhe diminuía a herança.

Quando, no seguinte sábado, Iaiá viu o piano, que o pai lhe foi mostrar, sua alegria foi intensa, mas curta. O pai abrira-o, ela acordou as notas adormecidas no vasto móvel, com suas mãozinhas ainda incertas e débeis. A um dos lados do instrumento, com os olhos nela, Luís Garcia pagava-se do sacrifício, contemplando a satisfação da filha. Curta foi ela. Entre duas notas, Iaiá parou, olhou para o pai, para o piano, para os outros móveis; depois descaiu-lhe o rosto, disse que tinha uma vertigem. Luís Garcia ficou assustado, pegou dela, chamou Raimundo; a criança afirmou que estava melhor, e finalmente que a vertigem passara de todo. Luís Garcia respirou; os olhos de Iaiá não ficaram mais alegres, nem ela foi tão travessa como costumava ser.

A causa da mudança, desconhecida para Luís Garcia, era a penetração que madrugava no espírito da menina. Lembrara-se ela, repentinamente, das palavras que proferira e do gesto que fizera, no domingo anterior; por elas explicou a existência do piano; comparou-o, tão novo e lustroso, com os outros móveis da casa, modestos, usados, encardida a palhinha das cadeiras, roído do tempo e dos pés um velho tapete, contemporâneo do sofá. Dessa comparação extraiu a ideia do sacrifício que o pai devia ter feito para condescender com ela; ideia que a pôs triste, ainda que não por muito tempo, como sucede às tristezas pueris. A penetração madrugava, mas a dor moral fazia também irrupção naquela alma até agora isenta da jurisdição da fortuna.

Passou! Bem depressa os sons do piano vieram casar-se ao gorjeio de Iaiá e ao riso do escravo e do senhor. Era mais uma festa aos domingos. Iaiá confiou um dia ao pai a ideia que tinha de ser mestra de piano. Luís Garcia sorria a esses planos da meninice, tão frágeis e fugidios como suas impressões. Também ele os tivera aos dez anos. Que lhe ficara dessas primeiras ambições? Um resíduo e nada mais.

Mas, assim como as aspirações daquele tempo o fizeram feliz, era justo não dissuadir a filha de uma ambição, aliás inocente e modesta. Oxalá não viesse a ter outras de mais alto voo! Demais, que lhe poderia ele desejar, senão aquilo que a tornasse independente e lhe desse os meios de viver sem favor? Iaiá tinha por si a beleza e a instrução; podia não ser bastante para lhe dar casamento e família. Uma profissão honesta aparava os golpes possíveis da adversidade. Não se podia dizer que Iaiá tivesse talento musical: que importa? Para ensinar a gramática da arte, era suficiente conhecê-la.

Resta dizer que havia ainda uma terceira afeição de Iaiá; era Maria das Dores, a ama que a havia criado, uma pobre catarinense, para quem só havia duas devoções capazes de levar uma alma ao céu: Nossa Senhora e a filha de Luís Garcia. Ia ela de quando em quando à casa deste, nos dias em que era certo encontrar lá a menina, e ia de São Cristóvão, onde morava. Não descansou enquanto não alugou um casebre em Santa Teresa, para ficar mais perto da filha de criação. Um irmão, antigo furriel, que fizera a campanha contra Rosas[3], era seu companheiro de trabalho.

Tal era a vida uniforme e plácida de Luís Garcia. Nenhuma ambição, cobiça ou peleja vinha toldar-lhe a serenidade da alma. A última dor séria que tivera foi a morte da esposa, ocorrida em 1859, meses antes de ir-se ele esconder em Santa Teresa. O tempo, esse químico invisível, que dissolve, compõe, extrai e transforma todas as substâncias morais, acabou por matar no coração do viúvo, não a lembrança da mulher, mas a dor de a haver perdido. Importa dizer que as lágrimas derramadas nessa ocasião honraram a esposa morta, por serem conquista sua. Luís Garcia não casara por amor nem interesse; casara porque era amado. Foi um movimento generoso. A mulher não era de sua mesma índole; seus espíritos vinham de

---

3. Juan Manuel de Rosas (1793-1877), político argentino, foi governador de Buenos Aires com status de presidente da República. Derrotado na Batalha de Monte Caseros (1852), teve entre seus inimigos tropas do governo brasileiro.

pontos diferentes do horizonte. Mas a dedicação e o amor da esposa abriram nele a fonte da estima. Quando ela morreu, viu Luís Garcia que perdera um coração desinteressado e puro; consolou-o a esperança de que a filha havia herdado uma parcela dele.

Assim vivia esse homem cético, austero e bom, alheio às coisas estranhas, quando a carta de 5 de outubro de 1866 veio chamá-lo ao drama que este livro pretende narrar.

Capítulo II

A hora aprazada era incômoda para Luís Garcia, cujos hábitos de trabalho mal sofriam interrupção. Não obstante, foi à rua dos Inválidos.

Valéria Gomes era viúva de um desembargador honorário, falecido cerca de dois anos antes, a quem o pai de Luís Garcia devera alguns obséquios e a quem este prestara outros. Não havia entre ela e Luís Garcia relações assíduas ou estreitas; mas a viúva e seu finado marido sempre o tiveram em boa conta e o tratavam com muito carinho. Defunto o desembargador, Valéria recorrera duas ou três vezes aos serviços de Luís Garcia; contudo, era a primeira vez que o fazia com tamanha solenidade.

Valéria recebeu-o afetuosamente, estendendo-lhe a mão, ainda fresca, apesar dos anos, que subiam de 48. Era alta e robusta. A cabeça, forte e levantada, parecia protestar pela altivez da atitude contra a moleza e tristura dos olhos. Estes eram negros, a sobrancelha basta, o cabelo abundante, listrado de alguns fios de prata. Posto não andasse alegre nos últimos tempos, estava naquele dia singularmente preocupada. Logo que entraram na sala, deixou-se cair numa poltrona; caiu e ficou silenciosa alguns instantes. Luís Garcia sentou-se tranquilamente na cadeira que ela lhe designou.

– Senhor Luís Garcia – disse a viúva –, esta guerra do Paraguai é longa e ninguém sabe quando acabará. Vieram notícias hoje?

– Não me consta.

– As de ontem não me animaram nada – continuou a viúva depois de um instante. – Não creio na paz que o López[4] veio propor. Tenho medo que isto acabe mal.

– Pode ser, mas não dependendo de nós...

– Por que não? Eu creio que é chegado o momento de fazerem todas as mães um grande esforço e darem exemplos de valor, que não serão perdidos. Pela minha parte trabalho com o meu Jorge para que vá alistar-se como voluntário; podemos arranjar-lhe um posto de alferes ou tenente; voltará major ou coronel. Ele, entretanto, resiste até hoje; não é falta de coragem nem de patriotismo; sei que tem sentimentos generosos. Contudo, resiste.

– Que razão dá ele?

– Diz que não quer separar-se de mim.

– A razão é boa.

– Sim, porque também a mim custaria a separação. Mas não se trata do que eu ou ele podemos sentir: trata-se de coisa mais grave, da pátria, que está acima de nós.

Valéria proferiu essas palavras com certa animação, que a Luís Garcia pareceu mais simulada que sincera. Não acreditou no motivo público. O interesse que a viúva mostrava agora em relação à sorte da campanha era totalmente novo para ele. Excluído o motivo público, algum haveria que ela não quisera ou não podia revelar. Justificaria ele semelhante

---

4. Francisco Solano López (1827-1870) era o presidente paraguaio na época da Guerra do Paraguai, guerra entre este país e a Tríplice Aliança composta por Brasil, Argentina e Uruguai. Muita coisa estava em jogo, especialmente a definição de fronteiras entre Argentina, Paraguai e Brasil, assim como o controle da navegação pelos importantes rios da região (o Paraguai não tem saída marítima e por isso sempre dependeu dos rios internos ao continente para o comércio exterior). A guerra se estendeu entre dezembro de 1864 até março de 1870, tendo sido o maior conflito armado de toda a América do Sul. Dezenas de milhares de soldados foram mobilizados, e houve baixas em proporções impressionantes: calcula-se em 50 mil os mortos no exército e na marinha brasileiros, e em não menos do que 300 mil do lado paraguaio. A Guerra foi também marcante para o florescimento da opinião pública no Brasil, uma vez que nos jornais e no parlamento se discutiam asperamente as ações guerreiras.

resolução? Não se atreveu a formular a suspeita e a dúvida; limitou-se a dissuadi-la, dizendo que um homem de mais ou de menos não pesaria nada na balança do destino, e desde que ao filho repugnava a separação era mais prudente não insistir. Valéria redarguia a todas essas reflexões com algumas ideias gerais acerca da necessidade de dar fortes exemplos às mães. Quando foi preciso variar de resposta, declarou que entrava no projeto um pouco de interesse pessoal.

– Jorge está formado – disse ela –, mas não tem queda para a profissão de advogado nem para a de juiz. Goza por enquanto a vida, mas os dias passam, e a ociosidade faz-se natureza com o tempo. Eu quisera dar-lhe um nome ilustre. Se for para a guerra, poderá voltar coronel, tomar gosto às armas, segui-las e honrar assim o nome de seu pai.

– Bem; mas vejamos outra consideração. Se ele morrer?

Valéria empalideceu e esteve alguns minutos calada, enquanto Luís Garcia olhava para ela, a ver se lhe adivinhava o trabalho interior da reflexão, esquecendo que a ideia de um desastre possível devia ter-lhe acudido, desde muito, e se não recuara diante dela é porque a resolução era inabalável.

– Pensei na morte – disse Valéria daí a pouco –, e, na verdade, antes a obscuridade de meu filho que um desastre... Mas repeli esta ideia. A consideração superior de que lhe falei deve vencer qualquer outra.

Em seguida, como para impedir que ele insistisse nas reflexões apresentadas antes, disse-lhe claramente que, diante da recusa de Jorge, contava com o influxo de seus conselhos.

– O senhor é nosso amigo – explicou ela –, seu pai também foi nosso amigo. Sabe que um e outro sempre nos mereceram muita consideração. Em todo caso, não quisera recorrer a outra pessoa.

Luís Garcia não respondeu logo; não tinha ânimo de aceitar a incumbência e não queria abertamente recusar; procurava um meio de esquivar-se à resposta. Valéria insistiu por modo que era impossível calar mais tempo.

– O que me pede é muito grave – disse ele. – Se o dr. Jorge der algum peso a meus conselhos e seguir para a guerra, assumo uma porção de responsabilidade, que não só me há de gravar a consciência, como influirá para alterar nossas relações e diminuir talvez a amizade benévola que sempre achei nesta casa. O obséquio que hoje exige de mim quem sabe se mo não lançará em rosto um dia como ato de leviandade?

– Nunca.

– Nesse dia – observou Luís Garcia sorrindo levemente – há de ser tão sincera como hoje.

– Oh! O senhor está com ideias negras! Eu não creio na morte; creio só na vida e na glória. A guerra começou há pouco e há já tanto herói! Meu filho será um deles.

– Não creio em pressentimentos.

– Recusa?

– Não me atrevo a aceitar.

Valéria ficou abatida com a resposta. Após alguns minutos de silêncio, ergueu-se e foi buscar o lenço que deixara sobre um móvel, ao entrar na sala. Enxugou o rosto, e ficou a olhar para o chão, com um dos braços caídos, em atitude meditativa. Luís Garcia começou a refletir no modo de a dissuadir eficazmente. Seu ceticismo não o fazia duro aos males alheios, e Valéria parecia padecer naquele instante, qualquer que fosse a sinceridade de suas declarações. Ele quisera achar um meio de conciliar os desejos da viúva com a sua própria neutralidade – o que era puramente difícil.

– Seu filho não é criança – disse ele –, está com 24 anos; pode decidir por si, e naturalmente não me dirá outra coisa... Demais, é duvidoso que se deixe levar por minhas sugestões, depois de resistir aos desejos de sua mãe.

– Ele o respeita muito.

Respeitar não era o verbo pertinente; atender fora mais cabido, porque exprimia a verdadeira natureza das relações entre um e outro. Mas a viúva lançava mão de todos os recursos para obter de Luís Garcia que a ajudasse em persuadir o filho. Como ele lhe dissesse ainda uma vez que não podia aceitar a incumbência, viu-a morder o lábio e fazer um gesto de despeito. Luís Garcia adotou então um meio-termo:

– Prometo-lhe uma coisa – disse ele –; irei sondá-lo, discutir com ele os prós e os contras do seu projeto, e se o achar mais inclinado...

Valéria abanou a cabeça.

– Não faça isso; desde já lhe digo que será tempo perdido. Jorge há de repetir as mesmas razões que me deu, e o senhor as aceitará naturalmente. Se alguma coisa lhe mereço, se não morreu em seu coração a amizade que o ligou à nossa família, peço-lhe que me ajude francamente neste empenho, com a autoridade de sua pessoa. Entre nisto, como eu mesma, disposto a vencê-lo e convencê-lo. Faz-me este obséquio?

Luís Garcia refletiu um instante.

– Faço – disse ele frouxamente.

Valéria mostrou-se reanimada com a resposta; disse-lhe que fosse lá jantar naquele mesmo dia ou no outro. Ele recusou duas vezes; mas não pôde resistir às instâncias da viúva, e prometeu ir no dia seguinte. A promessa era um meio, não só de pôr termo à insistência da viúva, como também de encaminhar-se a saber qual era a mola secreta da ação daquela senhora. A honra nacional era certamente o colorido nobre e augusto[5] de algum pensamento reservado e menos coletivo. Luís Garcia abriu velas à reflexão e conjeturou muito. Afinal, não duvidava do empenho patriótico de Valéria, mas perguntava a si mesmo se ela quereria colher da ação que ia praticar alguma vantagem especialmente sua.

"O coração humano é a região do inesperado", dizia consigo o cético subindo as escadas da repartição.

Na repartição soube da chegada de tristes notícias do Paraguai. Os aliados tinham atacado Curupaiti[6] e recuado com grandes perdas: o inimigo parecia mais forte do que nunca. Supunha-se até que as propostas de paz não tinham sido mais do que um engodo para fortalecer a defesa. Assim, a sorte das armas vinha reforçar os argumentos de Valéria. Luís Garcia adivinhou tudo o que ela lhe diria no dia seguinte.

No dia seguinte foi ele jantar à rua dos Inválidos. Achou a viúva menos consternada do que deveria estar, à vista das notícias da véspera, se porventura os sucessos da guerra a preocupassem tanto como dizia. Pareceu-lhe até mais serena. Ela ia

5. Solene, majestoso, imponente.

6. Importante batalha da Guerra do Paraguai, ocorrida em setembro de 1866.

e vinha com um ar satisfeito e resoluto. Tinha um sorriso para cada coisa que ouvia, um carinho, uma familiaridade, uma intenção de agradar e seduzir, que Luís Garcia estudava com os olhos agudos da suspeita.

Jorge, pelo contrário, mostrava-se retraído e mudo. Luís Garcia, à mesa do jantar, examinava-lhe a furto a expressão dos olhos tristes e a ruga desenhada entre as sobrancelhas, gesto que indicava nele o despeito e a irritação. Na verdade, era duro enviar para a guerra um dos mais belos ornamentos da paz. Naqueles olhos não morava habitualmente a tristeza; eles eram, de costume, brandos e pacíficos. Um bigode negro e basto, obra comum da natureza e do cabeleireiro, cobria-lhe o lábio e dava ao rosto a expressão viril que este não tinha. A estatura esbelta e nobre era a única feição que absolutamente podia ser militar. Elegante, ocupava Jorge um dos primeiros lugares entre os dândis[7] da rua do Ouvidor; ali podia ter nascido, ali poderia talvez morrer.

Valéria acertava quando dizia não achar no filho nenhum amor à profissão de advogado. Jorge sabia muita coisa do que aprendera; tinha inteligência pronta, rápida compreensão e memória vivíssima. Não era profundo; abrangia mais do que penetrava. Sobretudo, era uma inteligência teórica; para ele, o praxista representava o bárbaro. Possuindo muitos bens, que lhe davam para viver à farta, empregava uma partícula do tempo em advogar o menos que podia – apenas o bastante para ter o nome no portal do escritório e no *Almanaque* de Laemmert.[8] Nenhuma experiência contrastava nele os ímpetos da juventude e os arroubos da imaginação. A imaginação era o seu lado fraco, porque não a tinha criadora e límpida, mas vaga, tumultuosa e estéril. Era generoso e bom, mas padecia um pouco de fatuidade, que lhe diminuía a bondade nativa.

7. Homens elegantes.

8. Os almanaques eram publicações ilustradas, em formato de livro, com enorme êxito naquele tempo; eles continham várias seções, que iam de calendários (com as datas sagradas e pátrias, as estações adequadas para plantio e colheita de muitas espécies etc.) a poemas e contos, passando por textos de história universal e nacional. O Laemmert, o mais antigo do Brasil, foi publicado pela Corte Real entre 1844 e 1889.

Havia ali a massa de um homem futuro, à espera que os anos, cuja ação é lenta, oportuna e inevitável, lhe dessem fixidez ao caráter e virilidade à razão.

Não foi alegre nem animado o jantar. Falaram a princípio de coisas indiferentes; depois Valéria fez recair a conversação nas últimas notícias do Paraguai. Luís Garcia declarou que lhe não pareciam tão más, como diziam as gazetas, sem contudo negar que se tratava de um sério revés.

– É guerra para seis meses – concluiu ele.

– Só?

Esta pergunta foi a primeira palavra de Jorge, que até então não fizera mais do que ouvir e comer. Valéria tomou a outra ponta do diálogo, e confirmou a opinião de Luís Garcia. Mas o filho continuou a não intervir. Acabado o jantar, Valéria ergueu-se; Luís Garcia fez o mesmo; a viúva, pousando-lhe a mão no ombro, disse em tom familiar e intencional:

– Sem cerimônia; eu volto já.

Uma vez sós os dois homens, Luís Garcia achou de bom aviso ir de ponto em branco ao assunto que ali os reunira.

– Não tem vontade de ir também ao Paraguai? – perguntou ele logo que Valéria desapareceu no corredor.

– Nenhuma. Contudo, acabarei por aí.

– Sim?

– Mamãe não deseja outra coisa, e o senhor mesmo sei que é dessa opinião.

Uma resposta negativa roçou os lábios de Luís Garcia; a tempo a reprimiu, confirmando com o silêncio a pia fraude de Valéria. Tinha nas mãos o meio de inutilizar o efeito do equívoco; era mostrar-se indiferente. Jorge distraía-se em equilibrar um palito na borda de um cálice; o interlocutor, depois de olhar para ele, rompeu enfim a larga pausa:

– Mas por que motivo cede hoje, depois de recusar tanto tempo?

Jorge ergueu os olhos, fez-lhe um sinal e foram para o terraço.

– O senhor é amigo velho de nossa casa – disse ele –, posso confiar-lhe tudo. Mamãe quer mandar-me para a guerra, porque não pode impedir os movimentos do meu coração.

– Algum namoro – concluiu friamente Luís Garcia.

– Uma paixão.

– Está certo do que diz?

– Estou.

– Não creio – tornou Luís Garcia depois de um instante.

– Por que não? Ela conta com a distância e o tempo para matar um amor que supõe não haver criado raízes profundas.

Luís Garcia dera alguns passos, acompanhado pelo filho de Valéria; parou um instante, depois continuaram ambos a passear de um para outro lado. O primeiro refletia na explicação, que lhe pareceu verossímil, se o amor do rapaz era indigno de seu nome. Essa pergunta não se animou a fazê-la; mas procurou uma vereda tortuosa para ir dar com ela.

– Uma viagem à Europa – observou Luís Garcia depois de curto silêncio – produziria o mesmo resultado, sem outro risco mais que...

– Recusei a viagem, foi então que ela pensou na guerra.

– Mas, se ela quisesse ir à Europa, o senhor recusaria acompanhá-la?

– Não; mas mamãe detesta o mar; não viajaria nunca. É possível que, se eu resistisse até a última, em relação à guerra, ela vencesse a repugnância ao mar e iríamos os dois...

– E por que não resistiu?

– Primeiramente, porque estava cansado de recusar. Há mês e meio que dura essa luta entre nós. Hoje, à vista das notícias do sul, falou-me com tal instância que cedi de uma vez. A segunda razão foi um sentimento mau, mas justificável. Escolho a guerra, a fim de que, se alguma coisa me acontecer, ela sinta o remorso de me haver perdido.

Luís Garcia parou e encarou silenciosamente o mancebo.

– Sei o que quer dizer esse olhar – continuou este –; acha-me feroz, e eu sou apenas natural. O sentimento mau teve só um minuto de duração. Passou. Ficou-me uma sombra de remorso. Não acuso mamãe; sei as lágrimas que lhe vai custar a separação...

– Ainda é tempo de recuar.

– O que está feito, está feito – disse Jorge erguendo os ombros.

– Sabe que mais? Acho mau gosto dar a esse negócio um desenlace épico. Que tem que fazer nisso a guerra do Paraguai? Vou sugerir-lhe um meio de arranjar as coisas. Ceda metade somente; vá à Europa sozinho, volte no fim de dois ou três anos.

Jorge sorriu desdenhosamente.

– Seu conselho mostra a diferença de nossas idades – disse ele. – Se eu fosse para a Europa, que sacrifício faria à pessoa a quem amo? Pelo contrário, a sacrificada era ela. Eu ia divertir-me, passear, ver coisas novas, talvez achar novos amores. Indo à guerra, é diferente; sacrifico o repouso e arrisco a vida; é alguma coisa. Separados, embora, não me negará sua estima...

– Sua estima? – disse Luís Garcia admirado.

Não continuou; mas Jorge compreendeu, por aquela só palavra, a que classe de mulheres ele supunha pertencer a eleita de seu coração. Fez um gesto; não se animou a dizer nada. Arrependeu-se talvez de haver dito tanto. Sem ousar recomendar-lhe silêncio, começou a insinuá-lo delicadamente; tática escusada, porque Luís Garcia não era homem de revelar o que se lhe confiava; e perigosa, porque fazia crescer as proporções do mistério. Luís Garcia sorriu interiormente ao sentir a arte cautelosa de Jorge; e quando ela lhe pareceu enfadonha:

– Descanse – disse ele –, não receie que eu vá publicar seus amores. Repito-lhe o conselho: não se atire de cabeça para baixo numa aventura sem fundo, ir para a guerra é muito nobre, mas há de ser levado de outros sentimentos. Um desacordo por motivo de namoro, não é o Porto Alegre nem o Polidoro[9], é um padre que lhe deve pôr termo.

Jorge sorriu com ar afável e despediu-se de Luís Garcia; foi dali vestir-se para ir ao teatro. Luís Garcia estava mais do que nunca resoluto a deixar que os acontecimentos tivessem livre curso, sem nenhuma intervenção sua. Logo que Jorge saiu, dispôs-se a fazer o mesmo, despedindo-se de Valéria. Esta acompanhou-o até a porta da sala.

---

9. Referência a dois militares brasileiros que participaram da Guerra do Paraguai. Durante o conflito, o General Polidoro, além de substituto imediato do General Osório, comandante-chefe do Exército Brasileiro, substituiu o Visconde de Porto Alegre no comando do 2º Corpo de soldados.

– Não me diz nada? – perguntou ela quando o viu prestes a transpor a porta.

– Que lhe hei de dizer?

– Falou a meu filho?

– Falei.

– Achou-o disposto?

– Não digo que não.

– Mas de má vontade?

– Não digo que sim.

Valéria sorriu com uma ponta de despeito.

– Vejo que este assunto o aborrece.

Luís Garcia disse que não. Valéria encostou-se ao portal.

– Ninguém! – exclamou ela. – Não tenho ninguém a meu lado. Só; ficarei só.

– Sejamos francos – disse Luís Garcia –; seu filho cede, mas cede violentado, e não vejo que se possa fazer dele um herói. Que motivo tão forte a obriga a exigir desse moço um sacrifício superior a suas posses?

Valéria não respondeu.

– Sei o motivo – disse ele daí a um instante.

– Sabe?

– Suspeito; e, se me permite ser franco, direi que o acho singular, pelo menos não há proporções entre a causa e o efeito. Seu filho ama. Trata-se de uma mulher de certa espécie? São correrias da mocidade, e as dele não são tais que façam escândalo, creio eu. Trata-se de alguma moça cuja aliança lhe não pareça aceitável? Nada lhe direi a tal respeito; mas reflita primeiro antes de o mandar ao Paraguai.

Valéria prendeu a mão direita de Luís Garcia entre as suas; refletiu longo tempo; depois disse com voz sumida:

– Suponha... que se trata... de uma senhora casada?

Luís Garcia curvou a cabeça com um gesto de assentimento. Como seus olhos baixassem ao chão, não pôde ver no rosto da viúva uma ligeira cor que avermelhou e desapareceu. Se lha visse, se a fitasse imperiosamente, talvez a viúva baixasse os olhos envergonhada de haver mentido. Luís Garcia não viu nada. Calou-se, aprovou a viúva e prometeu auxiliá-la.

Era noite quando Luís Garcia saiu da casa de Valéria. Ia aborrecido de tudo, da mãe e do filho – de suas relações naquela casa, das circunstâncias em que se via posto. Galgando a ladeira a pé, detendo-se de quando em quando a olhar para baixo, ia como apreensivo do futuro, supersticioso, tomado de temores intermitentes e inexplicáveis. Não tardou a aparecer-lhe a luz da casa, e, daí a pouco, a ouvir a cantilena solitária do escravo e as notas rudimentais da marimba. Eram as vozes da paz; ele apertou o passo e refugiou-se na solidão.

Capítulo III

Luís Garcia pouco trabalho teve no ânimo de Jorge. A resolução deste, uma vez declarada, não recuou mais. Não desconhecia o moço que a empresa a que metia ombros era crespa de dificuldades. A guerra, sobretudo depois do desastre de Curupaiti, prometia durar muito; não havia desânimo, e o governo era auxiliado eficazmente pela população. Jorge obteve uma patente de capitão de voluntários.

Vinte dias depois da conversa no terraço da rua dos Inválidos, apresentou-se Jorge em Santa Teresa, fardado e pronto, de tal modo porém que era ainda difícil separar o casquilho[10] do militar. A mesma tesoura que lhe cortava os fraques talhara a farda de capitão. Trazia à cintura uma banda vermelha, cujas pontas caíam graciosamente ao lado. Calçava um botim reluzente, sobre o qual assentava a calça de fino pano. Inclinado levemente à direita, o boné não lhe desconcertava o cabelo, penteado ao estilo de todos os dias; o bigode tinha as mesmas guias longas, agudas e lustrosas.

Luís Garcia não pôde furtar-se a um sentimento de pena, ao vê-lo entrar fardado e prestes a seguir para o sul. Pareceu-lhe descobrir por trás dele o perfil da morte, com o eterno sorriso sem lábios. Mas esse sentimento de comiseração passou; lembrou-lhe logo a última palavra da viúva, e não pôde deixar de condená-lo. Viu até, com certa repulsa, esse coração de 24 anos, que ia arriscar a vida própria, e talvez a de sua mãe, para não rejeitar um sentimento mau.

– Estou a seu gosto? – perguntou Jorge com um ar de benévola ironia.

---

10. Homem que se veste de forma elegante.

– Há de estar melhor no fim da guerra, senhor general – respondeu o outro.

– General? Pode ser.

Dizendo isso, Jorge entrou a falar de suas esperanças e futuros. A imaginação começava a dissipar a melancolia. Ele via já naquilo uma aventura romanesca e misteriosa; sentia-se uma ressurreição de cavaleiro medievo, saindo a combater por amor de sua dama, castelã opulenta e formosa que o esperaria na varanda gótica, com a alma nos olhos e os olhos na ponte levadiça. A ideia da morte ou da mutilação não vinha agitar-lhe ao rosto suas asas pálidas e sangrentas. O que ele tinha diante de si eram os campos infinitos da esperança. Contudo, o momento era grave, e dificilmente podia o espírito esquivar-se à reflexão intermitente. Além disso, Jorge subira a Santa Teresa com a resolução de contar tudo a Luís Garcia, a fim de deixar um confidente austero e único de seus amores; mas a palavra não se atrevia a sair do coração. Ou a idade do outro ou a índole de suas relações tolhia essa confidência íntima; ainda mais do que uma e outra razão, havia naquele momento o gesto singularmente preocupado e duro de Luís Garcia. Jorge deu de mão ao projeto.

– Dê-me o abraço de despedida – disse ele –; embarco amanhã.

– Já amanhã?

– Vim despedir-me do senhor.

Luís Garcia considerou-o silenciosamente durante dois ou três minutos; depois apertou-lhe as mãos.

– Vá – disse –; trabalhe pela terra; não se poupe a trabalhos, nem se exponha sem utilidade; em todo o caso, obedeça à disciplina, e não se esqueça um só dia de sua mãe.

Jorge saiu e desceu a passo largo e trêmulo na direção da rua de Dona Luísa. A meio caminho parou, como se quisesse tomar outra direção; ergueu os ombros e prosseguiu. Ia mergulhado em si mesmo, e só deu acordo ao parar diante de uma casa daquela rua.

Antes de lá entrar, vejamos quem eram os moradores.

O defunto marido de Valéria, no tempo em que advogava, tinha um escrevente, que, mais ainda do que escrevente, era seu homem de confiança. Chamava-se o Sr. Antunes. Foram serviços de certa ordem que os ligaram mais intimamente. A fortuna troca às vezes os cálculos da natureza; uma e outra iam de acordo na pessoa daquele homem, nado e criado para as funções subalternas. Familiar com todas as formas da adulação, o Sr. Antunes ia do elogio hiperbólico até o silêncio oportuno. Tornou-se, dentro de pouco, não só um escrevente laborioso e pontual, mas também, e sobretudo, um factótum[11] do desembargador, seu braço direito, desde os recados eleitorais até as compras domésticas, vasta escala em que entrava o papel de confidente das entrepresas amorosas. Assim que nunca lhe fez míngua a proteção do desembargador. Viu crescer-lhe o ordenado, multiplicarem-se-lhe as gratificações; foi admitido a comer algumas vezes em casa, nos dias comuns, quando não havia visitas de cerimônia. Nas ocasiões mais solenes era ele o primeiro que se esquivava. Ao cabo de três anos de convivência tinha consolidado a situação.

Justamente nesse tempo sucedeu morrer-lhe a mulher, de quem lhe ficou uma filha de dez anos, menina interessante, que algumas vezes visitara a casa do desembargador. Este fez o enterro da mãe e pagou o luto da filha e do pai. O Sr. Antunes, que não era de extremas filosofias, tinha a convicção de que debaixo do sol nem tudo são vaidades, como quer o *Eclesiastes*, nem tudo perfeições, como opina o Doutor Pangloss[12]; entendia que há larga ponderação de males e bens, e que a arte de viver consiste em tirar o maior bem do maior mal. Morta a mulher, alcançou do desembargador um enxoval completo para fazer entrar a filha num colégio, visto que até então nada aprendera, e já agora não podia deixá-la sozinha em casa. O desembargador dera o enxoval; algumas vezes pagou o ensino; as visitas amiudaram-se; a criança, que era bonita e boa, entrou manso e manso no coração de Valéria, que a recebeu em casa, no dia em que a pequena concluiu os estudos.

Estela – era o seu nome – tinha então dezesseis anos. Pouco antes falecera o desembargador. O Sr. Antunes recebeu

11. Faz-tudo.

12. Personagem inventado pelo filósofo francês Voltaire para ironizar o excesso de otimismo (em *Cândido, ou o otimismo*, originalmente publicado em 1759).

dois golpes em vez de um: o de o ver morrer, e o de não o ver testar. Os aneurismas têm dessas perfídias inopináveis. A fim de emendar a mão à fortuna, o pai de Estela concentrou na viúva a atenção que até então repartira entre ela e o marido, fato que aliás decorria da própria obrigação moral em que se achava para com a família do desembargador. Estela devia a essa família educação e carinho; podia talvez ir a dever-lhe um dote, um marido e consideração. Quem sabe? Talvez o coração de Jorge vinculasse as duas famílias. Essa ambição afagava-a o Sr. Antunes no mais profundo de sua alma.

Jorge estava prestes a concluir os estudos em São Paulo; ia na metade do quarto ano. Vindo à capital durante as férias, achou-se diante de uma situação inesperada; a mãe esboçara um projeto de casamento para ele. A noiva escolhida era ainda parenta remota de Jorge. Chamava-se Eulália. Tinha dezenove anos na certidão de batismo e trinta no cérebro. Era uma moça sem ilusões nem vaidades, talvez sem paixões, dotada de juízo reto e coração simples, e sobre tudo isso uma beleza sem mácula e uma elegância sem espavento.[13] "Uma pérola!", dizia Valéria quando insinuou ao filho a conveniência de casar com Eulália. A pérola, entretanto, não parecia ansiosa de ornar a fronte de ninguém. Quando Valéria fez as primeiras sondagens no coração da jovem parenta, achou ali uma água tranquila, sem curso nem recurso de marés. Tratou de saber se alguma brisa lhe roçara a asa, e descobriu que não; então chamou em seu auxílio o siroco e o pampeiro.[14] Não foi difícil a Eulália perceber os desejos da viúva, nem resistiu quando chegou a entendê-la. A razão disse-lhe que o casamento era aceitável; esperou. Valéria ficou satisfeita com o resultado, e deu-se pressa em sondar as disposições de Jorge, quando ele voltou no fim do ano.

Graças à sua arte de assediar as vontades alheias, Valéria alcançou do filho uma resposta condicional. Era já alguma coisa. O motivo da insistência da viúva era complexo; eram as qualidades da parenta, a afeição grande que lhe votava, o receio de morrer subitamente e a confiança que tinha em si mesma para conhecer e eleger caracteres. Durante o último

13. Exagero, ostentação.

14. Siroco e pampeiro são dois tipos de vento.

ano da faculdade, Jorge pensou algumas vezes no casamento como se pensa num projeto remoto; mas, à proporção que o tempo corria, o coração ia-se-lhe tornando retraído e medroso. Uma vez formado, deu de mão à ideia; não teve a franqueza de o declarar à mãe, e Valéria esperou confiadamente que o coração do filho dissesse noutra língua aquilo que ela já lhe havia dito na sua.

Para conhecer exatamente o motivo da repulsa de Jorge em relação a uma moça, cujas qualidades deviam tentar qualquer outro, convém não esquecer que essas qualidades eram justamente as mais avessas à índole do filho de Valéria. Não bastava ser elegante e bonita, discreta e mansa; era preciso alguma coisa mais, que exatamente correspondesse à imaginação dele; faltava-lhe um grão de romanesco.

A isso acrescia um sentimento novo, que se apossou dele, ao cabo de três semanas depois da chegada ao Rio de Janeiro. A vista quotidiana de Estela produziu em Jorge uma impressão forte. Posto vivessem na mesma casa, era difícil acharem-se nunca a sós, porque a filha do escrevente passava todo o tempo ao pé da viúva; circunstância que não teve a virtude de mudar o curso aos acontecimentos. Não podendo passar de palavras gerais e estranhas ao que lhe quisera confiar, Jorge falava-lhe com os olhos – linguagem que a moça não entendia, ou fingia não entender. A imperturbável seriedade de Estela foi um aguilhão mais, não menos cruel que a gentileza de suas formas, e certo ar de resolução que lhe transparecia do rosto quieto e pálido.

Pálida era, mas sem nenhum tom de melancolia ascética. Tinha os olhos grandes, escuros, com uma expressão de virilidade moral, que dava à beleza de Estela o principal característico. Uma por uma, as feições da moça eram graciosas e delicadas, mas a impressão que deixava o todo estava longe da meiguice natural do sexo. Usualmente, trazia roupas pretas, cor que preferia a todas as outras. Nu de enfeites, o vestido punha-lhe em relevo o talhe esbelto, elevado e flexível. Nem usava nunca trazê-lo de outro modo, sem embargo de algum dixe[15] ou renda com que a viúva a presenteava de quando em

15. Ornamento, enfeite.

quando; rejeitava de si toda a sorte de ornatos; nem folhos[16], nem brincos, nem anéis. Ao primeiro aspecto dissera-se um Diógenes[17] feminino, cuja capa, através das roturas, deixava entrever a vaidade da beleza que quer afirmar-se tal qual é, sem nenhum outro artifício. Mas, conhecido o caráter da moça, eram dois os motivos – um sentimento natural de simplicidade, e, mais ainda, a consideração de que os meios do pai não davam para custosos atavios, e assim não lhe convinha afeiçoar-se ao luxo.

– Por que não põe os brincos que mamãe lhe deu a semana passada? – perguntou Jorge a Estela, um dia em que havia gente de fora a jantar.

– Os presentes mais queridos guardam-se – respondeu ela olhando para a viúva.

Valéria apertou-lhe a ponta do queixo entre o polegar e o indicador:

– Poeta! – exclamou sorrindo. – Você não precisa de brincos para ser bonita, mas vá pô-los, que lhe ficam bem.

Foi a primeira e última vez que Estela os pôs. A intenção era patente demais para não ser notada, e Jorge não esqueceu nem a resposta da moça nem o constrangimento com que obedeceu. Não podia supor-lhe ingratidão, porque via a afeição com que Estela tratava a mãe. Em relação a ele não parecia haver afeição igual, mas havia certamente respeito e consideração, rara vez familiaridade, e, ainda assim, uma familiaridade enluvada, um ar de visita de pouco tempo.

Jorge começou a achar mais agradável a casa do que a rua; e as noites, quando não havia pessoas de fora, passava-as à volta de uma mesa, lendo ou jogando com as duas, ou vendo-as trabalhar, enquanto contava anedotas da academia, lia as correspondências do Paraguai e de Buenos Aires, ou simplesmente alguma página de romance. Nessa vida, meio patriarcal, as horas corriam depressa, tão depressa que ele não as sentia. Ao cabo de cinco a seis semanas, fez-se ele seu próprio

16. Babados.

17. Filósofo grego (404 ou 412 a.C.-323 a.C.), conhecido por seu despojamento, andava como um miserável pelas ruas, desprezando a opinião da maioria.

confessor, examinou a consciência, descobriu lá dentro alguma coisa que não era a fantasia sensual do primeiro instante, e, longe de absolver-se, condenou-se à crua penitência de abstenção. Voltou aos antigos hábitos e deixou os serões domésticos. Mas a aplicação do remédio, por mais sincera que fosse, já não podia muito contra a ação do mal. Estela frequentava-lhe tenazmente a memória; e na rua, no teatro, nas assembleias a que ia, o perfil severo da moça vinha meter-se entre ele e a realidade. Se pudesse deixar de a ver, a convalescença não era ainda difícil; mas como fugir à lembrança de uma mulher cuja figura lhe aparecia durante algumas horas de cada dia? Demais, a sonâmbula que ele tinha no cérebro vinha auxiliar a fatalidade das circunstâncias. No fim de um mês, a índole do sentimento havia mudado: era mais pura; mas o sentimento não parecia disposto a esvair-se: era mais violento.

Como o Sr. Antunes levasse a filha, uma noite, a visitar pessoa de sua amizade, Jorge aproveitou a circunstância para insinuar a Valéria a conveniência de restituir Estela a seu pai.

– Por quê? – perguntou a viúva.

– Sempre é um tropeço, uma pessoa estranha metida entre nós – replicou Jorge. – Não lhe nego que tem boas qualidades; mas... é uma pessoa estranha.

– Que importa, se me dou bem com ela? Conheço-a desde pequena; é uma companhia melhor do que qualquer outra. Mas por que te lembras disso agora?

– Estive pensando na responsabilidade que pesa sobre nós. Se fosse nossa parenta, vá, não se podia dispensar a obrigação; mas, não sendo, creio que era melhor libertarmo-nos.

– Descansa; quando for tempo, caso-a. O que não admito é algum marido de pouco mais ou menos. Há de ser pessoa que a mereça. Não sabes o que vale aquela menina. Não é só boa, tem certa elevação de sentimentos; nunca me desatendeu e nunca me adulou.

Jorge confirmou com a cabeça e não disse mais nada. O que acabava de fazer não passava de uma tentativa sincera, mas frouxa, para arredar Estela da casa; era o imposto pago à consciência. Quite com ela, entregou-se aos acontecimentos, confessando a si mesmo que o perigo não era tão grave, nem o remédio tão urgente; finalmente, que ele era homem.

No meio de semelhante situação, que sentia ou que pensava Estela? Estela amava-o. No instante em que descobriu esse sentimento em si mesma, pareceu-lhe que o futuro se lhe rasgava largo e luminoso; mas foi só nesse instante. Tão depressa descobriu o sentimento, como tratou de o estrangular ou dissimular, trancá-lo ao menos no mais escuso do coração, como se fora uma vergonha ou um pecado.

"Nunca!", jurou ela a si mesma.

Estela era o vivo contraste do pai, tinha a alma acima do destino. Era orgulhosa, tão orgulhosa que chegava a fazer da inferioridade uma auréola; mas o orgulho não lhe derivava de inveja impotente ou de estéril ambição; era uma força, não um vício – era o seu broquel de diamante –, o que a preservava do mal, como o do anjo de Tasso[18] defendia as cidades castas e santas. Foi esse sentimento que lhe fechou os ouvidos às sugestões do outro. Simples agregada ou protegida, não se julgava com direito a sonhar outra posição superior e independente; e, dado que fosse possível obtê-la, é lícito afirmar que recusara, porque a seus olhos seria um favor, e a sua taça de gratidão estava cheia. Valéria, que também era orgulhosa, descobrira-lhe essa qualidade, e não lhe ficou querendo mal; ao contrário, veio a apreciá-la melhor.

Pois o orgulho de Estela não lhe fez somente calar o coração, infundiu-lhe a confiança moral necessária para viver tranquila no centro mesmo do perigo. Jorge não percebera nunca os sentimentos que inspirara; e, por outro lado, nunca viu a possibilidade de os inspirar um dia. Estela só lhe manifestava o frio respeito e a fria dignidade.

Um dia, vagando uma casa de Valéria no caminho da Tijuca, determinou-se a viúva a ir examiná-la, antes de a alugar outra vez. Foi acompanhada do filho e de Estela. Saíram cedo, e a viagem foi alegre para a moça, que pela primeira vez ia àquele arrabalde. Quando a carruagem parou, supunha Estela que mal tivera tempo de sair da rua dos Inválidos.

---

18. Referência ao poema "Jerusalém libertada" (1580), do italiano Torquato Tasso (1544-1595), que descreve os combates imaginários entre cristãos e muçulmanos no fim da primeira cruzada, durante o cerco de Jerusalém.

A casa precisava de alguns reparos; um mestre de obras, que já ali estava, acompanhou a família de sala em sala e de alcova em alcova. Só ele e Valéria falavam; Estela não tinha voto consultivo e Jorge parecia indiferente. Que lhe importava a ele o reboco de uma parede ou o conserto de um soalho? Ele gracejava, ria ou sussurrava ao ouvido de Estela um epigrama a respeito do mestre de obras, cuja prosódia era execrável. Estela, que sorria com ele, cerrava entretanto o gesto aos epigramas.

De sala em sala, chegaram a uma pequena varanda, onde uma circunstância nova os deteve algum tempo. Numa das extremidades da varanda havia um pombal velho, onde eles foram achar, esquecido ou abandonado, um casal de pombos. As duas aves, após 24 horas de solidão, pareciam saudar as pessoas que ali apareciam repentinamente.

– Coitadinhos! – disse Estela logo que entrou na varanda.

Valéria prestou um minuto de atenção, talvez meio, e seguiu a ver a casa. Estela ficara a olhar para os dois pombos, e não a viu sair.

– Quer levá-los? – disse a voz de Jorge.

A moça voltou-se e respondeu que não.

– Contudo – continuou ela –, era bom dá-los a alguém para não morrerem à fome. São tão bonitos!

– Mas por que não os há de levar a senhora mesma?

– Vou pedir ao mestre que os tire dali – disse ela dando um passo para dentro.

– Não é preciso: eu vou tirá-los.

Estela recusou, mas o bacharel resolvera e ia satisfazer ele próprio o desejo da moça. O pombal não ficava ao alcance da mão; era preciso trepar ao parapeito da varanda, crescer na ponta dos pés e estender o braço. Ainda assim, precisaria contar com a boa vontade dos pombos. Jorge trepou ao parapeito. Se perdesse o equilíbrio poderia cair ao chão da chácara; para evitá-lo, Jorge lançou a mão esquerda a um ferro que havia na coluna do canto, e que o amparou; depois esticou o corpo e alcançou com a mão o pombal. Um dos pombos ficou logo seguro; o outro, a princípio arisco, foi colhido depois de algum esforço. Estela recebeu-os; Jorge saltou ao chão.

– A senhora Dona Valéria, se visse isto, havia de ralhar – disse Estela.

– Grande façanha! – respondeu Jorge sacudindo com o lenço as mãos e a aba do fraque.

– Podia cair.

– Mas não caí; foi um risco que passou. São bonitinhos, não são? – continuou ele apontando para os pombos que Estela tinha entre as mãos.

A moça respondeu com um gesto e deu alguns passos, a fim de ir ter com a viúva. Jorge deteve-a, metendo-se entre ela e a porta.

– Não se vá embora – disse ele.

– Que é? – perguntou Estela erguendo tranquilamente os grandes olhos límpidos.

– Disfarçada!

Estela baixou silenciosamente a cabeça e buscou dar outra volta para entrar na sala ao pé; Jorge, porém, interceptou-lhe de novo o caminho.

– Deixe-me passar – disse ela sem cólera nem súplica.

Jorge recuara até a porta, única das três que estava aberta. Era arriscado o que fazia; mas, além de que Valéria e o mestre estavam no pavimento superior – ele ouvia-lhes os passos –, perdera naquela ocasião toda a lucidez de espírito. Era deserto o lugar, e naturalmente seria longo o tempo de que poderia dispor para lhe dizer tudo. Mas os lábios ficaram cerrados alguns instantes, enquanto os olhos diziam a eloquência da paixão malcontida e prestes a irromper.

Não insistiu Estela, mas ficou diante dele, quieta e sem arrogância, como esperando ser obedecida. Jorge quisera-a suplicante ou desvairada; a tranquilidade feria-lhe o amor-próprio, fazendo-lhe ver que o perigo era nenhum, e revelando, em todo caso, a mais dura indiferença. Quem era ela para o afrontar assim? Era a segunda vez que formulava essa pergunta; tinha-a feito nas primeiras auroras da paixão. Dessa vez a resposta foi deplorável. Cravando os olhos em Estela, disse com voz trêmula, mas imperiosa:

– Não há de sair daqui, sem me dizer se gosta de mim. Vamos; responda! Não sabe o que lhe pode custar esse silêncio?

Não obtendo resposta, continuou depois de alguma pausa:

– É animosa! Saiba que posso vir a odiá-la e que talvez já a odeio; saiba também que posso tirar vingança de seus desprezos, e chegarei a ser cruel, se for necessário.

Estela suspirou apenas, e foi encostar-se ao parapeito, a olhar para a chácara. Era sua intenção não irritá-lo, com a resposta seca e má que lhe ditava o coração, e esperar que Valéria descesse. Entretanto, na posição em que ficara tinha as costas voltadas para Jorge, circunstância que não era intencional, mas que pareceu a este um simples meio de lhe significar o seu desdém. A irritação de Jorge foi grande. Após uns dois ou três minutos de silêncio, Jorge caminhou na direção do parapeito, onde estava Estela, com a cabeça inclinada, a beijar a cabeça dos pombos, que tinha encostados ao seio. Deteve-se, sem que a moça mudasse de posição. Contemplou-a ainda um instante, e se Estela olhasse para ele veria que a expressão dos olhos era de respeitosa ternura e nada mais.

Esse instante, porém, voou depressa, e com ele a consideração. Inclinando-se para a moça, Jorge falou de um modo que nem a educação nem a índole, mas só o despeito explicava:

– Por que há de gastar, com esses animais, uns beijos que podem ter melhor emprego?

Estela estremeceu toda e ergueu para o moço uns olhos que fuzilavam de indignação. Já não estava pálida, mas lívida. Estupefata, não sabia que dissesse ou fizesse, e infelizmente não sabia também que a pergunta de Jorge, por mais ofensiva que lhe parecesse, não era ainda a máxima injúria. Não era; Jorge tinha uma nuvem diante de si, através da qual não podia ver nem o seu decoro pessoal nem a dignidade da mulher amada; via só a mulher indiferente. Lançou-lhe as mãos à cabeça, puxou-a até si e, antes que ela pudesse fugir ou gritar, encheu-lhe a boca de beijos.

Soltos com o movimento, os pombos esvoaçaram sobre a cabeça de ambos, e foram pousar outra vez na casinha de pau, onde nenhuma fatalidade moral os condenava àquele amor sem esperança, àquela cólera sem dignidade.

Estela sufocara um gemido e cobrira o rosto com as mãos. Ouviam-se as vozes de Valéria e do mestre, que se aproximavam; Jorge teve um instante de incerteza e hesitação; mas a reação operara-se e, além disso, urgia apagar os vestígios daquela cena, de maneira que os não visse a viúva.

– Aí vem mamãe – disse ele baixinho a Estela –, não tive culpa no que fiz, porque gosto muito da senhora.

Estela voltou-se para fora e enxugou o rosto; daí a pouco entraram Valéria e o mestre. Este saiu logo depois, tendo ajustado as obras que era indispensável fazer na casa. Valéria, irritada com a vista dos estragos que encontrou, criticava o desleixo dos inquilinos. Só depois dos primeiros instantes reparou que nenhum dos dois lhe respondia nada. Jorge parecia acanhado, e Estela triste. Posto houvesse enxugado as lágrimas, Estela tinha o rosto desfeito e murchos os belos olhos. Jorge não ousava olhar para a mãe nem para Estela; olhava para a ponta dos botins, onde ficara um pouco da caliça[19] do parapeito; tinha as mãos nas costas e estava arrimado a um portal. Valéria reparou na atitude dos dois; mas, como possuía a qualidade de dissimular as impressões, não alterou nem o gesto nem a voz. Os olhos é que nunca mais os deixaram.

Daí a nada meteram-se no carro. Era tarde. A viagem foi quase inteiramente silenciosa; pelo menos, só Valéria disse algumas palavras. Chegando à rua dos Inválidos, a viúva suspeitava que alguma coisa havia entre os dois e grave. Todo aquele dia meditou nos meios de conhecer a natureza e os pormenores da situação, e nada achou melhor do que interrogar diretamente um deles. Jorge saíra de casa logo depois e não voltou para jantar; Estela não sorriu em todo esse dia e quase não falou.

Não foi preciso interrogá-la. Logo na seguinte manhã, acabando de levantar-se, entrou-lhe Estela na alcova e pediu alguns minutos de atenção. Expôs-lhe a necessidade de voltar para casa; estava moça, devia ir prestar ao pai os serviços que ele precisaria de alguém e tinha o direito de exigir da filha. Não era ingratidão, acrescentava; levaria dali saudades eternas; voltaria muitas vezes; seria sempre obediente e grata. Cedia somente à necessidade de acompanhar o pai. Esse pedido confirmava a suspeita de Valéria, mas só esclarecia metade da situação. A retirada de Estela era um meio de fugir a Jorge ou

19. Reboco.

de lhe falar mais livremente? Valéria tratou de perscrutar o coração da moça, dizendo-lhe que a razão dada era insuficiente e que alguma causa oculta a movia; depois, recordou-lhe a amizade que lhe tinha e a confiança a que Estela não devia faltar.

– Vamos lá – disse ela –, confessa tudo.

Estela afirmou que nada mais havia; mas, insistindo a viúva, respondeu curvando a cabeça – o que importava meia confissão. Valéria lutou ainda muito tempo, empregou a brandura e a intimação, mas a moça não cedeu mais nada.

– Bem – disse a viúva –, faça-se a tua vontade.

Foi assim que Estela, ao cabo de algum tempo de residência na casa de Valéria, regressou à casa do pai, na rua de Dona Luísa. O Sr. Antunes ficou desorientado com a notícia; disse que vivia perfeitamente só; achou pouco decoroso e menos justo o procedimento de Estela, em relação à viúva do desembargador; gastou largos conceitos, que lhe não aproveitaram, porque Estela não recuou da resolução, nem a viúva tentou dissuadi-la.

A separação não valia nada ou valia coisa pior; fez recrudescer o amor de Jorge, por isso mesmo que entre um e outro rasgava espaço à imaginação. Duas forças reagiram no coração do rapaz; o obstáculo, que tornava mais intenso o amor, e o remorso, que o fazia mais respeitoso. Nenhum ressentimento lhe ficara da resolução de Estela; sentia-se culpado e, mais ainda, sentia-se vítima da fuga da moça. Nem tudo isso seria efeito somente da paixão; cabia uma parte de influência à severidade do caráter de Estela, que acabou por incutir no espírito de Jorge ideia diferente da que ele a seu respeito fazia. Valéria descobriu a pouco e pouco a ineficácia do remédio que aceitara: estava certa da paixão do filho, e via que, longe de expirar, entrava pela vida adiante, menos estouvada[20] talvez, mas não menos sincera e profunda; soube que Jorge frequentava a casa da rua de Dona Luísa; estremeceu pelo futuro e cogitou no modo de estrangular as esperanças em flor.

"Ou ela já o ama ou pode vir a amá-lo", dizia consigo.

Valéria encarava os dois desenlaces possíveis da situação, se a moça lhe amasse o filho; ou seria a queda de Estela,

---

20. Inconsequente.

que a viúva estimava muito, ou o consórcio dos dois, solução que lhe repugnava aos sentimentos, ideias e projetos. Jamais consentiria em semelhante aliança. Urgia pronto remédio.

Voltou energicamente ao projeto de casar o filho com Eulália, e o intimou a obedecer-lhe. Jorge começou resistindo e acabou dissimulando; mas o artifício não iludiu a mãe. Valéria chamou logo em seu auxílio a jovem parenta. Eulália, que tivera tempo de refletir, francamente lhe disse que não estava disposta a ser sua nora, porque Jorge não a amaria nunca; e, conquanto não visse no casamento uma página de romance, entendia que a antipatia ou total indiferença era o mais frouxo dos vínculos conjugais.

Desamparada desse lado, a viúva cogitou então a viagem à Europa; e, quando ele lha recusou, recorreu à guerra do Paraguai. Não sem custo lançou mão desse meio, violento para ambos; mas, uma vez adotado, luziu-lhe mais a vantagem do que lhe negrejou o perigo. Assim foi que de um incidente, comparativamente mínimo, resultara aquele desfecho grave, e de um caso doméstico saía uma ação patriótica.

Capítulo IV

Era noite fechada quando Jorge chegou à casa de Estela. O Sr. Antunes estava à porta e talvez contava com a visita; recebeu-o com alvoroço e tristeza.

Quatro meses haviam decorrido depois da cena da Tijuca, e durante esse tempo Jorge fora muitas vezes à casa da rua de Dona Luísa. Não lhe fugira Estela nem o maltratara; usou a mesma serenidade e frieza de outro tempo, falando-lhe pouco, é certo, mas com tamanha isenção, que parecia não ter havido entre eles o menor dissentimento.

Pela sua parte, Jorge forcejava por apagar a lembrança daquele episódio, havendo-se com o respeito e consideração que lhe pareciam bastantes para resgatar a estima perdida. Às vezes ficavam a sós na sala, porque o Sr. Antunes inventava algum motivo que o obrigasse a eclipses parciais, com o fim único, dizia ele consigo, de ajudar a natureza. Mas sobretudo nessas ocasiões, aliás propícias, não transpunha Jorge a linha que a si mesmo traçara, não lhe sussurrava uma única palavra amorosa, não lhe deitava um só olhar que a pudesse fazer corar ou reagir. Qualquer alusão à cena da Tijuca, ainda de submissão, seria prejudicial à causa de Jorge; ele evitava esse erro trivial, nada dizendo que próxima ou remotamente pudesse lembrá-la à moça. Falavam pouco e de coisas indiferentes, como pessoas de nenhuma intimidade.

Foi só quando perdeu de todo a esperança de a vencer pelos meios ordinários que ele aceitou a proposta de se alistar no exército. No dia em que lhes deu a notícia, a impressão no pai e na filha foi profunda, mas diversa, porque o pai ficou totalmente consternado e morto, ao passo que a filha sentiu a alma respirar livremente, e se uma voz secreta e medrosa lhe disse "Não o deixes ir", outra mais dominadora e forte lhe bradou que a partida era a liberdade e a paz. A viagem, a distância, o tempo, a natureza das ocupações militares deviam arrancar ao moço um sentimento que Estela temia fosse origem de dissensões domésticas, e que em todo o caso a abatia a seus próprios olhos.

– É então amanhã? – perguntou o Sr. Antunes fazendo entrar o jovem capitão.

– Amanhã.

Estela recebeu-o como das outras vezes, sem embargo do pai, que parecia apostado em lhe tornar amargos esses últimos instantes. A tristeza do Sr. Antunes era mortal. Ele pertencia à falange daqueles espíritos que, através dos anos e ainda nos regelos do inverno, conservam as calcinhas da primeira idade, e para quem a vida tem sempre o aspecto dos castelos de cartas que construíram na infância. Uma vez penetrado da ideia de casar a filha com o bacharel, viveu dela, como se a vira praticada. O incidente da guerra não lhe desvendou a realidade da situação, mas pareceu-lhe que adiava o seu desejo, e bastava a consterná-lo. Agora que via fardado o filho de Valéria, prestes a embarcar no dia seguinte, creu deveras na separação. Após meia hora de conversa, o Sr. Antunes retirou-se alguns minutos da sala; ia ver charutos.

– Tome um dos meus – disse Jorge.

– Nada; os seus são muito fortes.

Nunca os charutos de Jorge padeceram semelhante acusação da parte do Sr. Antunes, que fumava regularmente os do filho como havia fumado os do pai. Estela ficou humilhada com a resposta e a ação. Jorge, que estava de pé, junto a uma mesa, viu sair o pai de Estela, e ficou a olhar para o chão. A moça cravou os olhos no trabalho que estava fazendo.

Jorge ergueu enfim os olhos e pousou-os na moça, cuja beleza lhe pareceu naquela noite ainda mais límpida e espiritual, justamente porque ele começava a vê-la através do nimbo da saudade. Ela atendia ao trabalho com uma quietação laboriosa. As mãos, que podiam emparelhar com as mais puras, moviam as agulhas sem aparente comoção nem tremor. Ao mancebo já não humilhava esse aspecto indiferente e digno; podia medir, em si mesmo, a diferença das situações, o caminho vencido, desde as primeiras ideias a respeito de Estela. Mas os minutos corriam e o silêncio acanhava-o cada vez mais; enfim, resolveu rompê-lo, e rompê-lo de modo que tirasse daquele minuto ou a salvação ou o naufrágio da vida que ia empreender. Deu dois passos para Estela.

– Talvez não nos vejamos mais – disse ele.

– Por quê? – disse Estela sem levantar os olhos.

– Posso ficar enterrado no Paraguai.

– Sua mãe não gostaria de ouvir isso.

Seguiram-se ainda dois minutos. Jorge pôs toda a alma nestas palavras, ditas em voz baixa e triste:

– Embarco amanhã para o sul. Não é o patriotismo que me leva, é o amor que lhe tenho, amor grande e sincero, que ninguém poderá arrancar-me do coração. Se morrer, a senhora será o meu último pensamento; se viver, não quero outra glória que não seja a de me sentir amado. Uma e outra coisa dependem só da senhora. Diga-me; devo morrer ou viver?

Estela tinha erguido a cabeça; quando ele acabou, achava-se de pé. Fitou-o alguns instantes com uma expressão muda e fria. A vaidade da mulher podia contentar-se daquela solene reparação, e perdoar; mas o orgulho de Estela venceu, e não deu lugar a nenhum outro sentimento de justiça ou de humanidade. Um jeito irônico torceu-lhe o lábio, donde saiu esta palavra má e desdenhosa:

– O senhor é um tonto.

Quando o pai voltou à sala, instantes depois, Jorge estava com uma das mãos no encosto de uma cadeira, pálido como um defunto. Estela fora até a porta da alcova da sala, resolvida a fechar-se por dentro.

O Sr. Antunes não tinha observação; mas, ao ver o rosto dos dois, não era muito difícil adivinhar que alguma coisa se passara entre eles. Adivinhou-o; contudo, não atinara bem o que seria, se uma cena de dolorosa despedida, se outra coisa menos propícia a seus cálculos. Foi ao jovem capitão e pediu-lhe que se sentasse; mas Jorge declarou que ia sair e despediu-se. Sem encarar Estela, estendeu-lhe a mão, que ela apertou com o ar mais tranquilo do mundo. O pai espreitava uma lágrima furtiva, um gesto disfarçado, qualquer coisa que falasse em favor de suas esperanças. Nada; Estela não baixou o rosto nem escondeu os olhos. Jorge, sim; não obstante o esforço que fazia, tremia-lhe a mão ao apertar a do escrevente.

O Sr. Antunes acompanhou-o até a porta. Ali, antes de a abrir, quis abraçar o moço oficial.

– Dê-me essa triste honra – disse ele –, creia que estes braços são de amigo.

Jorge deixou-se ir, sem entusiasmo; mas, quando sentiu o corpo do pai de Estela, pareceu-lhe que abraçava uma parte da moça, e apertou-o fortemente ao peito. Essa manifestação lisonjeou extremamente o outro; chegou a comovê-lo.

– Conte comigo – murmurou ele –, fico para ajudá-lo.

Jorge ouviu-o, apertou-lhe maquinalmente as mãos, recebeu um abraço último e atirou-se à rua.

Intolerável é a dor que não deixa sequer o direito de arguir a fortuna. O mais duro dos sacrifícios é o que não tem as consolações da consciência. Essa dor padecia-a Jorge; esse sacrifício ia consumá-lo.

Não foi dali para casa; não ousaria encarar sua mãe. Durante a primeira hora que se seguiu à saída da casa de Estela, não pôde reger os pensamentos; eles cruzavam-lhe o cérebro sem ordem nem dedução. O coração batia-lhe rijo na arca do peito; de quando em quando o corpo era tomado de calafrios. Ia despeitado, humilhado, com um dente de remorso no coração.

Quisera de um só gesto eliminar a cena daquela noite, quando menos apagá-la da lembrança. As palavras de Estela retiniam-lhe ao ouvido como um silvo de vento colérico; ele trazia no espírito a figura desdenhosa da moça, o gesto sem ternura, os olhos sem misericórdia. Ao mesmo tempo, lembrava-lhe a cena da Tijuca, e alguma coisa lhe dizia que essa noite era a desforra daquela manhã. Ora sentia-se odioso, ora ridículo.

"Tua mãe é quem tem razão", bradava uma voz interior; "ias descer a uma aliança indigna de ti; e, se não soubeste respeitar nem a tua pessoa nem o nome de teus pais, justo é que pagues o erro indo correr a sorte da guerra. A vida não é uma égloga virgiliana[21], é uma convenção natural, que se não aceita com restrições, nem se infringe sem penalidade. Há duas naturezas, e a natureza social é tão legítima e tão imperiosa como a outra. Não se contrariam, completam-se; são as duas metades do homem, e tu ias ceder à primeira, desrespeitando as leis necessárias da segunda."

"Quem tem razão és tu", dizia-lhe outra voz contrária, "porque essa mulher vale mais que seu destino, e a lei do coração é anterior e superior às outras leis. Não ias descer; ias fazê-la subir; ias emendar o equívoco da fortuna; escuta a voz de Deus e deixa aos homens o que vem dos homens."

Jorge caminhava assim, levado de sensações contrárias, até que ouviu bater meia-noite e caminhou para casa, cansado e opresso. Valéria esperava-o sem haver dormido. Essa dedicação silenciosa, oculta, vulgar nas mães, natural naquela véspera de uma separação acerba e longa, foi como um bálsamo ao coração dolorido do rapaz. Foi também um remorso. Pungiu-lhe a consciência ao ver que esperdiçara algumas horas longe da criatura a quem verdadeiramente ia deixar saudades, única pessoa que pediria a Deus por ele. Valéria adivinhara onde estaria o filho, e tremia de medo à proporção que as horas passavam, receosa de que, amando-o Estela, um e outro houvessem subtraído a sua ventura ao jugo das leis sociais, indo refugiar-se em algum ignorado recanto. Pensou isso, e fraqueou, e arrependeu-se, duvidando de si e da retidão de

21. Referência aos poemas bucólicos do escritor romano Virgílio (70-19 a.C.).

seus atos. Não duvidava da natureza do mal; mas não excedia a ele o remédio escolhido? Supondo que esse pensamento era a sua primeira punição, reagiu fortemente, coligindo as energias abatidas e dispersas e voltou a ser a mulher que era, com todas as suas fortes qualidades naturais ou contraídas. Demais, a que viria o arrependimento, se era tarde?

O filho entrou com as feições recompostas, mas tristes. Valéria recebeu-o sem nenhuma expressão de censura ou mágoa. Nada lhe disse; ele pouco falou e despediram-se sem expansão, aquela última noite que ia o moço dormir sob o teto de seus pais.

A noite foi para ele aflita e melancólica. Quase inteira gastou-a em investigar a vida que ia acabar, em dar busca aos papéis, queimar as cartas dos amigos, repartir algumas prendas, e finalmente em escrever disposições testamentárias e cartas a pessoas íntimas. Perto das quatro horas deitou-se; às sete estava de pé. Valéria havia-se-lhe antecipado. Algumas pessoas foram despedir-se dele e acompanhar a mãe no solene momento da despedida. Entre essas figurava o pai de Estela, cuja tristeza, que era sincera, trazia uma máscara ainda mais triste.

Veio enfim o momento da despedida. Valéria dominara-se até onde pôde; mas o último instante concentrava tantas dores, que era impossível resistir-lhe. A organização moral da viúva era forte, mas a resistência fora prolongada, e a vontade gastou-se nesse esforço de todos os dias. Quando soou o instante definitivo da separação rebentaram dos olhos as lágrimas, não tumultuosas, cortadas de vozes e gemidos, mas dessas outras que retalham silenciosamente as faces, resto de uma dignidade que cede a custo à lei da natureza. Ela estendeu seus braços, ainda formosos, sobre os ombros do filho; nessa postura contemplou-o algum tempo; depois beijou-o e apertou-o estreitamente ao coração.

– Vai, meu filho – disse com voz firme. – Eu fico rogando a Deus por ti; Deus é bom e te restituirá a meus braços. Serve a tua pátria, e lembra-te de tua mãe!

Foram as últimas palavras. Jorge não as ouviu; tinha o espírito prostrado e surdo. Chorou também, menos silenciosamente que Valéria, mas as mesmas lágrimas aflitas.

– Adeus, querida mamãe! – disse ele arrancando-se enfim de seus braços.

Saiu; Valéria não o viu sair; dera costas a todos e foi lastimar na alcova seu voluntário infortúnio.

Pouco tempo depois, perdendo de vista a cidade natal, sentiu Jorge que dobrara a primeira lauda de seu destino, e ia encetar outra, escrita com sangue. O espetáculo do mar abateu-o ainda mais: alargava-se-lhe a solidão até o infinito. Os poucos dias da viagem desfiou-os nessa atonia moral que sucede às catástrofes. Enfim, aportou a Montevidéu, seguindo dali ao Paraguai.

A segunda viagem, as gentes estranhas, as novas coisas, o movimento do teatro da guerra produziram nele saudável transformação. O espírito elástico e móbil sacudiu as sombras de pesar que o enoiteciam, e, uma vez voltado o rosto para o lado do perigo, começou de enxergar, não a morte obscura ou ainda gloriosa, mas o triunfo e o laureado regresso. Bebido o primeiro hausto[22] da campanha, Jorge sentiu-se homem. A hora das frivolidades acabara; a que começava era a do sacrifício austero e diuturno. Ia encarar trabalhos não sabidos, expor-se a perigos inopináveis; mas ia resoluto e firme, com a fronte serena e clara, e o lume da confiança aceso no coração.

Capítulo V

As primeiras cartas de Jorge foram todas à mãe. Eram longas e derramadas, entusiásticas, descuidosas e até pueris. Descontada a escassa porção de realidade que podia haver nelas, ficava um cálculo, que o coração de Valéria compreendeu; era adoçar-lhe a ausência e dissipar-lhe as apreensões.

Cedo se familiarizou Jorge com a vida militar. O exército, acampado em Tuiuti[23], não iniciava operações novas; tratava-se de reunir os elementos necessários para prosseguir a campanha de modo seguro e decisivo. Não havendo nenhuma ação grande, em que pudesse provar as forças e amestrar-se, Jorge buscava

22. Gole, trago, referido no texto em sentido figurado.

23. Referência à região do lago de Tuiuti, onde ocorreu, em maio de 1866, uma das mais importantes batalhas da Guerra do Paraguai.

as ocasiões de algum perigo, as comissões arriscadas, cujo êxito dependesse de espírito atrevido, sagacidade e paciência. Esse desejo captou-lhe a simpatia dos chefes imediatos.

O coronel que o comandava atentou nele; sentiu-lhe a alma juvenil através do olhar brando e repousado. Ao mesmo tempo observou que, no meio dos gozos fáceis e múltiplos do acampamento, convertido pela inação em povoado de recreio, Jorge conservava um retraimento monacal, um casto horror de tudo o que pudesse diverti-lo de curar das armas, ou somente de pensar nelas. O coronel era homem de seu ofício; amava a guerra pela guerra; morreu talvez de nostalgia no regaço da paz. Era bravo e ríspido. O que lhe destoou a princípio na pessoa de Jorge foi o alinho e um resto de seus ademanes de sala. Jorge, entretanto, sem perder desde logo o jeito da vida civil, foi criando com o tempo a crosta de campanha. O desejo de trabalhar, de arriscar-se, de temperar a alma ao fogo do perigo trocou os sentimentos do coronel, que entreviu nele um bom companheiro de armas, e ao fim de pouco tempo procurou distingui-lo.

Posto que Jorge falasse do coronel nas cartas que escrevia à mãe, não o dava como amigo seu, nem tinha amigos no acampamento, ou se os tinha não os considerava tais. Ouvia confidências de muitos, animava as esperanças de uns, consolava as penas de outros, nunca abria porém a porta do coração à curiosidade transeunte. Devia ser entretanto interessante uma página somente da vida daquele militar, jovem, bonito, abastado, que não ia ao teatro nem aos saraus do acampamento, que ria poucas vezes e mal, que só falava da guerra, quando falava de alguma coisa.

Um dia, um major do Ceará foi achá-lo sentado em um resto de carreta inútil, lançado em sítio escuso, ora a olhar para o horizonte, ora a traçar com a ponta da espada uma *estrela* no chão.

– Capitão – disse o major –, parece que você está vendo estrelas ao meio-dia?

Jorge sorriu do gracejo, mas não deixou de continuar, nos demais dias, a traçar estrelas no chão ou a procurá-las nas campinas do céu. Os oficiais, arrastados pela simpatia, não lhe ficavam presos pela convivência; Jorge era, não só taciturno, mas desigual, ora dócil, ora ríspido, muitas vezes distraído e absorto. Era distraído, sobretudo, quando recebia cartas do Rio de Janeiro, entre as quais rara vez acontecia que não viesse alguma do Sr. Antunes. O pai de Estela regava com a água salobra de seu estilo a esperança que não perdera. As suas cartas eram epitalâmios[24] disfarçados. Falava muito de si, e muito mais da filha, cuja alma, dizia ele, andava singularmente triste e acabrunhada. Jorge resistia ao desejo de falar também de Estela; mais de uma vez o nome da moça lhe caía dos bicos da pena; ele o riscava logo, assim como riscava qualquer frase que pudesse parecer alusiva aos seus sentimentos; as que escrevia ao pai da moça eram secas, sem especial interesse, polidas e frias.

Um dia, porém, antes de meado o ano de 1867, não pôde resistir à necessidade de segredar o amor a alguém ou proclamá-lo aos quatro ventos do céu. Ninguém havia ao pé dele que merecesse a confidência; Jorge alargou os olhos e lembrou-se de Luís Garcia, única pessoa estranha a quem confiara metade do segredo que havia levado para a guerra. Os corações discretos são raros; a maioria não é de gaviões brancos que, ainda feridos, voam calados, como diz a trova; a maioria é das pegas, que contam tudo ou quase tudo.

Já nesse tempo o coração de Jorge padecera grande transformação.

O amor, sem minguar de intensidade, mudara de natureza, convertendo-se em uma espécie de adoração mística, sentimento profundo e forte, que parecia respirar atmosfera mais alta que a do resto da criação. Ele mesmo o disse na carta a Luís Garcia, sem lhe denunciar o nome da pessoa, nem nenhuma circunstância que pudesse pô-lo na pista da realidade; exigiu-lhe absoluto silêncio e contou-lhe o que sentia:

Não importa saber quem é, disse ele; o essencial é saber que amo a mais nobre criatura do mundo, e o triste é que não somente não sou amado, mas até estou certo de que sou aborrecido.

Minha mãe iludiu-se quando supôs que meu amor achara eco em outro coração. Talvez desistisse de me mandar ao Paraguai se soubesse que essa paixão solitária era o meu próprio

24. Hinos nupciais.

castigo. Era; já o não é. A paixão veio comigo apesar do que *lhe* ouvi na véspera de embarcar; e se não cresceu é porque não podia crescer. Mas transformou-se. De criança tonta, que era, fez-se homem de juízo. Uma crise, algumas léguas de permeio, poucos meses de intervalo foram bastantes a operar o milagre.

Não sei se a verei mais, porque uma bala pode pôr termo a meus dias, quando eu menos o esperar. Se a vir, ignoro os sentimentos com que ela me receberá. Mas, de um ou de outro modo, este amor morrerá comigo, e o seu nome será a última palavra que há de sair de meus lábios.

Meu amor não sabe já o que seja impaciência ou ciúme ou exclusivismo: é uma fé religiosa, que pode viver inteira em muitos corações. Talvez o senhor não me compreenda. Os homens graves ficam surdos a essas sutilezas do coração. Os frívolos não as entendem. Eu mesmo não sei explicar o que sinto, mas sinto alguma coisa nova, uma saudade sem esperança mas também sem desespero: é o que me basta.

Jorge releu o escrito, e ora o achava claro demais, ora obscuro. Hesitou ainda algum tempo; enfim, dobrou a carta, fechou-a e remeteu-a para o Rio de Janeiro.

Quando a resposta lhe chegou às mãos, preparava-se o exército para deixar Tuiuti. Jorge estava todo entregue aos cuidados da guerra, a sonhar batalhas, a acutilar mentalmente os soldados de López. A resposta de Luís Garcia dizia pouco ou nada do objeto da carta de Jorge; compunha-se quase toda de conselhos e reflexões, dadas em linguagem sóbria e medida, reflexões e conselhos relativos quase exclusivamente aos deveres de homem e de soldado.

Jorge esperava aquilo mesmo; conhecia, ainda que pouco, o gênio seco e gélido de Luís Garcia. Contudo, ficou momentaneamente desapontado e triste. Seria certo que nenhum coração simpatizava com seus secretos infortúnios ou suas venturas solitárias? Ao cabo de largos meses de separação, nem Estela pensaria nele, nem ele achava pessoa com quem partisse o pão das saudades, último alimento de um amor sem cônjuge. A consciência da solidão moral abateu-o um instante; esvaiu-se-lhe toda a força acumulada durante aqueles meses, e a alma caiu de bruços.

Poucos dias depois operou-se a marcha de Tuiuti e Tuiu-Cué[25], a que se seguiu uma série de ações e movimentos, em que houve muita página de Plutarco.[26] Só então pôde Jorge encarar o verdadeiro rosto à guerra, a cujo princípio não assistira; figurou em mais de uma jornada heroica, correu perigos, mostrou-se valoroso e paciente. O coronel adorava-o; sentia-se tomado de admiração diante daquele mancebo, que combatia durante a batalha e calava depois da vitória, que comunicava o ardor aos soldados, não recuava de nenhuma empresa, ainda a mais arriscada, e a quem uma estrela parecia proteger com suas asas de luz.

Notou ele uma vez, em um dos combates mortíferos de dezembro de 1868, ano e meio depois da carta de Luís Garcia, que a temeridade do mancebo parecia ir além dos limites do costume, e que, em vez de um homem que combatia, era ele um homem que queria morrer. A fortuna salvou-o. Findo o combate, recolhidos os feridos, repousados os corpos, o coronel foi ter com ele na barraca, e achou-o tristemente quieto, com os olhos inchados e parados. O coronel não reparou nisso; entrou a felicitá-lo pelo comportamento que tivera, ainda que um pouco excessivo. Jorge tinha-se respeitosamente erguido e olhava para o coronel sem dizer palavra. Este encarou-o e viu-lhe sinais de abatimento.

– Que diabo tem você, capitão?

– Nada – respondeu o moço.

– Recebeu ontem cartas do Rio de Janeiro?

– Uma: de minha mãe.

– Está boa?

– De perfeita saúde.

– Nesse caso...

O coronel parou e refletiu; depois continuou:

– Já sei o que é.

– O que é! – exclamou Jorge procurando sorrir.

---

25. Mais uma referência a locais de importância na Guerra do Paraguai.

26. Filósofo e prosador grego do período greco-romano, viveu entre 45 e 120. Plutarco se notabilizou por escrever biografias de heróis gregos e romanos, daí o sentido em que é aludido no texto de Machado: “página de Plutarco” significa, no contexto, “ação heroica”.

– Há de fazer-se – continuou o coronel –; a coisa está a caminho, há de fazer-se, não lhe digo mais nada.

E bateu-lhe no ombro, com um gesto que tanto podia dizer "Sossegue, capitão", como "Parabéns, senhor major". Jorge entendeu esse trocadilho gesticular, e apertou as mãos do coronel, agradecendo-lhe, não o posto que lhe anunciava, mas a afeição que lhe tinha. O coronel encarou-o paternalmente alguns minutos.

"Subir! Não sonham com outra coisa", rosnava ele consigo.

E saiu.

Jorge ficou só, acendeu um cigarro, que não pôde fumar até o fim. Depois sentou-se, desabotoou a farda, tirou uma carta, abriu-a e releu algumas linhas do fim. A carta era de Luís Garcia. Dava-lhe notícias de sua mãe, que, por motivos de doença, fora tomar águas a Minas, e rematava com estas palavras assombrosas:

> ... Resta-me dizer-lhe, se em alguma coisa lhe pode interessar minha vida, que sábado passado contraí segundas núpcias. Minha mulher é a filha do Sr. Antunes. Sua mãe serviu-nos de madrinha.

Com os olhos fitos nessas poucas linhas, Jorge parecia alheio a tudo mais. O papel, recebido na véspera, estava amarrotado, como se lhe passara pelas mãos durante um ano. Olhava, relia e não podia entender; quando chegava a entender, não podia acreditar. O casamento de Estela era a seu ver um absurdo; mas, após os intervalos de dúvida, a realidade apossava-se dele. A razão mostrava-lhe que semelhante notícia devia ser certa. No fim de dois dias, tinha ele compreendido alguma coisa do silêncio de sua mãe: o motivo era, sem dúvida, o mesmo que a impelira a mandá-lo ao Paraguai. Nunca lhe falara de Estela, nem do casamento de Luís Garcia, silêncio calculado para de todo extinguir em seu coração os derradeiros murmúrios de um amor sem eco.

Jorge sentiu então um fenômeno próprio de tais crises – um movimento de ódio a todo o gênero humano, desde sua mãe até o seu inimigo. Tornou-se descortês, violento, deliberadamente mau: efeito transitório, ao qual sucedeu um abatimento profundo. Ferido daí a dias em Lomas Valentinas, retirou-se por alguns meses do exército, cujas operações só continuaram depois de meado o ano seguinte. Jorge teve parte nas jornadas de Pirebebuí e Campo Grande[27], não já na qualidade de capitão, mas na de major, cuja patente lhe foi concedida depois de Lomas Valentinas. No fim do ano estava tenente-coronel, comandava um batalhão e recebia os abraços de seu antigo comandante, contente de o ver sagrado herói.

Um acontecimento inesperado e desastroso veio ainda golpeá-lo cruelmente, logo depois de março de 1870, quando, acabada a guerra, estava ele em Assunção. Valéria falecera. Luís Garcia lhe deu essa triste notícia, que ele antes adivinhou do que leu, porque as últimas cartas já lhe faziam pressentir o lúgubre desenlace. Jorge adorava a mãe.

Se só a contragosto viera para a guerra, não é menos certo que esta o cobrira de louros, e que ele os quisera depositar no regaço de Valéria. O destino decidiu por outro modo, como se quisesse contrastar cada um de seus favores fazendo-lhe sangrar o coração.

No fim de outubro volveu ao Rio de Janeiro. Tinham passado quatro anos justos. Penetrando a barra e descortinando a cidade natal, Jorge comparava os tempos, as angústias e as esperanças da partida com a glória e o abatimento do regresso. Não se sentia feliz nem infeliz, mas nesse estado médio, que é a condição vulgar da vida humana. Comparava-se ao mar daquela manhã, nem borrascoso[28] nem quieto, mas levemente empolado e crespo, tão prestes a adormecer de todo, como a crescer e arremessar-se à praia. Que aragem sonolenta ou que tufão destruidor viria roçar por ele a asa invisível? Jorge não o perscrutou. Trazia os olhos no passado e no presente; deixou ao tempo os casos do futuro.

Capítulo VI

Antes de irmos direito ao centro da ação, vejamos por que evolução do destino se operou o casamento de Estela.

---

27. Lomas Valentinas, Pirebebuí e Campo Grande: idem à nota 25.

28. Tempestuoso.

Poucos poderiam supor, nos fins de 1866, que a campanha se protrairia ainda cerca de quatro anos. O cálculo do general Mitre[29], relativo aos três meses de Buenos Aires a Assunção, tinha já caído, é certo, no abismo das ilusões históricas. Proclamações são loterias; a fortuna as faz sublimes ou vãs. A do general argentino, que era já uma afirmação errada, exprimiu contudo, no seu tempo, a convicção dos três povos. Do primeiro embate com o inimigo, viu-se que a campanha seria rija e longa; a ilusão desfez-se; ficou a realidade, que nem por isso encaramos com rosto aflito. Não obstante, era difícil presumir, em outubro de 1866, que a guerra chegasse até março de 1870. Supunha-se que um esforço ingente bastaria a reparar Curupaiti, a derrubar Humaitá, a vencer o ditador, não nos três meses do General Mitre, mas em muito menos tempo do que viria a ser na realidade.

Isso posto, não admira que Valéria receasse a cada instante a terminação da guerra e a pronta volta do filho. Se tal coisa acontecesse, ela teria dado um golpe inútil, e o fogo podia renascer das cinzas mal apagadas. Valéria preferia as soluções radicais. Uma vez arredado o filho, viu a necessidade de aniquilar as últimas esperanças, e o mais seguro meio era casar Estela. Assim procedendo, satisfaria também a afeição que tinha à moça, afeições que nunca lhe diminuíra. Sabia que entre Estela e o pai havia contrastes morais de difícil conciliação. Cada um deles falava língua diferente, não podiam entender-se nunca, sobretudo (dizia ela consigo) na escolha de um consorte.

Dois meses depois do embarque de Jorge, Valéria mandou chamar o Sr. Antunes a Santa Teresa, onde tinha uma casa de verão. O recado foi escrito, circunstância que lhe deu certa solenidade. Nunca até então a viúva lhe escrevera. O Sr. Antunes leu e releu o bilhete, mostrou-o duas ou três vezes à filha, esteve tentado de mostrá-lo ao vizinho fronteiro. Enquanto se vestia, pô-lo sobre a mesa, lançando-lhe a furto os olhos, pesando-lhe de cor as expressões corteses, espremendo-as, dissecando-as. Vestido, guardou-o cuidadosamente na algibeira. Na rua, separou-se de um importuno dizendo enfaticamente

29. Bartolomé Mitre (1821-1906) era o presidente da Argentina na época.

aonde ia. Quanto ao motivo do recado, não atinava qual fosse, nem teve muito tempo para isso. Cogitou, entretanto, e supôs que se tratava de algum obséquio que ela lhe ia encomendar.

Era obséquio, e não lho pedia a viúva; prestava-o, e não demorou muito em dizê-lo. Ao cabo de dez palavras, pediu-lhe licença para dotar Estela.

– Não quisera fazê-lo, sem o seu consentimento – concluiu ela –; por isso o mandei chamar.

Do mais ínfimo a que um homem haja baixado, a natureza pode fazê-lo grave, ainda que por um só minuto. Esse minuto teve-o o pai de Estela. Imóvel e sem fala a princípio, depois, ainda sem fala mas não já imóvel, o Sr. Antunes revelou em seu rosto, aliás vulgar, uma comoção digna. A dignidade, porém, expirou com o silêncio. Quando ele abriu a boca para agradecer a prova de afeição que a viúva lhe dava à filha, a alma readquiriu o trejeito habitual. Valéria cortou-lhe o discurso com uma arte tão superior, que o pai de Estela antes sentiu do que compreendeu. A viúva tinha a verdadeira generosidade, que consiste menos em prestar o obséquio do que em dissimulá-lo; disse-lhe que, dotando Estela, cumpria um desejo do desembargador, e, sem esperar pelo necrológio que o Sr. Antunes provavelmente ia recitar, fez um longo e afetuoso inventário das qualidades da moça.

– É muito boa filha – concluiu a viúva –; tem qualidades dignas de todo o apreço, e, além do mais, sou amiga dela.

– Isso, minha senhora, é a maior fortuna que lhe podia caber. Quanto a ser boa filha, não é por vaidade que o digo, mas creio que a senhora tem razão. Saiu à mãe, que era uma santa alma.

– Estela não o é menos. É bonita! Enfim pode vir amar alguém, não lhe parece?

– Pode, pode – assentiu o Sr. Antunes. – Que eu, verdadeiramente, não sei se ela já não amará. É tão calada! Ultimamente parece andar triste...

– Triste?

– Distraída... Assim, como pessoa que não tem o pensamento sossegado. Não sei se aquilo é paixão ou doença. Doença não creio que seja, porque ela é forte e tem boa aparência.

Coitadinha! Mas sempre alegre... isto é, alegre não... quero dizer, não anda sempre triste... ou por outra...

Valéria sorriu mentalmente daquela confusão que o Sr. Antunes fazia, e que atribuiu ao alvoroço que naturalmente a notícia do dote lhe causara; interrompeu-o dizendo que fosse lá com a filha. Estela ouviu daí a meia hora a notícia da generosidade da viúva, que o pai se apressou a ir dar-lhe, e, contra a expectação deste, ouviu-a calada e severa. Não achando a explosão de alegria que esperava, o Sr. Antunes abanou desanimado a cabeça.

– Não te entendo, filha! – replicou ele. – Hás de dizer o que é que queres ser neste mundo. Não és rica, nem menos que rica; não tens a menor esperança no futuro. Eu não te posso deixar nada, porque nada tenho. Há uma senhora que te estima, que te faz um benefício, e tu recebes isto como se fosse uma injúria.

A observação do pai chamou a filha à realidade da situação.

– Papai sabe que não sou de muito riso – disse ela –; pode ficar certo de que me alegrou muito a notícia que me deu.

Não alegrou nada. Nunca lhe pesara tanto a fatalidade da posição. Depois do episódio da Tijuca, parecia-lhe aquele favor uma espécie de perdas e danos que a mãe de Jorge liberalmente lhe pagava, uma água virtuosa que lhe lavaria os lábios dos beijos que ela forcejava por extinguir, como *lady* Macbeth a sua mancha de sangue. *Out, damned spot!*[30] Este era o seu conceito; esta era também a sua mágoa. A altivez com que procedera desde aquela manhã de algum modo lhe levantara o orgulho, que o ato inconsiderado de Jorge havia por um instante humilhado. Mas a ação da viúva, por mais espontânea que fosse, tinha aos olhos da moça a consequência de fazer decorrer o benefício da mesma origem da afronta. Estela não distinguia entre os bens da mãe e do filho. Era tudo a mesma bolsa; e dali é que lhe vinha o dote.

Com essa ideia opressiva entrou ela em casa da viúva, cuja recepção lhe desabafou o espírito do mais espesso de suas

30. "Fora, mancha maldita!". Fala bastante conhecida da peça *Macbeth*, de Shakespeare, em que a personagem-título, sonâmbula, tenta lavar as mãos de manchas de sangue imaginárias.

preocupações. Valéria beijou-a, com um gesto mais maternal que protetor. Nem lhe deixou concluir a frase de agradecimento; cortou-a com uma carícia; depois falou-lhe da beleza, das ocupações, de cem coisas alheias ao objeto que as reunia, dissimulação generosa, que Estela compreendeu, porque também possuía o segredo dessas delicadezas morais.

Quinze ou vinte dias depois, Valéria interrogou diretamente Estela, e a resposta que obteve foi contrária a suas esperanças.

– Não amo ninguém – disse a moça –, e provavelmente não amarei nunca.

– Por quê? – replicou vivamente a viúva.

Estela sorriu.

– Podia dizer-lhe – respondeu ela – que não tenho coração...

– Seria mentir. Mas vais talvez dizer que um bom marido não é coisa fácil de achar.

– Isso.

– Tens razão até certo ponto. De todas as aves raras a mais rara é um bom marido; mas o que é raro não é impossível. Meteu-se-me em cabeça que hei de descobrir uma joia. Se eu a encontrar, que farás tu?

– Aceito – disse a moça depois de um instante.

– Assim, não; não quero que a aceites sem vontade; hás de aceitá-la com amor... Porque eu não creio que não tenhas coração; é faceirice de moça bonita. Deixa ver – continuou a viúva colocando-lhe a mão no peito –; tens, oh!, tens um coração que parece querer despedaçar-te o peito. Estela, tu estás doente!

– Que ideia! – exclamou a moça rindo. – Se eu vendo saúde! Não estou doente, estou comovida. Tratemos do noivo. Não me peça que o ame apaixonadamente, porque eu não nasci para isso. Minha natureza é fria. Mas um pouco de estima, certo interesse...

– Justo: a semente do amor. O tempo se encarregará de fazer a árvore.

Durante três meses não falaram no assunto. No fim desse tempo, tendo Valéria descido de Santa Teresa, Estela foi passar algumas semanas na rua dos Inválidos.

– Ainda nada? – perguntou à viúva, logo que a viu.

– Coisa nenhuma –, foi a resposta.

Dada a situação de uma e outra, não era fácil a Valéria encontrar-lhe o noivo desejado a menos de o designar a própria noiva, e essa era a mais improvável de todas as hipóteses.

Entretanto, a convivência fez renascer entre ambas alguns dos hábitos antigos. Valéria tornou a sentir necessidade de a ter consigo, de a conversar, de depositar nela suas ideias e enxaquecas. Estela oferecia todas as vantagens de uma velha amiga, com a circunstância de ser moça, e, ainda mais, a de ser bonita, qualidade simpática à viúva, que fora uma das belas mulheres de seu tempo. Nada lhes impedia restaurar inteiramente a situação anterior, a não ser a memória do passado recente. Era isso que ainda estabelecia entre ambas tal ou qual cautela, tal ou qual separação, que o Sr. Antunes chegava a suspeitar às vezes, sem poder compreender nunca. Não falavam de Jorge, nem da guerra, nem de coisa que pudesse reviver a lembrança do passado.

Começado o verão de 1867, Valéria transportou-se a Santa Teresa, onde Estela foi algumas vezes. Numa dessas vezes encontrou ali a filha de Luís Garcia, que caminhava para os treze anos e concluía os estudos de colégio. Houve um instante de hesitação entre as duas; Iaiá, que era ainda a mesma criatura travessa e lépida, sentiu-se acanhada diante da gravidade de Estela, mas esse instante foi curto e a afeição imediata. Acabado o verão, a viúva resolveu não descer à rua dos Inválidos; e, com o pretexto ou o motivo de que em Santa Teresa ficava mais só, alcançou que Estela fosse lá estar algum tempo. Estela subiu em março.

Já então Iaiá entrara na intimidade da casa, menos ainda pelo que podia haver – e havia – simpático e atraente em sua pessoa, do que pelo esforço próprio. A sagacidade da menina era a sua qualidade mestra: assim viu depressa o que era menos agradável, para evitá-lo, e o que o era mais, para cumpri-lo. Essa qualidade ensinava-lhe a sintaxe da vida, quando outras ainda não passam do abecedário, onde morrem muitas vezes. Obtida a chave do caráter de Valéria, Iaiá abriu a porta sem grande esforço.

Ia lá quase todos os domingos, às tardes, e algumas vezes de manhã, com tal ou qual repugnância do pai, para quem os domingos eram os dias de ouro, e só o eram com a condição do exclusivismo. Luís Garcia cedeu, não por causa da viúva, mas para satisfazer a filha, que parecia ter prazer em frequentar a casa. "É ainda criança", pensou ele; "convém dar-lhe festas." Quando Iaiá jantava em casa de Valéria, Luís Garcia, ou também jantava, ou ia buscá-la à noite, e trazia-a depois de uma hora de conversa. A presença de Estela tornou ainda mais aprazíveis à mocinha aquelas visitas, e, dentro de pouco tempo, era a afeição de Estela que mais lhe ocupava o coração.

A lei dos contrastes tinha ligado essas duas criaturas, porque tão petulante e juvenil era a filha de Luís Garcia, como refletida e plácida a filha do Sr. Antunes. Uma ia para o futuro, enquanto a outra vinha já do passado; e, se Estela tinha necessidade de temperar a sua atmosfera moral com um raio da adolescência da outra, Iaiá sentia instintivamente que havia em Estela alguma coisa que sarar ou consolar.

Um dia, Iaiá foi encontrar Estela ao pé de uma mesa, com um álbum de retratos aberto diante de si. A moça estava tão embebida, que só deu pela presença de Iaiá quando esta parou do outro lado da mesa e inclinou os olhos para o álbum. Estela teve um pequeno sobressalto, mas dominou-se logo.

– Seu pai tem uma fisionomia de bom coração – disse ela.

– Não é verdade? – retorquiu a menina com entusiasmo.

Efetivamente, uma das páginas do álbum continha o retrato de Luís Garcia, mas na outra página estava o retrato de Jorge, um dos três ou quatro que a viúva possuía na coleção. Iaiá, que adorava o pai, achou que a observação de Estela era a mais natural do mundo, e não olhou sequer para a outra fotografia. Estela fechou depressa o álbum com a mão trêmula, e mal pôde sorrir à insistência com que Iaiá voltou àquele assunto. Tinha o seio ofegante e o olhar vago, remoto, esvaído nas campanhas do sul. O coração batia-lhe violentamente. Mas essa comoção não durou mais de três a quatro minutos.

– A senhora podia casar-se com papai – disse a menina depois de olhar algum tempo para a outra.

Estela teve novo sobressalto, mas dessa vez era só espanto. Como Iaiá a abraçasse pela cintura, ela inclinou o rosto sobre o rosto da menina, e perguntou sorrindo:

– Tinhas muita vontade de ser minha enteada?

– Tinha.

Estela abanou a cabeça com um gesto, não de negativa, mas de incredulidade. Já conhecia alguma coisa do caráter de Luís Garcia; rigorosamente era um esposo aceitável. Via nele um homem de afeições plácidas, medíocres, mas sinceras. Via-o respeitoso sem abatimento, polido sem afetação, falando pouco, mas com alguma ideia, em todo o caso com muita oportunidade, vivendo enfim para si e para a filha. De tudo o que observara concluía que a sobriedade era a lei moral desse homem, e que à taça da vida não pedia mais do que alguns goles, poucos. Que importa? A vida conjugal é tão somente uma crônica; basta-lhe fidelidade e algum estilo. Conquanto houvesse algumas semelhanças entre ambos, havia também diferenças, mas Estela podia fiar do tempo, que ajusta os contrastes. E, não obstante, se o marido era aceitável, não lhe parecia que fosse possível. A gravidade exterior como que o rodeava de uma atmosfera impenetrável.

Iaiá não insistiu; mas dois ou três domingos depois, estando todos na chácara, interrompeu a conversa geral para perguntar a Estcla se deveras lhe tinha afeição.

– Já disse que sim – acudiu Estela.

– Mas gosta muito de mim?

– Muito – repetiu Estela prolongando a primeira sílaba.

– Por que não vem morar comigo?

Riram-se os outros; Estela beijou-a na testa. Ficando sós, a viúva e Estela jogaram uma partida de cartas, mas jogaram sem atenção; depois tomaram chá, mas sem apetite; finalmente dormiram, mas sem sono. Talvez a mesma ideia as preocupava. No dia seguinte, Estela perguntou sorrindo à viúva:

– Se eu lhe disser que já achei um projeto de marido?

– Quem?

– O Luís Garcia.

Valéria apertou-lhe as mãos.

– Excelente homem – disse ela –, marido digno e capaz. Conheço-o há muitos anos; nunca desmereceu da nossa estima. E amam-se?

– Isso agora é mais complicado – replicou Estela. – Não posso dizer que o amo; contudo, desejaria ser sua mulher. Talvez ele não deseje ser meu marido, mas é por isso mesmo que a consulto e lhe peço que me diga, uma vez que aprova a escolha, se posso esperar reciprocidade e se devo...

– Não deves dizer nada; incumbo-me de tudo.

Valéria não ocultou o contentamento. Não lhe tinha ocorrido nunca a ideia de os casar; Iaiá fê-la nascer, Estela abriu-a em flor; só faltava o fruto, e era justamente a parte difícil, porque a índole de Luís Garcia afigurava-se-lhe inteiramente avessa ao desejo de contrair segundas núpcias. Mas Valéria não desanimou. Não se pode dizer que ele seja o ideal de todas as noivas, pensava ela; não tem a expansão nem o verdor da primeira idade; mas deve ser um excelente marido. Luís Garcia tinha agora melhor posição. Obtivera uma promoção de emprego, e, mediante isso e alguns trabalhos extraordinários que lhe eram confiados, pôde ficar inteiramente a coberto das intempéries da vida. Estabelecera o futuro da filha e restaurara as alfaias[31] da casa, não por si, mas com a intenção de ser mais agradável a Iaiá.

Estela, entretanto, impunha uma condição.

– Não desejo parecer que me ofereço – disse ela –, seria desairoso para um e para outro, e não seria a realidade.

– Que te ofereces, não; mas quem me pode impedir de ter adivinhado que o amas? – disse a viúva maliciosamente.

– Ou que o aprecio – emendou Estela. – Para um bom casamento não é preciso mais.

Luís Garcia não ficou pouco admirado quando Valéria daí a dias lhe perguntou se não tinha vontade de passar a segundas núpcias. Sorriu e ergueu os ombros; mas, insistindo a viúva, respondeu que a ideia de casar era já serôdia[32] para ele.

– Não diga isso – tornou Valéria. – Iaiá está quase moça, vai deixar o colégio. O senhor vive só, e, tendo de dar companhia à sua filha, é melhor que lhe dê uma madrasta.

Luís Garcia abanou resolutamente a cabeça.

---

31. Móveis, utensílios, adornos.

32. Tardia.

– Não tenho vocação para o casamento – disse ele depois de uma pausa –; minha verdadeira vocação é o celibato.

– Foi por isso que enviuvou?

– Casei-me uma vez, é verdade, mas não foi por amor; além de quê, era rapaz.

– Quando teimo em alguma coisa, é difícil que não vença – disse a viúva depois de alguns instantes. – Há duas pessoas de quem gosto muito, ela e o senhor, ambas dignas uma da outra; e eu entendi que as devia casar, e hei de casá-las. Por que está a sorrir com esse ar incrédulo?

Como Luís Garcia não respondesse e continuasse a sorrir, Valéria ergueu-se e foi até a varanda, donde se olhava para a chácara, depois voltou-se para dentro.

– Ande ver sua noiva – disse ela.

Luís Garcia foi até a varanda; a viúva apontou-lhe para o grupo de Estela e Iaiá.

Na chácara havia um canteiro circular, plantado de grama, no centro do qual jorrava a água de um repuxo. A bacia deste era orlada de plantas, cujas folhas largas, rajadas umas de escarlate, outras de branco, interrompiam a monotonia da relva. Dessas folhas colhera Estela algumas, entretecera os talos formando uma capela, a pedido de Iaiá. Quando Luís Garcia chegou à janela, a moça concluía o difícil trabalho. Uma vez pronto, Iaiá, que olhava para ela, infantilmente ansiosa, inclinou a cabeça, e Estela cingiu-a com a grinalda rústica; depois recuou alguns passos, aproximou-se outra vez, concertou-a melhor. As folhas caíam-lhe sobre os ombros irregularmente, ou erguiam-se sobre a cabeça, e o todo daria ideia de uma náiade casquilha.[33] Estela mirou-a alguns instantes; inclinou-se para ela e beijou-a repetidas vezes. Iaiá quis pagar-lhe o trabalho e a carícia devolvendo-lhe a grinalda e colocando-a ela mesma na cabeça. Estela recusou, mas, como a menina insistisse, batendo impacientemente o pé, cedeu ao desejo infantil. Inclinou-se; Iaiá, que trepara a um banco, cingiu-lhe a cabeça, como a outra lhe fizera, e, satisfeito seu capricho, saltou do banco ao chão.

---

33. Ninfa elegante.

Nesse momento, como Valéria falava a Luís Garcia, não viram estes dois que a menina, saltando precipitadamente e mal, caíra na areia; só deram pelo desastre ouvindo um pequeno grito angustioso de Estela. A moça correra à menina para a fazer levantar.

A queda fora pequena; Iaiá procurava sorrir, mas um seixo que havia no chão, e sobre o qual caíra o rosto, fizera-lhe uma leve escoriação na face.

– Não foi nada – dizia ela.

– Nada! Você feriu-se... Ora, isto! Papai que há de dizer... Anda cá.

Estela levou a menina pela mão até o repuxo; molhou o lenço na água; lavou-lhe o sangue da face, inclinada sobre ela, que sorria voluntariamente. Nesse momento, Luís Garcia, que havia descido logo, chegou ao grupo das duas.

– Não foi nada, papai – disse Iaiá lendo no rosto do pai o motivo que o trouxera –; fui pular do banco e caí. Foi bem-feito; é para eu não ser travessa.

Luís Garcia estendera a mão direita sobre a cabeça da filha e examinava-lhe a escoriação, que era pouco mais de nada. Tranquilizou-se e repreendeu-a levemente. Estela, que interrompera a operação, concluiu-a dizendo que o caso era de pouca monta, mas podia ter sido mais grave. Luís Garcia agradeceu-lhe o cuidado e o obséquio.

– Demais, a culpada fui eu – disse Estela – e sem desculpa, porque não sou criança. Vamos? – continuou ela pegando na mão da menina.

– Então? – perguntou a viúva a Luís Garcia logo que este voltou a ter com ela.

– Não falemos nisso, ou faça-me um milagre – disse ele secamente.

Não obstante a comoção que lhe ficou do procedimento afetuoso de Estela, em relação a Iaiá, Luís Garcia riu no dia seguinte, ao lembrar-lhe a proposta de casamento. Quando lá voltou, não ouviu falar mais em semelhante assunto, nem Estela lhe deu a entender a menor pretensão. Pareceu-lhe que Valéria consultara apenas o seu desejo particular.

Tratando a moça de perto, Luís Garcia havia já observado duas coisas: primeiro, o resguardo com que ela procedia, sem ostentar a intimidade de Valéria, nem cair nos ademanes da servilidade; depois, um ar de tristeza, que era a sua feição habitual. Concluiu que Estela devia padecer ou ter padecido alguma vez. Apreciou, além disso, algumas de suas qualidades morais. Supô-las verdadeiras, mas supô-las também caducas, como as graças do rosto ou como a flor-do-campo; com a diferença, dizia ele, que há um prazo fatal para que as graças percam o primitivo frescor e a flor expire o seu último cheiro, ao passo que a natureza social tem a decrepitude precoce e um princípio de corrupção, que destrói em breve termo todas as florescências do primeiro sol.

Estela não desistira da ideia e cogitava um meio de chegar à execução, não obstante a confiança da viúva, que lhe dizia: "Descansa; a rede está lançada". Era justamente essa ideia de rede que repugnava ao espírito direto e simples de Estela. Entretanto, cada dia que passava vinha confirmar a eleição da moça.

O resto foi obra de Iaiá, obra dividida em duas partes, uma voluntária, outra inconsciente. Voluntária, porque também a menina, no silêncio laborioso de seu cérebro, construíra o projeto de os unir, e o dissera mais de uma vez a um e a outro. Inconsciente, porque o amor que a ligava a Estela foi a mais poderosa força que modificou o pai. Era uma afeição intensa a dessas duas criaturas; ao passo que Iaiá dava a Estela uma porção de ternura de filha, Estela achava no amor da menina uma antecipação dos prazeres da maternidade. Luís Garcia testemunhou esse movimento recíproco e, por assim dizer, fatal. Se Iaiá devesse ter madrasta, onde a acharia mais completa? Discreta, moderada, superior a seus anos, Estela tinha as condições necessárias para esse delicado papel. A primeira insinuação da viúva foi a causa primordial; mas o tempo, a convivência, a afeição das duas, a necessidade de dar segunda mãe à menina, e antes legítima que mercenária, finalmente, a certeza de que a Estela não repugnava a solução, tais foram os primeiros elementos da decisão de Luís Garcia.

Faltava só o milagre, e o milagre veio. Iaiá adoeceu um dia em casa de Valéria, e a doença, posto que não grave nem longa, deu ocasião a que Estela manifestasse de modo inequívoco toda a ternura de seu coração. Luís Garcia foi testemunha da dedicação silenciosa e contínua com que Estela tratou da doente. Esse último espetáculo desarmou-o de todo. Entre eles, o casamento não era a mesma coisa que costuma ser para os outros; nada tinha das alegrias inefáveis ou das ilusões juvenis. Era um ato simples e grave. E foi o que Estela lhe disse a ele, no dia em que trocaram reciprocamente as primeiras promessas.

– Creio que nenhuma paixão nos cega, e se nos casamos é por nos julgarmos friamente dignos um do outro.

– Uma paixão de sua parte, em relação à minha pessoa, seria inverossímil – confessou Luís Garcia –; não lha atribuo. Pelo que me toca, era igualmente inverossímil um sentimento dessa natureza, não porque a senhora o não pudesse inspirar, mas porque eu já o não poderia ter.

– Tanto melhor – concluiu Estela –; estamos na mesma situação e vamos começar uma viagem com os olhos abertos e o coração tranquilo. Parece que em geral os casamentos começam pelo amor e acabam pela estima; nós começamos pela estima; é muito mais seguro.

O casamento foi aprovado pelo Sr. Antunes com a mesma alma com que um réu sancionaria a própria execução. Não somente se lhe iam embora esperanças muito menos modestas, como lhe repugnava o caráter do genro. Não cedeu sem hesitação e luta; hesitação perante a viúva, luta em relação à filha; mas cedeu, porque ele nascera para não resistir. Hábil, no entanto, em espremer algum lucro dos males inevitáveis, uma vez perdida a confiança na eficácia da recusa, aceitou o acordo, não somente com aparência cordial, mas ainda entusiasta.

– O dote faz-lhe foscas – gemia ele filosoficamente.

A viúva serviu de madrinha a Estela. Sua alegria era sincera, e tanto ou quanto desinteressada. Quase se não lembrava já do perigo que, dois anos antes, lhe atordoara o espírito. As cartas de Jorge eram tão livres de qualquer opressão, tão exclusivamente militares! Além disso, a consciência ficava satisfeita de um desenlace que de certo modo compensava a perda, se alguma perda havia causado a Estela. Finalmente, a satisfação com que a viu aceitar o casamento, aliás sugerido por ela própria, e a felicidade de que foi testemunha durante os primeiros tempos deram-lhe a convicção de que a moça estava já inteiramente isenta, em relação ao filho. Não obstante a paixão deste, tinha fé que o tempo fizera a sua obra.

Capítulo VII

Três meses depois da chegada ao Rio de Janeiro, tinha Jorge liquidado todos os negócios de família. Os haveres herdados podiam dispensá-lo de advogar ou de seguir qualquer outra profissão, uma vez que não fosse ambicioso e regesse com critério o uso de suas rendas. Tinha as qualidades precisas para isso, umas naturais, outras obtidas com o tempo. Os quatro anos de guerra, de mãos dadas com os sucessos imediatamente anteriores, fizeram-lhe perder certas preocupações que eram em 1866 as únicas de seu espírito. A vida à rédea solta, o desperdício elegante, todas as seduções juvenis eram inteiramente passadas.

O espetáculo da guerra, que não raro engendra o orgulho, produziu em Jorge uma ação contrária, porque ele viu, ao lado da justa glória de seu país, o irremediável conflito das coisas humanas. Pela primeira vez meditou; admirou-se de achar em si uma fonte de ideias e sensações, que nunca lhe deram os recreios de outro tempo. Contudo, não se pode dizer que viera filósofo. Era um homem, apenas, cuja consciência reta e cândida sobrevivera às preocupações da primeira quadra, cujo espírito, temperado pela vida intensa de uma longa campanha, começa de penetrar um pouco abaixo da superfície das coisas.

Querendo adotar um plano de vida nova, renegou a princípio todos os hábitos anteriores, disposto a dar à sociedade tão somente a estrita polidez. Teve primeiro ideia de ir estabelecer-se em algum recanto silencioso e escuro no interior; mas desistiu logo, cedendo à necessidade de ficar mais à mão de uma viagem transatlântica, ideia a que aliás nunca deu princípio de execução.

Os primeiros três meses passaram depressa; foram empregados em liquidar o inventário. Poucos legados deixara a viúva. Um deles interessa-nos, porque recaiu em favor de Iaiá Garcia. A viúva beneficiava assim, diretamente, o marido de Estela. Jorge aprovou cordialmente o ato de sua mãe. Não aprovou menos o dote de Estela, mas o sentimento do vexame que experimentou, logo que dele teve notícia, honrava a delicadeza de seu coração.

Luís Garcia dera-se pressa em visitar o filho de Valéria. A entrevista desses dois homens, que o curso dos sucessos colocara em tão delicada situação, foi cordial, mas não expansiva. Jorge não achou Garcia mais velho; era o mesmo. Não o achou também menos reservado que antes. A conversa, em começo, não foi além dos fatos gerais; falaram da guerra e das vitórias. Jorge referiu alguns episódios, que o outro ouviu com interesse; e como parecesse olvidar seus próprios feitos:

– Vejo que é modesto – observou Luís Garcia –; felizmente lemos as folhas e as partes oficiais.

– Fiz o que pude – respondeu Jorge –; era preciso vencer ou ser vencido. Que é feito de tanta gente que ainda não vi? – continuou ele para desviar o assunto.

– Cada qual segue o seu destino. Meu sogro creio que já o visitou...

– Já.

– A propósito, deixe-me agradecer os benefícios que devo a sua mãe...

Jorge quis interrompê-lo com o gesto.

– Perdão; é meu dever – continuou Luís Garcia gravemente. – A senhora Dona Valéria quis mostrar ainda à última hora a simpatia que sempre lhe mereci. Duas vezes o fez, além de outras. Primeiramente, resolveu-me a casar outra vez, coisa que estava longe de meus cálculos. Foi ela a primeira autora dessa transformação de minha vida, e em boa hora o foi, porque não me podia fazer maior obséquio. Requintou o obséquio, ocultando até a última hora a prova de ternura que desde alguns meses antes dera a minha mulher; tinha-a dotado, como deve saber...

Jorge fez um gesto afirmativo.

– Achou que não era bastante e deixou a minha filha um legado, que será o seu dote... Gostava muito dela. Não podendo agradecê-lo à benfeitora, permita que o agradeça ao...

– Desta vez há de obedecer-me – interrompeu Jorge com brandura –; falemos de outra coisa.

– Sim; falemos de minha mulher. Saiba que rematou dignamente a obra de sua mãe; e mais uma vez me fez compreender o benefício do casamento. Logo depois de casado, propôs-me aceitar, em favor de minha filha, a parte com que a senhora Dona Valéria lhe manifestara sua afeição. Gostei de a ouvir, porque era sinal de desinteresse, mas recusei, e recusei sem eficácia. Cedi, enfim; e não podia ser de outro modo. Folgo de lhe dizer essas coisas porque são raras...

Jorge fechou o rosto ao ouvir essas palavras de Luís Garcia. Adivinhara a causa do desinteresse de Estela. "Eterno orgulho!", pensou ele. Depois refletiu no caso e perguntou a si mesmo se a moça teria confiado ao marido alguma coisa do que se passara entre eles. Era difícil percebê-lo, mas não era acertado supô-lo. Nenhuma mulher o faria nunca. Estela menos que nenhuma outra. Interrogou o rosto de Luís Garcia; achou-o plácido e imóvel. Após alguns segundos de silêncio, estendeu-lhe a mão.

– Permite-me então que o felicite? – disse ele.

– De coração – acudiu Luís Garcia. E depois de erguer-se: – Se eu tivesse o sestro de dar conselhos, dir-lhe-ia que se casasse.

– Pode ser

– Não lhe pergunto pela outra paixão; creio que a esqueceu de todo.

– De todo.

Luís Garcia apertou-lhe cordialmente a mão e saiu, depois de lhe oferecer a casa. Jorge ficou alguns instantes pensativo. A notícia do dote de Estela causara-lhe certo vexame; a notícia da doação feita pela moça em favor da enteada produzia-lhe agora um sentimento mesclado de admiração e despeito. Ele sentia arder no mais fundo do coração da moça um resíduo de ódio, e em seu próprio coração não podia deixar de aprovar o ato.

Sendo forçoso pagar a visita a Luís Garcia, Jorge demorou o cumprimento desse dever enquanto lhe foi possível fazê-lo sem reparo. Um dia, enfim, sabendo por intermédio do Sr. Antunes que a família não estava em casa, foi a Santa Teresa e deixou lá um bilhete de visita.

A vida de Jorge foi então dividida entre o estudo e a sociedade, à qual cabia somente uma parte mínima. Estudava muito e projetava ainda mais. Delineou várias obras durante algumas semanas. A primeira foi uma história da guerra, que deixou por mão, desde que encarou de frente o monte de documentos que teria de compulsar e as numerosas datas que seria obrigado a coligir. Veio depois um opúsculo sobre questões jurídicas e logo duas biografias de generais.

Tão depressa escrevia o título da obra como a punha de lado. O espírito sôfrego colhia só as primícias da ideia, que aliás entrevia apenas. Uma vez, uma só vez, lembrou-se de escrever um romance, que era nada menos que o seu próprio; ao cabo de algumas páginas, reconheceu que a execução não correspondia ao pensamento, e que não saía das efusões líricas e das proporções da anedota.

Quando mais disposto se achava a compor essa autobiografia, ocorreu vagar a casa da Tijuca, a mesma aonde fora uma vez com sua mãe e Estela, ponto de partida dos sucessos que lhe transformaram a existência. Quis vê-la novamente; talvez ali achasse uma fonte de inspiração. Foi; achou-a quase no mesmo estado. Entrou curioso e tranquilo. Pouco a pouco sentiu que o passado começava a reviver; a ressurreição foi completa quando penetrou na varanda, em que da primeira vez achara o casal de pombos, solitário e esquecido. Já lá não estavam as pobres aves! Tinham voado ou morrido, como as esperanças dele, e tão discretamente que a ninguém revelaram o desastrado episódio. Mas as paredes eram as mesmas; eram os mesmos o parapeito e o ladrilho do chão. Jorge encostou-se ao parapeito, onde estivera Estela, com os pombos ao colo, diante dele, naquela fatal manhã. O que sentia nesse outro tempo, posto frisasse o amor, tinha ainda um pouco de estouvamento juvenil. Contudo a vista das paredes nuas e frias da varanda abria-lhe na alma a fonte das sensações austeras, e ele tornou a ver os olhos férvidos e o rosto pálido da moça; pareceu até escutar-lhe o som da voz. Viu também a sua própria violência; e, como em meio de tantas vicissitudes, trazia ainda a consciência íntegra, a recordação fê-lo estremecer e abater. Jorge fincou os braços no parapeito e fechou a cabeça nas mãos.

– Olá, senhor dorminhoco! São horas de almoçar.

Jorge ergueu vivamente a cabeça e olhou para a chácara, donde lhe pareceu que saíra a voz. Na chácara, a vinte passos de distância, estava um homem, que sorria para ele, com as mãos nas costas, seguras a uma grossa bengala. Jorge sentiu um calafrio, como se lhe descobrissem o segredo do passado. Só depois de desfeita a primeira sensação, respondeu sorrindo:

– Não durmo; estou pensando nos aluguéis.

– Muda-se para aqui?

– Não.

– A casa é sua?

– É. Suba cá.

O homem galgou os seis degraus da escada de tijolo e entrou na varanda, onde Jorge assumira exclusivamente o papel de proprietário, olhando atentamente para as paredes do edifício.

– Que faz por aqui, senhor Procópio Dias, às dez horas da manhã? – disse Jorge logo que o outro apareceu.

– Passei a noite na Tijuca; soube que esta casa vagara, vim vê-la; não sabia que era sua. Está um pouco estragada.

– Muito.

– Muito?

– Parece.

Procópio Dias abanou a cabeça com um gesto de lástima.

– Não é assim que deve responder um proprietário – disse ele. – Meu interesse é achá-la arruinada; o seu é dizer que apenas precisa de algum conserto. A realidade é que a casa está entre a minha e a sua opinião. Olha, se está disposto a concordar sempre com os inquilinos, é melhor vender as casas todas que possui. Ou fica perdido... Com que então esta casa é sua? A aparência não é feia; há alguma coisa que pode ser consertada e ficará então excelente. Não é casa moderna; mas é sólida. Eu já a vi quase toda; desci à chácara, e estava a examiná-la quando o senhor apareceu na varanda.

– Quer ficar com ela?

– Ingênuo! – respondeu Procópio Dias batendo-lhe alegremente no ombro. – Se eu confesso que ela não está muito estragada é porque não a quero para mim. É grande demais; e, depois, fica muito longe da cidade. Se fosse mais para baixo...

– Mas no caso de que haja por aí algum namoro? – ponderou Jorge sorrindo.

– Falemos de outra coisa – acudiu o outro faiscando-lhe os olhos.

Os olhos de Procópio Dias eram cor de chumbo, com uma expressão refletida e sonsa. Tinha cinquenta anos esse homem, uns cinquenta anos ainda verdes e prósperos. Era mediano de carnes e de estatura, e não horrivelmente feio; a porção de fealdade que lhe coubera ele a disfarçava, quando podia, por meio de qualidades que adquirira com o tempo e o trato social. Fazia às vezes um movimento que lhe descrevia na testa cinco rugas horizontais. Era uma das suas maneiras de rir. Além dessa particularidade, havia o feitio do nariz, que representava um triângulo de lados iguais, ou quase: nariz a um tempo sarcástico e inquisidor. Não obstante a expressão dos olhos, Procópio Dias tinha a particularidade de parecer simplório, sempre que lhe convinha; nessas ocasiões é que ria com a testa. Não usava barba; ele próprio a fazia com o maior esmero. Via-se que era homem abastado. As roupas, graves no corte e nas cores, eram da melhor fazenda e do mais perfeito acabado. Naquela manhã trazia uma longa sobrecasaca abotoada até metade do peito, deixando ver meio palmo de camisa, infinitamente bordada. Entre o último botão da sobrecasaca e o único colarinho, fulgia um brilhante vasto, ostensivo, escandaloso. Um dos dedos da mão esquerda ornava-se com uma soberba granada. A bengala tinha o castão de ouro lavrado, com as iniciais dele por cima, de forma gótica.

Jorge conheceu Procópio Dias no Paraguai, onde este fora negociar e triplicar os capitais, o que lhe permitiu colocar-se acima das viravoltas da fortuna. Travaram relações, não íntimas, mas frequentes e agradáveis, e até certo ponto úteis a Procópio Dias, que obteve de Jorge mais de uma recomendação. Não obstante a frequência das relações, estavam longe da amizade estreita; e isso, não por esforço de Procópio Dias, cujas maneiras fáceis assediaram por muito tempo a inexperiência de Jorge. O motivo de Procópio Dias cessou com a guerra, desde que com a guerra cessara também o interesse mercantil. Jorge não tinha motivo contra ele; quando o conhecera estava no período melancólico.

– Ainda não respondeu à minha suspeita – disse Jorge dando o braço a Procópio Dias.

– O namoro?

– Sim.

– Nem sombras disso, meu caro! Ou antes... creio que vou entrar para um convento: é a minha última ambição.

Procópio Dias tinha dois credos. Era um deles o lucro. Mediante alguns anos de trabalho assíduo e finuras encobertas, viu engrossarem-lhe os cabedais. Em 1864, por um instinto verdadeiramente miraculoso, farejou a crise e o descalabro dos bancos, e retirou a tempo os fundos que tinha em um deles. Sobrevindo a guerra, atirou-se a toda a sorte de meios que pudessem tresdobrar-lhe as rendas, coisa que efetivamente alcançou no fim de 1869.

A não ser o segundo credo, é provável que Procópio Dias só liquidasse com a morte. Tendo chegado a uma posição sólida, aos cinquenta anos, achou-se diante de outra riqueza, não inferior àquela, que era o tempo. Ora, o segundo credo era o gozo. Para ele, a vida física era todo o destino da espécie humana. Nunca fora sórdido; desde as primeiras fases da vida, reservou para si a porção de gozo compatível com os meios da ocasião. Sua filosofia tinha dois pais: Lúculo e Salomão[34] –, não o Lúculo general, nem o Salomão piedoso, mas só a parte sensual desses dois homens, porque o eterno feminino não o dominava menos que o eterno estômago. Entre os colegas de negócio foi sempre tido como um feliz vencedor de corações fracos. E, ao invés de outros, não punha nisso a menor vaidade ou gloríola; preferia a cautela e a obscuridade, não em atenção ao pudor público, mas porque era mais cômodo. Nenhuma diva mundana teria jamais a audácia de cortejá-lo na rua ou sorrir-lhe simplesmente; perdia o tempo e o sacerdote. Gozava para si, que é a perfeição sensual.

Não conhecia Jorge nem a vida nem o caráter do outro. Procópio Dias tinha o pior mérito que pode caber a um homem sem moral: era insinuante, afável, conversado; tinha certa viveza e graça. Era bom parceiro de rapazes e senhoras. Para os

34. Lúculo: general romano (110-78 a.C.); Salomão: rei dos judeus (970-931 a.C.).

primeiros, quando eles o pediam, tinha a anedota crespa e o estilo vil; se lhes repugnava isso, usava de atavios diferentes. Com senhoras era o mais paciente dos homens, o mais serviçal, o mais buliçoso, uma joia.

– Ninguém o vê – dizia ele daí a duas horas, à mesa do almoço de Jorge, na casa da rua dos Inválidos. – Não conheço os seus amigos de outro tempo, mas devo crer que todos lhe censuram essa vida de bicho do mato. – Nos teatros... nunca vai aos teatros?

– Quase nunca.

– Vamos hoje?

– Corruptor! – disse Jorge sorrindo.

De noite foram ao teatro. Procópio Dias estava de veia; a palestra, a cena, o próprio tempo, tudo conspirou para dissipar as sombras de melancolia que a manhã acumulara na fronte de Jorge.

– Não se deixe apodrecer na obscuridade, que é a mais fria das sepulturas – dizia Procópio Dias, à mesa de um hotel, onde fora cear.

Jorge não comeu nada. Malgrado o prazer que achava em estar com ele, não quis aceitar-lhe o obséquio da ceia, apesar de lhe ter feito o do almoço. Procópio Dias percebeu isso mesmo, mas não se molestou; abaixou a cabeça, deixou passar essa onda de desconfiança e surgiu fora, a rir. Saíram dali uma hora depois. A evocação da Tijuca tinha-se esvaído.

Jorge deixou-se persuadir dos conselhos do outro. Abriu mão do último livro planeado, contentando-se com tê-lo vivido. Demais, o tempo ia minando a antiga sensação, e a vida social tornava a prendê-lo em suas malhas.

Entre as pessoas que tornou a ver figurava a mesma Eulália, com quem a mãe quisera casá-lo, alguns anos antes. Eulália não ficara solteira; estava na lua de mel, uma lua de mel que durava mais de um ano. O casamento fora a vara mosaica, mediante a qual se lhe abrira no coração uma fontezinha de ternura. Encontraram-se num baile. Nenhum deles sentiu acanhamento; como nunca chegaram a tratar dos projetos de Valéria, puderam falar com a mesma isenção de 1866. A diferença é que Eulália, que era feliz, exagerava a felicidade para melhor mostrá-la a Jorge e convencê-lo de que antes ganhara do que perdera com a recusa dele.

– Vá lá à rua de Olinda – disse a moça –, quero mostrar-lhe meu filho.

Jorge foi. Eulália mostrou-lhe o filho, criança que valia por duas, tão gorda e vigorosa era. Jorge chegou a pegar nele, mas não sabia haver-se com as rendas, os babados, as fitas. Eulália, que possuía já toda a destreza materna, tomou-lho das mãos.

– O senhor não entende disto – disse ela.

E, depois de concertar[35] a touca da criança, beijou-a muitas vezes, riu-se para ela, fez-lhe um monólogo, tudo com uma graça e poesia, que Jorge estava longe de lhe supor cinco anos antes. Ele contemplava essa jovem mãe, elegante e natural, e sentia-se tomado de inveja e cobiça.

“A felicidade é isto mesmo”, pensou ele.

Voltou lá algumas vezes, fez-se íntimo da casa. Começou a receber também. Viu entre os frequentadores de sua casa o pai de Estela, que achou nele a benevolência do desembargador. O Sr. Antunes era conviva certo ao almoço dos domingos; dava-lhe notícias do genro e da filha. Ele planteava ainda a quimera esvaída, e achava não sei que dolorido prazer em falar de Estela ao genro de suas ambições. Demais, era um como desforço do outro, a respeito de quem aventurou mais de uma queixa. Jorge, porém, ouvia-o sem lhe responder nada.

No meado do ano de 1871, fez Jorge uma excursão a Minas Gerais, com o fim de ajoelhar-se à sepultura de sua mãe, cujos ossos transportaria oportunamente para um dos cemitérios do Rio de Janeiro. A excursão durou seis semanas. Jorge visitou alguns parentes, e regressou nos princípios de agosto.

Um incidente transtornou-lhe os planos.

Capítulo VIII

Chegando ao Rio, Jorge teve notícia de que Luís Garcia estava enfermo. Não contava com o incidente, que o pôs em grande perplexidade. Não queria visitá-lo, e mal poderia deixar de o fazer. Luís Garcia fora prezado de seus pais; ele próprio lhe

---

35. Ajustar, pôr em harmonia.

tinha estima e consideração: motivos bastantes a aconselhar o desempenho de um dever de cortesia. Mas, por outro lado, ir a Santa Teresa era arriscar-se à suspeita de Estela. Jorge vacilou durante dois longos dias. Certo, ele sentiu algum alvoroço com a ideia de a ver; ideia que, se buscou rejeitar do espírito, lá ficou latente e dissimulada. Mas a razão que confessava a si próprio era a da conveniência.

Venceu a hesitação e foi a Santa Teresa, na tarde do terceiro dia. A casa não era já a mesma; tinha dimensões um pouco maiores que a outra. Era nova, ladeada de verdura, com as telhas ainda da primeira cor. Havia duas entradas, uma para a sala, ficando a porta entre quatro janelas, outra para o jardim, e era uma porta de grade de ferro, aberta no centro de um pequeno muro, por cima do qual vinha debruçar-se a verdura de uma trepadeira. Aí achou Raimundo, mais velho do que o deixara, mas não menos forte. Raimundo conheceu-o, apesar de queimado do sol. Abriu-lhe a porta; acompanhou-o alegremente ao fundo do jardim.

– Meu senhor vai ficar muito contente – dizia ele fazendo-o entrar.

– Está melhor?

– Está sim, senhor. Olhe, está ali.

Raimundo apontou para um grupo de pequenas árvores, através de cuja ramagem se descobriam vestidos de mulher. Jorge sentiu correr-lhe pelas veias uma onda de frio. Mas passou depressa; e deu o primeiro passo tão firme como diante das legiões de López.

– Quem é, Raimundo? – cantou uma voz desconhecida, no meio das árvores.

Jorge viu aparecer uma moça, que representava ter dezoito anos e não contava mais de dezesseis; reconheceu a filha de Luís Garcia. Ela não o reconheceu logo; os trabalhos da guerra tinham-no mudado. Demais, nas poucas vezes que o vira não lhe havia prestado muita atenção. Jorge foi conduzido até a cadeira onde se achava estirado Luís Garcia, entre duas outras, uma com um trabalho de agulha em cima, outra com um livro aberto. Luís Garcia recebeu-o com satisfação e cordialidade; Jorge explicou a demora da visita pelo fato de estar ausente. A explicação era uma cortesia nova; Luís Garcia agradeceu-lha.

– Estive muito prostrado – disse ele –, não sei mesmo se cheguei às portas da morte. Agora estou quase bom.

Jorge sentara-se a um lado do convalescente, enquanto Iaiá, do outro lado, brincava com os cabelos do pai ou lhe apertava uma das mãos. Luís Garcia contou as peripécias da doença e exaltou a dedicação da família; Jorge falou pouco, já por evitar trair a comoção que sentia ao entrar naquela casa, já por não prolongar a visita e podê-la terminar no primeiro intervalo de silêncio. No fim de quinze minutos levantou-se.

– Espere um pouco – disse o convalescente. – Iaiá, vai chamar tua madrasta.

Iaiá levantou-se para obedecer à ordem do pai; mas, no momento em que ia pousar nos joelhos deste o livro que tinha no regaço, ouviu-se um passo na areia e logo depois esta súbita palavra:

– Pronto!

Era Estela. O sobressalto de Jorge, por mais imperceptível que fosse, não escapou a Iaiá, e fê-la sorrir à socapa[36]; atribuiu-o ao susto. Estela apareceu; mas, porque já sabia da presença de Jorge, pôde encará-lo sem nenhuma aparente comoção. Houve certa hesitação entre um e outro, mas foi curta. A moça inclinou-se levemente e estendeu-lhe a mão. Jorge apertou-lhe.

– Ainda não tinha tido a satisfação de a ver depois de minha volta do Paraguai – disse ele.

– É verdade – respondeu a moça –, vivemos muito retirados.

Estela chegou-se ao marido, afastando-se Jorge para deixá-la passar.

– Pronto – repetiu ela.

Trazia-lhe um copo de geleia. Enquanto Luís Garcia tomava a refeição de convalescente, Estela ficou de pé, ao lado dele; depois sentou-se e dirigiu a palavra ao filho de Valéria. Naturalmente falou-lhe da campanha. Ele respondeu sem afetação e com tranquilidade.

– Já tive ocasião de lhe dizer que foi um dos heróis – interveio Luís Garcia olhando para a mulher –, mas o dr. Jorge teima em escurecer os seus próprios serviços. Iaiá não é a mesma coisa.

---

36. Discretamente.

– Sim? – perguntou Jorge.

– É verdade; durante toda a campanha matou pelo menos metade do exército paraguaio.

Iaiá lançou ao pai um olhar de graciosa censura.

– Não precisa corar – disse Jorge –; era uma maneira de ser patriota; mas creia que havia menos perigo em matar o inimigo cá de longe.

– O senhor matou algum? – perguntou Iaiá no fim de um instante.

– Provavelmente. Na guerra é preciso matar ou morrer. Não me importava morrer; mas há ocasiões em que o mais indiferente é um herói. Eu fiz o que pude.

Como a tarde começasse a escurecer, Estela disse ao marido que era tempo de recolher-se à casa. Ergueu-se para lhe dar o braço; Jorge porém apressou-se a substituí-la. Estela foi adiante, e, quando Jorge entrou na sala com o convalescente, ela preparava a cadeira em que este devia sentar-se, uma larga e extensa cadeira de vime. Luís Garcia esperou alguns instantes, enquanto a mulher colocava as almofadas, resvalando serenamente de um lado para outro.

Durante essa curta espera, Jorge olhava para a moça, e era a primeira vez que o fazia mais detidamente. Pouca era a diferença entre a Estela de 1867 e a de 1871. Tinha o mesmo rosto pálido e os mesmos olhos severos. As feições não haviam mudado; o busto conservava a graça antiga; estava só um pouco mais cheio, diferença que não destoava da estatura, que era alta. Esta era a pessoa física. Moralmente devia ser a mesma; mas que contraste na situação! Assim, a mulher que o levara a servir por quatro anos uma campanha árdua e porfiosa, e cuja imagem não esquecera no centro do perigo, essa mulher estava ali diante dele, ao pé de outro, feliz, serena, dedicada, como uma esposa bíblica. A comparação doeu-lhe, mas o coração começava a repetir-lhe juvenilmente as mesmas horas que já havia batido. Para refreá-lo, Jorge despediu-se dez minutos depois.

– Já! – exclamou Luís Garcia. – Foi visita de médico. Agradeço-lhe, entretanto, a atenção. Esta casa é sua; sabe que todos nós o estimamos.

Jorge seguiu para casa, contente e arrependido da visita que acabava de fazer. Gastou as primeiras horas da noite a folhear dez ou doze tomos, lendo a trancos duas ou três páginas de cada um; quando os olhos estavam mais atentos na página aberta, o espírito saía pé ante pé e deitava a correr pela infinita campanha dos sonhos vagos. Voltava de quando em quando; e os olhos, que haviam chegado mecanicamente ao fim da página, tornavam ao princípio, a reatar o fio da atenção. Como se a culpa fosse do livro, trocava-o por outro e ia da filosofia à história, da crítica à poesia, saltando de uma língua a outra, de um século a outro século, sem outra lei mais que o acaso.

O clarão da seguinte manhã dissipou uma parte dos cuidados da noite. O primeiro alvoroço tinha passado. Jorge disse a si mesmo que bastava ser homem, esquecer o incidente da véspera, e arredar para sempre a possibilidade de outros. Não repetiria a visita a Luís Garcia; e provavelmente não os veria nunca mais. Na rua do Ouvidor encontrou Procópio Dias, que lhe disse à queima-roupa:

– Entrei meia hora depois do senhor sair.

– Onde?

– Em Santa Teresa. Se se demora meia hora mais, encontrava-o e poderíamos ter descido juntos. Conhece há muito tempo o Luís Garcia?

– Desde muito moço.

– Também eu; mas não o via há dez anos. Está o mesmo homem; está melhor, porque casou com uma mulher bonita. Que gente é aquela?

– A mulher foi educada por minha mãe.

– Vê-se que sim. Oh! Falamos muito do senhor.

– Sim? – perguntou vivamente Jorge.

Procópio Dias olhou fixamente um instante; depois riu com a testa.

– Muito – repetiu ele –; eu e o Luís Garcia travamos um duelo de louvores, e se não há nisso vaidade creio que o venci; naturalmente porque sou mais expansivo do que ele. Na verdade, ele é seco, mas o pouco que disse, disse-o com sinceridade. Parece estimar-se muito aquela família.

Procópio Dias tornou a falar-lhe de Santa Teresa, na noite do dia seguinte, em uma casa onde jantaram juntos. Falou-lhe primeiramente em particular, depois diante de outros. A dona da casa, que era uma Diana[37] caçadora de boatos e novidades, farejou algum mistério entre as rugas da testa de Procópio Dias, e dobrando as pontas do arco disparou sutilmente uma flecha que ninguém viu, mas foi enterrar-se no coração de Jorge. Este fez boa cara ao tiro, mas lá dentro sangrou um pouco de irritação e medo. Sentia no fundo da consciência o calor de um sentimento honesto, e contudo a opinião tendia a apoderar-se dele e a devassar-lhe as cinzas do passado, cinzas frias ou mornas é o que ele não podia ainda discernir. Confiado em si mesmo, Jorge tremia diante da opinião, a opinião do epigrama e da anedota, que começava a sacudir o seu riso escarninho e cru.

Inquieto e aborrecido, saiu dali pouco depois de jantar. O gracejo da dona da casa continuava a zumbir-lhe ao ouvido, ao mesmo tempo que a figura de Estela lhe surgia aos olhos, com o seu aspecto do costume. Já entrado na rua dos Inválidos, Jorge desandou o caminho e foi direito a um teatro, com o fim de aturdir-se e esquecer mais depressa. Eram nove horas e meia; assistiu a um resto de drama, que lhe pareceu jovial, e a uma comédia inteira, que lhe pareceu lúgubre. Não obstante, arejou o espírito dos cuidados da noite e caminhou para casa mais leve e desassombrado. Era uma hora quando chegou; o criado entregou-lhe uma carta.

– A pessoa que trouxe esta carta disse que era urgente.

Jorge recebeu-a, sem conhecer a letra do sobrescrito. Era letra de mulher. Abriu-a sem pressa, mas não sem curiosidade. Não era longa; dizia simplesmente isto:

> Ilmo. Sr. Doutor. Papai está muito mal; pede-lhe o favor de vir à nossa casa.
>
> Lina Garcia.

– A que horas veio esta carta? – perguntou ele ao criado.

– Às sete.

37. Na mitologia clássica, a deusa da caça.

Jorge fez um gesto de enfado e mandou buscar um tílburi.[38] Daí a uma hora parava à porta de Luís Garcia. Era tudo silêncio. Jorge deteve-se alguns instantes, incerto sobre o que convinha fazer. O perigo, se perigo houve, podia ter passado, e toda a família estaria em repouso. Espreitou pela porta do jardim e viu uma claridade frouxa, através de uma veneziana. Logo depois ouviu passos na areia. Era o Sr. Antunes, que sentira parar o tílburi.

– Meu genro está mal – disse o pai de Estela –; teve esta manhã uma recaída e perto das oito horas cuidamos perdê-lo.

Jorge entrou.

Luís Garcia estava prostrado; a febre ardia-lhe sinistramente nos olhos. De um lado e de outro do leito, viam-se a mulher e a filha, aparentemente quietas, mas gastando toda a força moral em suster a angústia que ameaçava fazer-se em lágrimas.

– Que tem? – perguntou Jorge aproximando-se do enfermo.

– Uma febrinha importuna – respondeu este.

A um sinal, Estela e Iaiá retiraram-se da alcova, onde só ficou Jorge.

Mandando chamar o moço, Luís Garcia punha em execução um pensamento que lhe brotara no calor da febre. Ouviu do médico algumas palavras que lhe fizeram supor a probabilidade da morte; não tendo amigos nem parentes, e não querendo confiar a mulher e a filha ao sogro, lançou mão da pessoa que lhe pareceu ter a sisudez bastante e a influência necessária para as dirigir e proteger.

– Seu pai foi amigo de meu pai – disse ele – eu fui amigo de sua família; devo-lhe obséquios apreciáveis. Se eu morrer, minha mulher e minha filha ficam amparadas da fortuna, porque o dote de uma servirá para ambas que se estimam muito; mas ficam sem mim. É verdade que meu sogro, mas... mas meu sogro tem outras ocupações, está velho, pode faltar-lhes de repente. Quisera pedir-lhe que as protegesse e guiasse; que

38. Meio de transporte (pequena viatura), inventado em 1818 pelo inglês Gregory Tilbury, chegou ao Rio em 1830 e foi muito popular nos anos 1840, funcionando como táxi. Havia vários pontos pela cidade. Saiu de circulação no início do século XX.

fosse um como tutor moral das duas. Não é que lhes falte juízo; mas duas senhoras sozinhas precisam de conselhos... e eu... desculpe-me se sou indiscreto. Promete?

Jorge prometeu tudo, com o fim de o tranquilizar, porque Luís Garcia parecia excessivamente aflito com a ideia daquela eterna separação. O pedido afigurou-se-lhe singular; atribuiu-o à exaltação febril do doente. Soube depois que a vida de Luís Garcia dependia da primeira crise que fizesse a enfermidade, segundo havia declarado o médico.

Eram quase quatro horas quando Jorge de lá saiu. Voltou às nove e achou o médico. A crise era esperada na tarde desse dia, e só então se poderia dizer se a vida do enfermo estava perdida ou salva. Foi o que o médico lhe repetiu, à porta do jardim, aonde Jorge o foi acompanhar.

– Não obstante – concluiu o médico –, ele tem outra doença que o deve matar dentro de alguns meses, um ano ou ano e meio.

– Coração?

– Justamente.

Essa notícia impressionou o moço.

– Não será ilusão da medicina? – perguntou ele.

O médico abanou a cabeça e saiu. Jorge encaminhou-se para casa, mas teria dado apenas três passos, quando viu Estela que vinha ao seu encontro. A moça parou diante dele.

– Que lhe disse o médico? – perguntou.

– Tem esperanças; logo de tarde poderá afiançar mais alguma coisa.

– Só isso?

– Só.

– Não o desenganou?

– Não.

Estela refletiu um instante.

– Dê-me sua palavra – disse ela.

Jorge estendeu-lhe a mão, sobre a qual Estela deixou cair a sua, não menos fria que pálida.

– Sou amigo de seu marido – disse Jorge depois de alguns instantes –; creia que ele pode contar com toda a minha dedicação.

Estela pareceu acordar do momentâneo torpor; atentou no moço, retirou a mão e respondeu com um simples gesto de assentimento. A alma subjugada tornara à natural atitude. Jorge viu-a entrar em casa e ficou só, alguns minutos, a recordar a revelação do médico e a sentir que, ao pé da tristeza que o pungia, havia alguma coisa semelhante a um sentimento egoísta e cruel.

Entre a esperança e o receio gotejaram algumas horas longas, até que a crise veio e passou, sem levar consigo a vida ameaçada. Na manhã seguinte a alegria foi tamanha em redor do enfermo, que ele viu claramente o perigo e a salvação. Nem a filha nem a mulher pareciam alquebradas do trabalho e da vigília; estavam frescas, risonhas, ágeis, partindo entre si o pão da alegria, como haviam partido irmãmente o pão da angústia.

Durante a moléstia e a convalescença, Jorge visitou-os uma vez por dia; e força é dizer que, se por um instante houve em seu coração um impulso egoísta, tal impulso não se lhe repetiu depois; serviu ao doente com desinteresse e lealdade. A família deste mostrou-se agradecida. Luís Garcia recordou ao moço o pedido que lhe fizera na noite em que o mandara chamar, e recordou-lho não só para lhe agradecer a aquiescência como para explicá-lo. Mas a explicação era difícil, porque ele cedera principalmente à aversão que lhe inspirava o sogro, em quem não tinha a mínima confiança; não obstante as meias palavras de que usou, Jorge entendeu tudo.

A frequência trouxe a necessidade. Levado pelas circunstâncias, Jorge acostumou-se às visitas, e amiudou-as. No mês de setembro, a pretexto de calor, que ainda não fazia, transferiu a residência para a casa que tinha em Santa Teresa e que não ficava a longa distância da de Luís Garcia. Não havia que reparar no caso; sua mãe tinha o costume de passar ali três a quatro meses no ano. Demais, nas últimas semanas ele começara a fazer-se menos visto e menos frequentado. Podia facilmente passar a outra vida mais reclusa.

Entretanto, como essa mudança antecipada para Santa Teresa podia não ter em si mesma toda a explicação razoável, Jorge buscou enganar-se a si próprio reunindo os elementos e lançando ao papel as primeiras linhas de um trabalho, que jamais devia acabar, mas que, em todo o caso, legitimava a necessidade de repouso. Nos intervalos deste é que visitava a casa de Luís Garcia, uma ou duas vezes por semana. Aos domingos, tinha sempre a jantar o Sr. Antunes, com quem jogava uma partida de bilhar. Tentou ensinar-lhe o xadrez, mas desanimou ao fim de cinco lições.

– Ah! Mas nem todos têm o seu talento! – exclamou triunfalmente o pai de Estela.

Luís Garcia jogava o xadrez. Era o recreio usual entre ele e Jorge; outras vezes saíam a passeio até curta distância. Luís Garcia aceitava de boa sombra essas distrações, que não eram turbulentas nem cansativas, mas brandas e pausadas, como ele. Demais nem sempre eram distrações sem fruto. Jorge apreciava agora melhor as conversações que não eram puros nadas, e os dois trocavam ideias e observações. Luís Garcia era homem de escassa cultura, sobretudo irregular; mas tinha os dons naturais e a longa solidão dera-lhe o hábito de refletir. Também ele ia à casa de Jorge, cujos livros lia de empréstimo. Era tarde; já não estava moço; faltava-lhe tempo e sobrava-lhe fome; atirou-se sôfrego, sem grande método nem escrupulosa eleição; tinha vontade de colher a flor ao menos de cada coisa. E, porque era leitor de boa casta, dos que casam a reflexão à impressão, quando acabava a leitura, recompunha o livro, incrustava-o, por assim dizer, no cérebro; embora sem rigoroso método, essa leitura retificou-lhe algumas ideias e lhe completou outras, que só tinha por intuição.

A necessidade intelectual de Luís Garcia contribuiu assim para tornar mais íntima a convivência, única exceção na vida reclusa que ele continuava a ter, ainda depois de casado. Jorge pela sua parte não desmentia até ali o bom conceito que o outro formava de suas qualidades; e a família viu lentamente estabelecer-se a intimidade e a estima entre os dois homens. Uma noite, saindo Jorge da casa de Luís Garcia, este e a mulher ficaram no jardim algum tempo. Luís Garcia disse algumas palavras a respeito do filho de Valéria.

– Pode ser que eu me engane – concluiu o cético –, mas persuado-me que é um bom rapaz.

Estela não respondeu nada; cravou os olhos numa nuvem negra, que manchava a brancura do luar. Mas Iaiá, que chegara alguns momentos antes, ergueu os ombros com um movimento nervoso.

– Pode ser – disse ela –; mas eu acho-o insuportável.

Capítulo IX

A nova ordem de coisas perturbou profundamente o ânimo de Estela. O procedimento de Jorge, por ocasião da moléstia do marido, não lhe pareceu esconder nenhuma intenção particular; mas durante a convalescença, e sobretudo depois dela, afigurou-se-lhe que a ideia do moço era insinuar-se na família. Para quê? Estela supunha que o amor de Jorge, ao fim de tão longo período, estaria acabado de todo, como produto da primeira estação. Não lhe negou um pouco de gratidão, quando viu os obséquios que prestara ao marido enfermo, com tanta solicitude, discrição e dignidade. Agora, porém, ao ver a frequência e a convivência, supôs alguma coisa mais do que a simples afeição tradicional. Que encanto podia oferecer a casa de uma família retirada e obscura a um homem criado em mais aparente plana social? Seu meio era outro; tendências de espírito ou ambições de futuro o deviam levar a outra esfera. Essa consideração lhe pareceu decisiva. Concluiu que a paixão, vencida ou comprimida, soltava outra vez o brado da revolta; e, se assim era, Jorge devia estar pior que em 1866, porque então os sentimentos rompiam com violência e sinceridade, ao passo que agora o seu principal aspecto era a dissimulação. O amor, se amor havia, trazia já os olhos abertos e dispunha da razão; de estouvado, tornava-se cauteloso e sutil.

"Que ideia faz ele de mim?", perguntou Estela a si mesma.

Quando esta palavra lhe soou no espírito, Estela sentiu-se diminuída e humilhada aos olhos de Jorge. Cumpria pôr termo a uma vida de reticências e dubiedade. Estela cogitou no meio de fazer cessar a intimidade dos dois homens; quando menos, a frequência de Jorge naquela casa. Pensou em pedi-lo diretamente a Jorge; mas rejeitou desde logo a ideia, aliás incompatível com sua índole; depois, pensou em dizer tudo ao marido.

Uma noite, na primeira semana de novembro, Estela assentou definitivamente revelar ao marido a única página de seu passado. Estava sozinha, no jardim, e vira desmaiar o crepúsculo da tarde – uma tarde cinzenta e amortecida. De quando em quando o espírito volvia ao passado, e toda ela estremecia com uma sensação estranha, misteriosa e insuportável. A noite caiu de todo, e a alma de Estela mergulharia também na vaga e pérfida escuridão do futuro, se a rude voz do escravo não a viesse acordar.

– Nhanhã está apanhando sereno – disse Raimundo.

Estela ergueu-se e foi dali ao gabinete do marido. Luís Garcia trabalhava, à claridade de um lampião, que toda convergia para ele e os papéis que tinha diante de si, graças ao efeito de um abajur. O resto do aposento ficava na meia obscuridade.

– Que é? – perguntou Luís Garcia sem levantar a cabeça.

Estela parou do outro lado da secretária; Luís Garcia ergueu então a cabeça e olhou para ela, sem lhe poder ver o transtorno das feições.

– Que é? – repetiu.

Vendo-o entregue ao trabalho, por amor dela e da filha, Estela hesitou; pareceu-lhe crueldade dar-lhe em troca da proteção e do afeto um desengano e uma aflição. Hesitou um instante, e passou da hesitação à renúncia. Conteve-se e saiu. Escolheu o silêncio.

Mas o silêncio só por si não melhorava nada; tarde ou cedo, o marido viria a ler em seu rosto o constrangimento, em relação a Jorge, constrangimento inexplicável, que ele podia interpretar contra ela. Foi então que a serpente lhe ensinou a dissimulação. A necessidade deu-lhe a intuição maquiavélica; isto é, a ocasião não consentia um rosto franco, sinceramente hostil, mas um ar ameno, uma cordialidade de superfície, friamente cortês, mas cortês. Desse modo, salvava-se a paz doméstica, e era o essencial. Ao mesmo tempo mostraria a destimidez de seu coração, capaz de afrontar todo o artifício do outro.

Com o tempo, verificou Estela que o procedimento de Jorge, se alguma intenção escondia, não a deixava sequer suspeitar; não lhe parecia já dissimulação, mas abstenção.

Ele próprio a evitava; fugia às conversas longas, sobretudo às conversas solitárias. Era respeitoso e frio.

Com efeito, Jorge não havia cedido a nenhum plano preconcebido; ia à feição do tempo; metia-se por um atalho, sem saber se iria dar à estrada reta ou a um abismo. Nenhuma preocupação lhe ensombrava a fronte risonha e plácida. Dir-se-ia que, após longa e trabalhosa jornada, vingara o cume das delícias humanas.

A verdade é que o amor de Jorge tinha como que despido a qualidade de sentimento para constituir-se ideia fixa. Nascido de uma primeira explosão de juventude, curtiu alguns anos de ausência. A ausência disciplinou os primeiros ardores, quebrou os ímpetos, afrouxou o alento; o amor atou aos ombros as asas de um misticismo quieto. Não parou nessa evolução. Do coração em que pousava tomou impulso e alou-se ao cérebro, onde assumiu a fixidez das resoluções definitivas. Não era já uma paixão, mas uma convicção, isto é, outra coisa. Pensava muitas vezes na consequência de herdar em breve prazo a esposa de Luís Garcia, resolução que lhe parecia necessária; era o que ele dizia a si mesmo. E esse casamento tinha dois resultados: era uma reparação e uma desforra; reparação do mal que ele fizera, desforra do tratamento que ela lhe deu. Ambos tinham de reprochar[39] um ao outro. O casamento absolvia-os. Talvez na balança comum não fossem iguais as dívidas, mas Jorge tinha certo fundo de equidade, e entendia que, se padecera muito e longo, não excedeu o padecimento à injúria que, a seus olhos, fora grave.

Os ralhos da consciência eram agora menos frequentes e menos ríspidos: é o efeito natural dessa ordem de situações violentas. Os mais rígidos podem chegar assim às complacências inexplicáveis, e o que é hoje nobre repugnância é amanhã hesitação pueril. Jorge não ficou estranho a essa lei do costume. De si para si julgava-se inocente, porque era impassível, esquecendo a letra do decálogo que não defende somente a ação, mas a própria intenção.

Duas circunstâncias perturbaram, entretanto, o espírito de Jorge, antes do fim daquele ano.

---

39. Repreender.

A primeira foi a assiduidade de Procópio Dias, que lhe pareceu pouco explicável. Procópio Dias era recebido com agasalho mais cordial do que ele. Em relação a Jorge, o procedimento de Estela era cauteloso e apenas afável; o de Iaiá era de algum modo medroso ou hostil; uma e outra pareciam alegrar-se quando Procópio Dias assomava à porta. Era uma expressão diferente. Este acompanhava-as às vezes nos passeios, ou conversava-as largo tempo, fazendo-as rir com uma espontaneidade que não tinham a falar com Jorge. Obedecia aos desejos da madrasta e aos caprichos da enteada, quaisquer que fossem, com tamanha tolerância e bom humor, que fazia despertar o outro, sem o saber. Jorge atentou nos ditos e ações do intruso, e com o tempo veio a tranquilizar-se.

"É um celibatário necessitado da companhia de mulheres", disse consigo.

Procópio Dias não parecia outra coisa; a atmosfera feminina era para ele uma necessidade; o ruge-ruge das saias, a melhor música a seus ouvidos. Graças à idade, Iaiá era mais familiar do que Estela, às vezes chegava a "judiar" com ele, excesso que o pai ou a madrasta reprimia, e reprimia sem necessidade. Procópio Dias não manifestava nem sentia o menor despeito; achava-lhe graça e chegava a fazer coro com ela.

A segunda circunstância que projetou alguma sombra no espírito de Jorge foi justamente a hostilidade de Iaiá Garcia.

"Que diabo fiz eu a essa menina?", perguntava Jorge a si mesmo.

Durante a moléstia e a convalescença do pai, Iaiá tratara Jorge com muita gratidão e cordialidade. Algum tempo depois, começou a diminuir essa aparência, até que cessou de todo e se converteu noutra coisa, que visivelmente era repugnância, com uma pontazinha de hostilidade. Luís Garcia viu logo a diferença, tanto mais fácil de notar quanto que Estela, se não era já tão expansiva como nos primeiros dias, tratava ainda assim o filho de Valéria com uma afabilidade que salvava as aparências; a única exceção era a filha. Não deixou de a advertir; ponderou-lhe que Jorge era filho de uma pessoa a quem eles deviam estima, e de quem ela mesma houvera uma recordação póstuma; que essa circunstância devia atenuar a antipatia, se Jorge lhe era antipático. Iaiá ouvia e calava-se; emendava-se num dia, para reincidir toda a semana.

– És uma estranhona – disse uma vez o pai depois de lhe repetir a advertência.

Podia ser estranhice. A vida que Iaiá tivera durante largo tempo dera-lhe o amor exclusivo da solidão e da família. Mas no caso presente parecia ser alguma coisa mais do que isso. O rosto com que recebia Jorge não era o mesmo com que via outras pessoas. Jorge às vezes chegava quando ela estava ao piano; Iaiá interrompia-se habilmente, fazia gotejar dos dedos umas três ou quatro notas soltas e divergentes e erguia-se. Se ele ia conversar com ela e a madrasta, Iaiá tomava a parte mínima do diálogo e esquivava-se cautelosamente. Não sorria nunca se ele dizia uma coisa graciosa ou fazia cumprimento; não animava nunca a adoção de qualquer projeto que viesse dele; não lia os romances que ele lhe emprestava. Se era convidada a dizer o que pensava de um ou outro desses livros, fazia descair os cantos da boca com um gesto de indiferença. Não falava nunca de Jorge; aparecia-lhe o menos que podia. Esse procedimento constante, não afrontoso, porque ela o disfarçava, impressionou o espírito do moço, que não lhe pôde descobrir a causa verdadeira, ou pelo menos verossímil.

A verdadeira causa era nada menos que um sentimento de ciúme filial. Iaiá adorava o pai sobre todas as coisas; era o principal mandamento de seu catecismo. Instigara o casamento, com o fim de lhe tornar a vida menos solitária e porque amava Estela. O casamento trouxe para casa uma companheira e uma afeição; não lhe diminuiu nada do seu quinhão de filha.

Iaiá viu, entretanto, a mudança que houve nos hábitos do pai, pouco depois de convalescido, e sobretudo desde os fins de setembro. Esse homem seco para todos, expansivo somente na família, abrira uma exceção em favor de Jorge; sem mostrar maneiras ruidosas, aliás incompatíveis com ele, era menos reservado, de mais fácil e continuado acesso. Não foi porém esse primeiro reparo que produziu em Iaiá a notada mudança; foi outro. Luís Garcia deu a Jorge algumas demonstrações de confiança pessoal, e no dia em que a filha viu a primeira, recordou-se da carta que escrevera ao moço na noite em que a moléstia do pai se agravara e da confidência dos dois, cujo assunto nunca lhe chegara aos ouvidos. Nesse instante sentiu borbulhar no coração uma primeira gota de fel. Imaginou que Jorge viera roubar-lhe alguma coisa. Não cogitou se haveria assunto que dois homens devessem tratar exclusivamente entre si; supôs-se despojada de uma parte da confiança do pai, e, porque amava o pai sobre todas as coisas, seu amor tinha os ciúmes, as cóleras, os arrebatamentos do outro amor, e consequentemente os mesmos ódios e lástimas.

Conhecia o pai toda a intensidade da afeição filial da moça, e não era menor a do seu amor; mas ele dizia consigo filosoficamente, e não sem pesar, que a natureza se encarregaria de lhe ensinar outro sentimento menos grave, mas não menos intenso e imperioso. Quando ele assim refletia, contemplava a filha com um olhar já úmido das primeiras saudades.

Iaiá estava então em toda limpidez de uma aurora sem nuvens. Era leve, ágil, súbita – com um pouco de destimidez; às vezes áspera, mas dotada de um espírito ondulante, esguio e não incapaz de reflexão e tenacidade. Nisto podia ficar o retrato da menina, se não conviesse falar também dos olhos, que, se eram límpidos como os de Eva antes do pecado, se eram de rola, como os da Sulamites[40], tinham como os desta alguma coisa escondida dentro, que não era decerto a mesma coisa. Quando ela olhava de certo modo, ameaçava ou penetrava os refolhos da consciência alheia. Mas eram raras essas ocasiões. A expressão usual era outra, meiga ou indiferente, e mais de infância que de juventude. Talvez a boca fosse um pouco grande, mas os lábios eram finos e enérgicos. Em resumo, as feições dos onze anos estavam ali desenvolvidas e mais acentuadas.

Uma tarde Luís Garcia recebeu ordem de ir imediatamente à casa do ministro. Saiu, deixando a mulher e a filha, ansiosas pelo resultado. Jorge apareceu pouco depois. A demora de Luís Garcia foi longa, e Jorge ter-se-ia retirado, se não fora a chegada do Sr. Antunes, que deu um sopro de vida à conversa que expirava. Nove horas, dez horas, onze horas bateram sem que Luís Garcia voltasse. Iaiá estava impaciente;

40. Noiva do Rei Salomão no Cântico dos Cânticos, um dos livros poéticos do Antigo Testamento.

receava alguma doença súbita do pai, um desastre qualquer. Eram onze horas e um quarto quando este entrou ofegante, porque viera depressa, tendo encontrado Raimundo, que, ouvindo as ânsias da moça, saíra a encontrá-lo e a dizer-lhas.

Iaiá atirou-se-lhe aos braços.

– Medrosa! – disse Luís Garcia abrangendo-lhe a cabeça com as mãos.

Sentou-se um instante para repousar; com a mão esquerda comprimia o coração. Logo depois ergueu-se, chamou Jorge e foi até uma das janelas. Conversaram em voz baixa dez minutos. Disse-lhe que talvez fosse obrigado a sair no fim daquela semana; tratava-se de uma necessidade de serviço; salvo uma hipótese, a viagem era inevitável.

Iaiá não tirava os olhos de um e de outro; despediu-se de Jorge dando-lhe as pontas dos dedos. Foi no dia seguinte que Estela lhe disse que talvez fossem obrigadas a sair por algum tempo. Ouvindo a notícia, Iaiá compreendeu a confidência da véspera e ficou consternada. Ela era a última que a recebia, e o primeiro fora um estranho, um intruso – esteve quase a dizer um inimigo. Nenhuma palavra do pai; nenhuma comunicação direta.

– A última!

Esse ressentimento exagerado era o próprio efeito da organização da moça, e, outrossim, de sua educação quase solitária. Para afastá-la de Jorge não foi preciso mais; o despeito apoderou-se imediatamente dela. Se até ali pouco lhe havia falado, esse pouco diminuiu ainda com o tempo; fez-se quase nada.

E essas duas forças, uma de impulsão, outra de repulsão, tendiam a esbarrar-se, no caminho de seus destinos.

Capítulo X

Ora, quatro ou cinco dias depois, Luís Garcia, que, na previsão de viagem, começara a arranjar alguns papéis esparsos e antigos, dispôs-se a concluir esse trabalho, não obstante haver sido dispensada a comissão. Era dia de ano-bom – uma bela manhã, fresca, límpida, azul. Tinham ido à missa na capela do convento; almoçaram em família, com a presença do Sr. Antunes, que inaugurara uma sobrecasaca e trazia nessa manhã um aspecto, não somente venerador, mas até venerável.

Iaiá acordara extremamente alegre e buliçosa. O Sr. Antunes levara-lhe um ramalhete de cravos, dizendo que era para que ela recebesse outros ramalhetes durante o ano, e a menina, depois de o receber e agradecer com uma mesura, foi pô-lo num vaso, sobre o parapeito da janela da alcova. O Sr. Antunes despediu-se dela, meia hora depois de almoçado.

– Já vai?

– Vou jogar uma partida de bilhar com o Jorge – disse familiarmente o pai de Estela. – Viremos cedo.

– Ele vem jantar?

– Quero ver se o trago!

– Mas... papai não está prevenido – objetou Iaiá.

– Está; foi ele próprio que me autorizou a trazê-lo. Verdade é que fui eu que o pedi. Devemos muito àquele moço, e ao defunto pai e à mãe, a Sra. Dona Valéria, que Deus tenha. Até logo.

Iaiá ficou só, e um instante pensativa; mas logo depois ergueu os ombros, pegou de um trabalho de agulha, inventado para matar o tempo, e caminhou para o gabinete do pai, onde o foi achar com Estela.

– Virgem Nossa Senhora! – disse a moça parando à porta.

Ao pé da secretária estava uma vasta cesta, transbordando de papéis; sobre a secretária papéis; papéis na mão de Luís Garcia; outros na mão de Estela; alguns esparsos no chão. Era uma liquidação de seis anos. Luís Garcia tinha o costume de guardar tudo, cartas, exemplares de jornais em que havia alguma coisa de interesse, apontamentos, simples cópias. De longe em longe inventariava e liquidava o passado. Havia já alguns anos que não fazia a costumada operação. Começara quando supunha ter de deixar o Rio; agora tratava de concluir. Estela tinha entrado pouco antes da enteada; sentara-se em uma cadeira rasa, e entretinha-se a receber ou apanhar algum pedaço de jornal velho, e a ler algum trecho em que os olhos acertavam de cair.

– Que é? – disse Luís Garcia logo que a filha soltara a exclamação.

– Papai vai ficar afogado em papel – disse a moça.

Luís Garcia não respondeu; voltara os olhos para uma carta que tinha na mão, e que sem dúvida lhe trazia alguma recordação amarga, porque ele sorria tristemente. Leu-a toda; releu alguns trechos; depois fez um gesto de desdém, rasgou-a e deitou os pedaços à cesta.

Iaiá foi sentar-se do outro lado, a poucos passos do pai.

Na secretária, ao pé deste, havia um maço de coisas que serviam, um maço pequeno; a grande maioria era a dos destroços inúteis. Não é isso mesmo a imagem do passado? Luís Garcia desdobrava às vezes um jornal, avaramente guardado havia anos; duas cruzes ou alguns traços indicavam o trecho que nesse tempo lhe chamara a atenção. Relia-o agora; buscava o motivo da reserva e sorria. A impressão que comunicara algum interesse ao escrito desaparecera de todo; o escrito era um esqueleto. Também as cartas eram assim. Raras escapavam à destruição; as mais delas eram dilaceradas, umas em dois pedaços – as ínfimas –, outras em trinta – as que podiam ter alguma gravidade. Estela, que o ajudava, pegou casualmente em uma carta, cuja letra do sobrescrito lhe não pareceu estranha.

– Eu conheço esta letra – disse ela.

– Deixa ver.

Estela deu-lhe a carta.

– É do dr. Jorge – disse o marido.

Abriu-a, e depois de ler algumas linhas, sorriu. Leu-a depois até o fim. Quando acabou, dobrou-a e ficou a olhar para a mulher; tornou a desdobrá-la maquinalmente.

– Vou restituí-la – disse ele depois de curta pausa –, talvez se envergonhe de haver escrito estas coisas...

E dirigiu os olhos à carta, com uma insistência de aguçar o mais embotado apetite. Depois, volveu a cabeça um pouco para trás onde ficava a filha, a distância, de olhos baixos; abafou a voz e disse a Estela:

– Nunca soubeste do verdadeiro motivo que o levou à guerra?

Estela ficou ainda mais pálida do que era: o sangue todo refluiu-lhe ao coração, donde lhe não saiu uma só palavra; foi com um gesto negativo que ela respondeu. E, se não podia empalidecer mais, podia corar e corou de vergonha. Luís Garcia não viu nem a primeira, nem a segunda impressão de suas palavras. Enrolava e desenrolava com os dedos um dos cantos da carta. Naturalmente relembrava os sucessos daqueles cinco anos, as confidências da mãe e do filho.

– Quem diria que depois de tamanho sacrifício... O que são rapazes! O que são paixões! Ele gostava de uma moça; não sei quem era, mas suponho... A mãe fez quanto pôde para domá-lo; quando desesperou, lembrou-se de o mandar para o Sul; ele aceitou. Fui confidente de um e de outro. Tempos depois de embarcar... espera... a data há de estar aqui... 67... Ainda em 67 durava a tal paixão; afinal pareceu que só esperava o fim da guerra para acabar também. Morreu-lhe a paixão e ele engorda. Nunca suspeitaste nada?

– Não – murmurou Estela.

Luís Garcia deu a carta à mulher, que a recebeu trêmula e fria.

– Lê, que é interessante – disse ele.

Estela olhou para o papel e para o marido, vacilante, sem saber o que faria e o que pensasse.

– Lê; é curioso – disse este, que voltara aos demais papéis, abrindo uns, separando outros, tranquilo e indiferente.

Estela, sem levantar a cabeça, olhou ainda de esguelha para ele, como a procurar-lhe na fronte a intenção escondida, se porventura havia alguma, e esse gesto era tão travado de receio e hesitação, era sobretudo tão dissimulado, que ela própria o sentiu e arrependeu-se. Cravou depois os olhos no papel, sem ler, sem fitar nenhuma linha, uma palavra única. Não via as letras; via, ao longe, dois pombos que voavam e a candura de seus lábios embaciada por uns lábios de homem; nada mais. A mão tremia; ela firmou-a sobre a borda da secretária; mas o tremor, ainda que pouco perceptível, não cessou.

– Leste? – perguntou Luís Garcia dobrando um jornal que acabava de passar pelos olhos.

Estela fez um gesto para que esperasse um instante. Não reparava que havia decorrido tempo suficiente para haver lido a carta duas vezes. Fez um esforço; voltou a página; duas ou três frases lhe feriram os olhos:

> Meu amor não sabe o que seja impaciência ou ciúme ou exclusivismo; é uma fé religiosa que pode viver in-

teira em muitos corações. – O essencial é saber que amo a mais nobre criatura do mundo. – A paixão veio comigo, e se não cresceu é porque não podia crescer; mas transformou-se. De criança que era, fez-se homem de juízo.

Chegou ao fim da carta ou pareceu ter chegado; dobrou-a, e não se atreveu a dizer nada; depois tornou a abri-la.

– Que poesia, hein? – disse Luís Garcia sorrindo.

E o sorriso era tão natural, tão despreocupado, tão honesto, que Estela ficou tranquila. Tinha em grande conta a dignidade e a sinceridade do marido; não podia supor-lhe tanta hipocrisia nem tamanha indiferença. Sorriu também, mas um sorriso de aquiescência, sem convicção nem espontaneidade. Luís Garcia inclinou-se para ela; falou-lhe com a mesma voz abafada de pouco antes; referiu-lhe o amor que Valéria tinha ao filho e a estratégia usada para o fim de o arredar do Rio de Janeiro.

– Naquele tempo – disse ele –, não sei se cheguei a arrepender-me de a ter apoiado; hoje não. O filho ficou são e salvo de seus amores, com um posto e honras de sobra.

– É verdade – murmurou Estela, que o escutara com a atenção dispersa e impaciente.

Logo depois ergueu-se e foi à janela. Ali sacudiu a cabeça com um gesto enérgico. Talvez lutavam nela forças contrárias; ou era o seu passado que emergia da sombra do tempo, com todas as cores vivas ou escuras, com as delícias ocultas e nunca reveladas, e ao mesmo tempo com as amarguras e resistências. Era isso; era o coração que mordia impaciente o freio da necessidade e do orgulho, e vinha pedir ainda uma vez o seu quinhão de vida, e pedia-o em nome daquela carta, expressão remota de um amor desenganado e impossível. Estela sufocava esses ímpetos, mas eles vinham. Após alguns minutos, deixou a janela, tornou à cadeira onde estava. Luís Garcia lia então um retalho de jornal. Não chegou a levantar os olhos.

Defronte, Iaiá tinha os olhos cravados na madrasta. Ouvira a princípio o nome de Jorge e não lhe prestara muita atenção; mas uma ou duas palavras soltas do pai haviam-lhe despertado a curiosidade. Iaiá ergueu a cabeça, inclinou-a depois, ouviu a confidência do pai, não obstante ser feita em voz baixa, e enfim não retirou mais os olhos de Estela. Viu-a receber a carta, com a mão trêmula; viu-a empalidecer ainda mais; viu-lhe a confusão e o enleio. Por que o enleio e a confusão? Um amor extinto de Jorge, uma paixão que o levara à guerra, que tinha ela, que tinham eles três com isso?

Iaiá olhou a princípio com curiosidade, depois com espanto, até que os olhos luziram de sagacidade e penetração. O estilete que eles escondiam desdobrou a ponta aguda e fina, e estendeu-a até ir ao fundo da consciência de Estela. Era um olhar intenso, aquilino, profundo, que palpava o coração da outra, ouvia o sangue correr-lhe nas veias e penetrava no cérebro salteado de pensamentos vagos, turvos, sem ligação. Iaiá adivinhou o passado de Estela; mas adivinhou demais. Galgou a realidade até cair no possível. Supôs um vínculo anterior ao casamento, roto contra a vontade de ambos, talvez persistente, malgrado aos tempos e às coisas. Tudo isso viu uma simples inocência de dezessete anos. Seu pensamento cristalino e virginal, nunca embaciado pela experiência, ignorava até as primeiras cismas de donzela. Não tinha ideia do mal; não conhecia as vicissitudes do coração. Jardim fechado, como a esposa do Cântico[41], viu subitamente rasgar-se-lhe uma porta, e esses dez minutos foram a sua puberdade moral. A criança acabara; principiava a mulher.

A impressão foi tão profunda que, apesar da força de resistência que havia em sua organização, Iaiá não pôde ter-se ali mais tempo. Saiu e refugiou-se na alcova. Certo, aquele amor intruso, se o havia, era para afligir e prostrar um coração de filha, amassado de ternura, para o qual a forma superior e exclusiva do sentimento era a paixão que a prendia a seu pai, como um vínculo indestrutível. Depois vinha o afeto que votava à madrasta, sua mãe eletiva, afeto não menos sincero e real, e que já agora podia diminuir, quem sabe até se morrer todo?

Sentada na beira da cama, com os pés juntos, as mãos fechadas entre os joelhos, os olhos cravados no espelho que

41. Mesmo livro bíblico citado na nota anterior.

lhe ficava defronte, Iaiá trabalhava mentalmente na sua descoberta. Confrontava o que acabava de ver com os fatos anteriores, de todos os dias, isto é, a frieza, a indiferença, a estrita polidez dos dois, e mal podia combinar uma e outra coisa; mas ao mesmo tempo advertia que nem sempre estava presente quando Jorge ali ia, ou fugia-lhe muita vez, e podia ser que a indiferença não passasse de uma máscara. Demais, a comoção da madrasta era significativa. Estendeu o espírito pelo tempo atrás, até o dia da primeira visita de Jorge, e lembrou-se que ele estremecera ouvindo a voz de Estela, circunstância que lhe pareceu então indiferente. Agora via que não.

Uma hora inteira gastou nesse cogitar solitário, a sós com a suspeita e o remorso. Também remorso, porque, de quando em quando, aterrada com a vista do caminho andado, a alma recuava e estremecia; tinha horror de si mesma. Mas a figura pálida da madrasta surgia ao pé dela, com a expressão que lhe vira pouco antes, e a consciência fazia as pazes com a malícia.

Vede a consequência. Estela não era culpada; um incidente do passado é que projetava tamanha sombra na vida presente; mas bastou o espetáculo da comoção para turbar o espírito da enteada e lançar lá dentro os primeiros germes da ciência do mal. Que seria se fosse culpada? Talvez o mais lastimoso efeito dos desvios domésticos é essa corrupção dos corações ingênuos, impassíveis testemunhas do que ignoram um dia, do que suspeitam, percebem e sabem na seguinte manhã: primeira violação da virgindade.

Iaiá agitava-se na alcova, de um para outro lado, desejosa e receosa ao mesmo tempo de ir ter com Estela. Duas vezes chegou à porta e recuou. Uma das vezes, voltando para dentro, deu com os olhos no retrato do pai que pendia junto à cabeceira – uma simples fotografia. Tirou-o dali, contemplou longamente a fronte austera e pura. Quê! Haveria na Terra quem o amasse uma vez e não sentisse que o amor lhe dominaria a vida inteira? Tão afetuoso! Tão bom! Vivendo exclusivamente para os seus, sem nada invejar ao resto dos homens. Isto lhe dizia o coração, enquanto ela ia beijando o retrato com respeito, com amor, afinal com delírio. Grossas lágrimas e quentes lhe romperam dos olhos; Iaiá deixou-as cair: sorveu-as com seus próprios beijos. Quando essa primeira explosão acabou, acabou para não se repetir mais. Enxutos os olhos, Iaiá pôde friamente refletir, e a reflexão dominou a angústia.

O que se passou naquele cérebro ainda verde, mas já robusto, foi uma resolução sem plano. Deslindar o vínculo espúrio era o essencial e urgente, não cogitou no modo. Sua inocência, assim como lhe dissimulava toda extensão possível do mal, assim também lhe encobria as asperezas e os óbices da execução. Era o coração que lhe designava esse papel de anjo guardador. Natureza simples e intacta, ia direito ao fim sem o temor que dá a experiência e a contemplação da vida. Quem sabe? Não conhecia a hipocrisia, mas acabava de suspeitá-la; começava talvez a aprendê-la.

Tinha-se demorado muito e era preciso sair do quarto; mas, como houvesse chorado, podiam ler-lhe os vestígios da dor. Iaiá foi ao lavatório, deitou água na bacia e começou a banhar os olhos e o rosto. O rumor da água impediu-lhe ouvir que alguém abria a porta. Estela apareceu repentinamente.

– Que faz você aqui há tanto tempo? – disse a madrasta, parando à porta.

Iaiá não se atreveu a olhar de rosto para ela; mastigou uma resposta esquiva e continuou o que estava fazendo.

– Que tens? – perguntou Estela pegando-lhe dos braços e fazendo-a voltar para si. – Você chorou?... Chorou, sim; tem os olhos vermelhos. Que foi? Iaiá, fala; que é?

– Não é nada – acudiu a outra procurando sorrir.

– Não minta, Iaiá.

A enteada olhou de relance para o espelho; viu que era inútil mentir.

– Foi uma tolice – disse ela.

– Alguma travessura?

– Antes fosse!

Iaiá pegou do retrato que pusera na borda do mármore do lavatório, e olhou alguns instantes para ele. Estela quis conchegá-la a si, mas a enteada fugiu-lhe com o corpo.

– Trata-se... de teu pai? – perguntou a madrasta.

Iaiá fitou-a e respondeu:

– Sim, mamãezinha; estava a sacudir a poeira do retrato de papai e comecei a pensar... foi uma loucura... se ele... morresse?

Estela repreendeu-a com uma interjeição; Iaiá quis continuar, mas a outra interrompeu-a impetuosamente:

– Cala-te – disse –, não penses em tolices. Dá cá o retrato.

– Não é verdade que ele é o melhor dos homens? – perguntou Iaiá, enquanto Estela pendurava o retrato.

A única resposta da madrasta foi caminhar para ela e dizer-lhe que nunca mais pensasse em semelhante coisa.

– Não sou senhora dos meus pensamentos – respondeu a moça erguendo os olhos.

Após alguns segundos de silêncio, Estela percebeu que alguma coisa preocupava a enteada e disse-lhe. Iaiá respondeu negativamente. Mas Estela insistiu:

– Não tens o teu ar do costume, e esses olhos andam vagamente de um lado para outro. Talvez... quem sabe...

– Não é isso que a senhora pensa – interrompeu Iaiá secamente.

Depois sentou-se, a olhar para o jardim, a morder o lábio, que lhe tremia, e a comprimir os seios com a mão. Estela ficou um instante calada; enfim sacudiu benevolamente a cabeça e aproximou-se da menina.

– Tu não tens confiança em mim, Iaiá – disse ela pousando-lhe mão no ombro. – Se tivesses, dizias-me em que é que pensas, pois é decerto em alguma coisa. Não é difícil deixar de pensar no Procópio Dias; acho até que é a coisa mais fácil; mas não será algum pensamento da mesma natureza? Anda; sê franca; sou apenas a madrasta, e pouco mais velha que tu; posso ouvir tuas confidências e aconselhar-te. Onde acharás melhor amiga do que eu?

Iaiá tinha aplacado a primeira sensação; afivelou de todo a máscara da tranquilidade, enquanto não a substituía por outra. Ergueu-se e disse com afoiteza:

– Pois bem, vou confiar-lhe uma coisa... não... suponha... é melhor supor... tenho vergonha de dizer a verdade. Suponha que tive um amor de colégio...

– Tu? Aos treze anos!

– Aos doze e meio.

– Bonito! Não foi começar tarde. Esse amor naturalmente expirou nos braços da última boneca.

– Suponha que não – disse Iaiá em tom sério. – Ora, se eu tiver de casar com o Procópio Dias...

– Quem te fala em casar com ele?

– Por ora é um gracejo; mas, se ele teimar, é possível que nem a senhora nem papai o desamparem, e ainda mais possível que eu me deixe vencer para contentar a todos. Mas é este o ponto de minha confidência: é uma ideia que me persegue há dias. Devo eu casar com um homem amando a outro? Posso fazê-lo? Devo fazê-lo?

Estela estremeceu levemente, sob o olhar impassível e puro da enteada, e não respondeu logo. Iaiá parecia folgar com esse enleio de um minuto; mas ao mesmo tempo o coração lhe sangrava, porque o enleio era a confirmação de suas recentes suposições. A madrasta não tinha a penetração da enteada; além disso, como supor nela o conhecimento de um fato remoto e não divulgado? Estela nem cogitou nisso. Escoou-se o minuto, e ela respondeu com tranquilidade:

– Não deves casar, se o amor pode ser satisfeito sem obstáculo. No caso contrário, o casamento é uma simples escolha da razão: sacrifica-te.

Iaiá, que tinha uma das mãos da madrasta entre as suas, largou-a subitamente. Estela riu, e bateu-lhe na testa com a ponta do dedo.

– Esta cabecinha! – disse ela. – Há aqui dentro muita coisa que é preciso capinar...

No primeiro instante, Iaiá empalideceu. Ao último gesto de Estela, respondeu com um sorriso forçado e sem cor. Logo que esta saiu, deixou-se cair na cadeira e fechou o rosto nas mãos. Quando dali saiu, meia hora depois, não trazia nenhum sinal de lágrimas, ou sequer de tristeza. Não vinha alegre, decerto; serena, sim, daquela serenidade com que o caçador do sertão se dispõe a encarar a onça.

Jorge foi jantar, e sobre a tarde apareceu Procópio Dias. Durante o jantar e a noite, Iaiá fez impressão na família e nos estranhos, pela singular alteração de seus modos. Estava um pouco pálida, mas a viva luz dos olhos parecia comunicar ao rosto uma porção do colorido ausente. Mostrou-se expansiva, e não galhofeira. Suas frases eram longas, deduzidas, iam até o fim do pensamento, sem as interrupções e saltos do costume. De costume, parecia que a moça pensava aos fragmentos, porque era quase impossível ter com ela uma conversa inteiriça e ordenada com a sua variedade própria. Naquele dia era o contrário. Como que a alma despira a roupa de bailarina, para enfiar um roupão caseiro, simples, apertado, subido até o pescoço. Era melhor assim? Era pior? Nem uma nem outra coisa; era uma aparência nova.

Mais do que ninguém, Jorge estimou essa alteração, porque em relação a ele a moça também havia mudado alguma coisa. Iaiá sentira nesse dia mais repugnância do que nunca ao ver o filho de Valéria, e chegou a recuar instintivamente a mão. Cedeu, porém, e o sorriso com que corrigiu foi o primeiro que Jorge recebeu diretamente dela. Nesse dia a moça respondeu-lhe sem custo, e talvez lhe dirigiu a palavra alguma vez; o que tudo viu Luís Garcia e atribuiu a efeito de suas admoestações.

Nem Luís Garcia nem Jorge poderiam supor que sobre a cabeça da madrasta e da enteada a carta de 1867 agitava as suas letras de fogo. Essa carta importuna, poupada da destruição imediata, era a centelha subitamente lançada no amor adormecido de uma e no ódio nascente de outra; Jorge estava longe de o ler no rosto afável de Iaiá e no olhar fugidio de Estela.

Pouco depois das dez horas dispersou-se a reunião. O Sr. Antunes aposentou-se por essa noite em casa do genro. Jorge e Procópio Dias saíram juntos.

– Vai para a cidade a esta hora? – perguntou Jorge.

– Repare que ainda me não ofereceu cama – disse rindo o outro.

– Mas ofereço-lhe agora.

– Aceito. Precisava justamente falar-lhe: negócio grave.

– Não é decerto algum fornecimento?

– Nem só de pão vive o homem – acudiu Procópio Dias.

– Que negócio é?

– Uma explicação.

– Sobre...

– Há de ser lá em casa; a noite é escura e os quintais são traiçoeiros.

Capítulo XI

Entrados em casa, Procópio não se apressou a dar ou pedir a explicação. Ceou primeiro, porque confessou haver adquirido esse costume, e Jorge não se demorou em obsequiá-lo. A ceia improvisada, composta de viandas frias e dois ou três cálices de vinho puro, deixou-o em paz com a natureza. Satisfeita esta, era a hora da explicação.

Não veio ela com facilidade. Indolentemente reclinado numa otomana[42], Procópio Dias fumava e falava com precaução, usando a voz pausada e avara de um homem para quem o digerir é meditar. Se alguma ideia lhe avoaçava lá dentro, era difícil percebê-lo através do olhar exausto e mórbido. Entretanto, a curiosidade de Jorge não lhe permitiu mais longa dilação e Procópio Dias foi compelido a satisfazê-la, quando o moço, parando diante dele, francamente lhe pediu.

– Parecia-me mais fácil do que é – disse ele–, sobretudo porque, apesar de nos conhecermos há algum tempo, não estou certo da opinião que o senhor forma de mim. Boa?

– Boa.

– Dê-me sua mão. Promete-me ser franco?

– Prometo.

– Qual das duas o leva à casa de Luís Garcia?

Sobressaltado, Jorge retirou vivamente a mão.

– Bem vê – tornou Procópio Dias –; é uma delas.

Passada a primeira impressão, Jorge sentou-se tranquilamente, menos contudo do que afetava estar.

– Na verdade, a sua pergunta é das mais esquisitas que eu esperava ouvir. Ignora as relações de amizade que me prendem àquela casa, relações que herdei de minha família e que eu apenas continuo? Qual das duas! Não há ali duas; há uma, uma somente, uma... e...

– Não é essa? Não é Iaiá?

Jorge fez um gesto negativo.

– Acredite que me restitui a tranquilidade ao coração – disse Procópio Dias sentando-se de todo. – Não é meu rival? Não tem nenhuma ideia?... Nenhuma ideia vaga?... É isso o que preciso saber... É só isso, e é tudo.

---

42. Tipo de sofá, onde podem sentar várias pessoas.

– O senhor gosta de Iaiá?

Procópio Dias fez primeiro um gesto afirmativo; depois balbuciou a confissão plena de seus sentimentos, mas com um ar de envergonhado, meio sincero e meio fingido, e tão a ponto e natural, que era difícil saber onde acabava a sinceridade e onde começava a simulação. Animou-se a pouco e pouco, e não lhe escondeu nada. Confessou que a filha de Luís Garcia lhe transtornara de todo o espírito e que ele estava resoluto dos maiores sacrifícios para obter-lhe a mão.

– Às vezes supunha que o senhor andava nas minhas fronteiras – concluiu ele –, ideia que me afligia, porque o senhor tem sobre mim vantagens incontestáveis. A suspeita desvanecia-se e eu tranquilizava-me. Hoje, porém, confesso-lhe que a suspeita reapareceu e entrou a devorar-me o coração; e ainda assim, tinha intervalos, porque ora me parecia que o seu objeto era Iaiá, ora que era a outra...

– Perdão – interrompeu Jorge –, eu já lhe disse o que devia, e não posso consentir que voltemos ao mesmo ponto. Uma de suas suspeitas é injuriosa para mim.

– Tem razão; eu devia tê-lo pensado – assentiu Procópio Dias. – Mas que quer? Nada se deve imputar aos dementes e aos namorados. Perdoa-me? Em todo caso, pode crer que a minha índole não é tão tolerante com o vício que me fizesse desejar haver dado em balda certa. Não sou rigoroso; sei que as paixões governam os homens, e que a força de as reger não é vulgar. Por isso mesmo é que se estima a virtude. No dia em que a natureza se fizer comunista e distribuir igualmente as boas qualidades morais, a virtude deixa de ser uma riqueza; fica sendo coisa nenhuma.

– Deixe-me falar-lhe com franqueza – disse Jorge, rindo –; eu desconfio que o senhor é ainda menos rigoroso do que diz. Parece-me que, se a sua suspeita, em relação à outra, tivesse fundamento, o senhor não me ouviria com indignação.

– Talvez estimasse.

Jorge não disse nada; olhou somente para o interlocutor, com um ar de estupefação, a que o outro sorriu benevolamente. Fez-se uma curta pausa. Procópio Dias rompeu enfim o silêncio:

– Talvez estimasse, sem deixar de indignar-me depois; isto é, a indignação no momento seria abafada pelo interesse. Atenda-me, doutor; sejamos justos com a natureza humana. Virtudes inteiriças são invenções de poetas. Não me fazia bom cabelo que o senhor gostasse da outra, e menos ainda que ela lhe correspondesse, porque, em suma, ambicionando entrar na família, não desejaria que a família tivesse a menor mácula. Esta é a realidade. Mas eu amo, doutor; e por mais ridícula que pareça esta confissão, por mais grosseira que seja a minha casca, a verdade é que amo a enteada apaixonadamente; é o meu pensamento de todos os dias. Ora, dado que o senhor amasse a outra, qual era o primeiro movimento do meu coração? Ligá-los ao meu interesse. Desde que entre os dois houvesse um segredo, e que esse segredo fosse descoberto ou suspeitado por mim, o senhor e ela eram os meus melhores aliados, e a resistência daquela menina, e a vontade do pai, tudo cedia em meu favor.

Procópio Dias proferiu essas palavras com simplicidade e convicção. Seus olhos plúmbeos pareciam duas portas abertas sobre a consciência. A expressão do rosto era a de um cinismo cândido. Jorge contemplou-o alguns instantes sem dizer palavra, ao parecer subjugado pelo raciocínio. Ouvira-o pasmado e satisfeito. Tanta franqueza não mostrava que Procópio Dias já não suspeitava nada? Jorge sorriu e replicou:

– O que o senhor acaba de dizer não será animador, mas persuado-me que é a realidade pura. Admira-me somente que tenha tanta penetração e superioridade para ver e confessar os vícios da natureza humana...

– Sou prático – tornou o outro sorrindo. – Raras vezes me irrito, conquanto lastime sempre o que é fraqueza ou perversão. Assim, por exemplo, eu não lhe ficaria querendo mal se o senhor me houvesse iludido agora acerca de seus sentimentos, porque o seu interesse e o seu dever é negá-los.

– Perdão; já lhe dei minha palavra...

– Não deu, nem eu lha pedi, nem pediria, porque a palavra de honra não obriga a consciência, quando é dada para salvar uma questão de honra. O senhor poderia dá-la sem sinceridade nem remorso. Já não é a mesma coisa se me jurasse, porque o juramento, invocando o testemunho de um ente superior, esse obriga a consciência que não está pervertida.

– Não exige de mim que jure, espero eu? – disse Jorge.

– Há ainda uma raiz de dúvida em meu coração – replicou Procópio Dias sorrindo.

– Pois juro-lhe...

Procópio Dias levantou-se de súbito.

– Não precisa mais – exclamou ele, apertando-lhe as mãos. – Agora creio; creio de todo. Não é meu rival, nem corrompe a família a que pretendo unir-me. Se soubesse o prazer que me deu com a sua última palavra! Obrigado! Agora creio. Ria-se de mim, ria-se; eu creio que esta expansão pode ter um lado grotesco, há de ter decerto. O que lhe afianço é que se minha felicidade não é completa depende somente da fortuna, não dos homens...

Sentou-se depois dessas palavras, proferidas quase sem respirar. Jorge acompanhou-o nessa expansão de felicidade. Pareciam satisfeitos um do outro. Procópio Dias confessou que era a primeira pessoa a quem falava de seus sentimentos, e não se vexava de dizer que, ao cabo de alguns meses, nada podia saber do coração da moça. Às vezes supunha ser aceito; outras, e eram as mais numerosas, tinha a persuasão contrária.

– O senhor naturalmente conhece-a e sabe que obra de contradição é aquela mocinha – disse ele. – Há ocasiões em que sua familiaridade comigo chega quase à sedução. Talvez exagero; mas que hei de pensar de uma moça que me pede instantemente que vá lá, em certo dia, com um modo grave e cheio de promessas? Digo-lhe sim; vou, recebe-me com um epigrama, ri-se de mim, abusa da complacência e não sei se do amor, porque, conquanto não lhe haja dito nada, acho natural que ela o tenha descoberto nos meus olhos. Se fico despeitado e resolvido a não voltar lá, ela torna-se mansa, como uma pomba, carinhosa, macia, e o meu despeito evapora-se, e eu continuo a minha viagem interminável.

– Nunca lhe deu a entender nada, ao menos por alusão?

– Nunca; receio que não me deixasse acabar.

– Não creia; eu suponho que ela gosta do senhor.

– Sabe disso?

– Não, mas é o que concluo do que me contou. As mulheres têm às vezes caprichos; e demais há naquela uns restos de criança, que a faz ainda mais caprichosa. Meu raciocínio é este: se ela percebeu, e não o repele absolutamente, é porque o senhor ainda pode ter esperanças...

Procópio Dias não pôde exprimir a alegria que essas palavras de Jorge lhe entornaram na alma; seus olhos brilharam de uma luz estranha, depois fecharam-se, enquanto a cabeça pendeu para trás, de um jeito lânguido. Durante essa pausa de alguns minutos, Jorge pôde analisar as feições de Procópio Dias, pouco próprias a fascinar uns olhos de dezesseis anos, e achou natural que Iaiá não se sentisse tomada de cego entusiasmo. Contudo, não era impossível corresponder-lhe de algum modo, se a razão tomasse as rédeas ao coração. Jorge supunha até que houvesse em Iaiá uma semente de simpatia, que bastava fazer germinar.

Entrando no quarto que lhe fora destinado, Procópio Dias estava longe de ter sono; a excitação trazia-o esperto. Entrou, abriu a janela e olhou ao largo. O aroma vivo das plantas da chácara ainda mais lhe apurou o sistema. Não era homem de contemplar estrelas nem de fazer filosofias acerca da solidão noturna e do sono das coisas; limitou-se a pensar no que acabava de ouvir.

"Gosta da Estela", murmurou ele; "antes de jurar podia ser duvidoso; depois do juramento é positivo, se ela não gosta dele faz mal; é um rapaz de espavento."

Depois abriu as asas ao pensamento e foi direito a Iaiá, galgando o espaço e derrubando paredes: foi e contemplou o seu sono de virgem, que ele supunha ser quieto e puro, mas que a essa mesma hora era turbado e já complicado das ideias do mal. Procópio Dias deixou-se ir ao sabor da paixão, que era viva e sincera, uma conspiração surda e misteriosa de todas as forças sensuais.

A figura terna e virginal de Iaiá aparecera-lhe um dia, subitamente, como uma visão não sonhada. Se ele a visse em algum salão aristocrático pensaria nela uma noite, talvez uma semana, até esquecê-la ou substituí-la. Mas o que o prendeu a Iaiá Garcia foi justamente a mediocridade do nascimento. Possuí-la era fazer-lhe um favor. Quantas outras lhe não levaram os olhos de sátiro, ao descer de uma carruagem, ou ao resvalar indolentemente o seu talhe na contradança de bom-tom? Ele via-as passar ou estar, com os ombros nus ou cingidos da caxemira elegante, risonhas umas, outras sérias, todas altivas e compassadas, e sentia que os anos, feições e maneiras o distanciavam delas; não era difícil apagá-las da memória.

Iaiá teria antes de agradecer a escolha; era a sua convicção, e foi o que mais o ligou à filha de Luís Garcia.

Quando a moça refletisse que acharia no marido a satisfação de todas as veleidades do luxo, o gozo das coisas superfinas, elegantes e raras, devia ceder por força e preferi-lo a quem lhe desse apenas coração, trabalho e necessidades. Uma vez brotada a ideia, cresceu e tomou-lhe o cérebro todo. Iaiá era então a figura presente a seus olhos, ora divina e casta, ora ardente e lúbrica – lúbrica, porque ele em sua imaginação conspurcava-a, antes mesmo de a possuir.

No dia seguinte acordaram tarde e almoçaram juntos, sem tornar no assunto da véspera. No fim do almoço, Procópio Dias referiu-se a ele, dizendo que fora excessivo na noite anterior, e pedindo a Jorge que o não levasse a mal; porquanto era tudo filho de um sentimento que não peca por moderado na suspeita, nem equitativo na apreciação.

– Não podia atribuir-lhe outro motivo – redarguiu Jorge sorrindo.

– Não ficou mal comigo?

– Mal? A prova é que, se dependesse de mim casá-lo, casava-o amanhã mesmo.

Procópio Dias agradeceu-lhe a simpatia e o obséquio, e saiu. Jorge foi dali vestir-se para ir passar alguns minutos no escritório. Enquanto se vestia, pensava na situação do ex-fornecedor do exército. Não eram amigos, mas o caso de Procópio Dias interessava-o; era simpático a seus olhos. Não indagou se essa simpatia brotava do medo; persuadia-se ingenuamente do contrário. Um marido apaixonado e opulento! Duas vantagens que uma moça nas condições de Iaiá devia aceitar com ambas as mãos. Talvez Procópio Dias não fosse mal aceito ao coração da moça; somente havia nesta uns vestígios de criança, que o tempo devia apagar.

– Naquela idade um pretendente é uma espécie de boneca – dizia Jorge atando a gravata –; o que é preciso, a todo transe, é fazer da boneca um esposo.

Chegando ao escritório, ao meio-dia, Jorge encontrou o Sr. Antunes consternado. Tinha dormido até onze horas, chegara tarde à casa em que trabalhava, o patrão convidara-o a fazer as contas. Era uma pequena casa de comércio, onde o Sr. Antunes, que entendia de escrituração mercantil, trabalhava desde algum tempo, graças ao obséquio de Jorge.

– Mas já foi despedido? – perguntou este.

– Devo fazer as minhas contas e retirar-me no fim do mês.

Jorge escreveu duas linhas ao patrão do Sr. Antunes. De tarde, foi este a Santa Teresa. Jorge ia sentar-se à mesa do jantar; o Sr. Antunes já tinha jantado, mas acompanhou-o.

– Venha, venha – disse o moço –; preciso falar-lhe.

Vexado e tímido, o Sr. Antunes sentou-se defronte de Jorge, que não lhe disse nada durante os primeiros minutos. Jorge falou enfim, repreendendo-o amigavelmente; disse-lhe que as exigências do comerciante não eram exageradas, e em todo caso não havia meio de opor-se a elas, salvo se quisesse deixar a casa.

– Isso mesmo – disse o pai de Estela.

– Não faça isso; não se ganha nada em andar de emprego em emprego. Demais, francamente, não vejo que entrar antes das dez horas seja coisa difícil. Seu genro faz isso há muitos anos.

– Meu genro!... Meu genro!... – disse o Sr. Antunes sacudindo a cabeça, com um gesto de enfado.

Jorge fingiu não atender ao gesto e ao tom do pai de Estela, e tratou de o converter à pontualidade, obra que começava a ser difícil, porque o Sr. Antunes entrava já nas consequências lógicas e naturais de uma longa dependência; preferia o favor ao trabalho, e os anos contribuíam para esse amor da inércia e do benefício gratuito. A maior ambição que o animou, se a fortuna a houvera realizado, dar-lhe-ia todos os meios de envelhecer tranquilo. Agora tinha encanecido, e o corpo, embora lesto, começava a suspirar pela inação.

Jorge deixou o assunto para não vexar o antigo protegido do pai, e acabou o jantar alegremente. No fim recebeu um bilhetinho de Procópio Dias. "Não imagina", dizia este, "que dia tenho passado, depois da nossa conversa de ontem. Teimo em dizer que fui excessivo, e ainda uma vez lhe peço me releve a falta. Poderia o senhor castigar um doido? O amor não tem imputação. Queime este bilhete; em todo caso não o revele a ninguém, sobretudo à pessoa de que se trata." Jorge sorriu e releu o bilhete; depois fechou-o na secretária e escreveu esta simples resposta: "Ainda uma vez, não há que perdoar. O senhor foi apenas desconfiado, como todos os ciumentos; mas, como não inventou o ciúme, não lhe faço carga disso." Entregue a resposta, Jorge olhou para o Sr. Antunes, que fumava discretamente um charuto do bacharel.

– Ouvi dizer hoje uma coisa – disse Jorge com ar indiferente –; ouvi dizer que Iaiá vai casar.

– Casar? – repetiu o Sr. Antunes com um sobressalto. E depois de um instante: – É possível; naquela casa o último que sabe das coisas sou eu.

– Talvez não passe de balela. Nem me disseram com quem. Provavelmente há algum namorado ou aparência disso, e então os noveleiros vão logo ao fim. Mas haverá deveras algum pretendente ou namoro?...

– Que eu saiba, nada – asseverou o Sr. Antunes. – E até, deixe-me dizer-lhe o que penso, duvido que ela cuide por ora de semelhante coisa. Aquela menina não tem cabeça.

– Oh! – exclamou Jorge rindo.

– Não tem, digo-lhe eu. Está ali, está no hospício. Não se pode dizer que seja travessura, porque não está em idade disso; é pancada. Se soubesse as coisas que ela faz às vezes!

– Não me parece; quando a vejo, é sempre com um modo comedido, e muitas vezes sério...

– Lá isso é, porque ela não gosta do senhor.

– Não gosta de mim? – perguntou Jorge admirado.

– Não digo que absolutamente não goste – obtemperou o pai de Estela –; não lhe tem muita simpatia, é o que é.

– Como sabe você disso?

– Ouvi uma vez o pai repreendê-la, porque de propósito voltara as costas ao senhor; e então ela levantou os ombros, assim com um ar de pouco-caso. O pai tornou a dizer que aquilo não era bonito, mas perdeu o tempo; Iaiá pregou os olhos nas unhas, com a testa franzida, e eu saí porque já não podia aturar nem um nem outro.

Jorge ficou alguns instantes pensativo. Era certo que Iaiá o tratara sempre com muito resguardo e frieza; mas, suposto que isso não significasse simpatia, e até lhe sentisse alguma hostilidade, estava longe de atribuir-lhe declarada aversão. Do gesto a que o Sr. Antunes aludira não se lembrava absolutamente, mas era possível. Demais, pensou ele, o Sr. Antunes não o inventaria na ocasião; não era caluniador; faltava-lhe essa ferocidade. Mas por que motivo não gostaria dele a filha de Luís Garcia? Era a segunda vez que Jorge fazia essa pergunta, sem lhe achar resposta plausível. Em seguida, recordou-se da noite anterior, e observou ao pai de Estela que Iaiá o tratara na véspera com alguma cordialidade.

– Milagre de ano-bom! – explicou o Sr. Antunes. – Também lhe digo que não perde nada se ela não gostar do senhor; é uma fortuna. Porque ela, quando gosta de uma pessoa, é de fazer-lhe perder a paciência.

– Mas parece ter bom coração, e creio que gosta muito do pai.

– Também Estela gosta de mim.

Jorge fechou nesse ponto a conversação. Seu pensamento voltou à revelação inopinada do Sr. Antunes. Por mais indiferente que Iaiá lhe fosse, Jorge sentia-se molestado com a certeza de que a moça não gostava dele. Por que seria? Simples antipatia ou outra coisa?

A preocupação desvaneceu-se na tarde do dia seguinte, quando Jorge apareceu em casa de Luís Garcia. Foi a própria Iaiá a abrir-lhe a porta do jardim dizendo, alegremente:

– Entre senhor doutor, que já se fazia esperado.

Jorge não pôde esconder o assombro que lhe produzira aquela recepção; nem o assombro nem a alegria. Entrou e estendeu-lhe a mão.

– Não posso – tornou a moça, mostrando a sua, fechada –; só se adivinhar o que está aqui dentro.

– Não é uma estrela.

– Não, senhor; é um cavalo.

No fundo do jardim estava Luís Garcia, com o tabuleiro do xadrez: acabava de dar uma lição à filha, que lha pedira desde antes do jantar. Iaiá levou até lá o filho de Valéria. Pela primeira vez sentou-se ao pé dos dois para vê-los jogar; fincou os cotovelos na mesa e encostou o queixo nas mãos; queria aprender, dizia ela, em três semanas,

– Três semanas! –, repetiu o pai a sorrir e a olhar para Jorge.

Das qualidades necessárias ao xadrez, Iaiá possuía as duas essenciais: vista pronta e paciência beneditina; qualidades preciosas na vida, que também é um xadrez, com seus problemas e partidas, umas ganhas, outras perdidas, outras nulas.

Capítulo XII

Quinze dias depois, Procópio Dias apareceu em casa de Jorge com luto no vestuário e no rosto. De Buenos Aires chegara-lhe na véspera, à tarde, a notícia da morte de um irmão, seu último parente, notícia que o obrigava a embarcar no dia seguinte e demorar-se no Rio da Prata cinco a seis semanas. Não se pode dizer que ele estivesse triste; estava sério – sério e preocupado. A viagem a Buenos Aires não tinha por fim o cadáver do irmão, mas a herança que, posto não fosse grande, valia alguma coisa.

Procópio Dias ofereceu seus serviços ao filho de Valéria, que de sua parte prometeu-lhe algumas cartas de apresentação, se precisasse. Procópio Dias aceitou uma. Jorge levou-lha no dia seguinte. Ele recebeu-a com demonstrações de agradecido e quase terno. E depois de um momento de silêncio:

– Já agora entrego-lhe pessoalmente esta carta, que devia ser levada amanhã por um portador.

Jorge quis abrir:

– Não – acudiu o outro –; prometa-me que só a abrirá amanhã.

– Por que não hoje de noite?

– Podia ser hoje de noite; mas é bom que entre a impressão da despedida e a leitura desse papel decorra o espaço da noite e o sono. Talvez seu juízo seja diferente.

Jorge prometeu. Procópio Dias partiu. No dia seguinte abriu a carta e leu estas poucas palavras:

"Seja o meu anjo da guarda durante a minha ausência".

"Por que não?", disse ele consigo.

De tarde, saiu a cavalo, costeando o aqueduto, segundo costumava, e ia pensando seriamente na conveniência de casar os dois. Naquelas duas semanas tivera tempo de apreciar um pouco as qualidades da moça, que lhe pareceram boas, conquanto lhe achasse também alguma coisa original, misteriosa ou romanesca, muito acima da compreensão ou do sentimento de Procópio Dias. Jorge não se iludia acerca da paixão do pretendente; supunha-a sincera, mas não lhe atribuía a virgindade das primeiras ou das segundas comoções: era uma paixão da última hora, um ocaso ardente e abraseado entre o dia que lá ia e a noite que não tardava a sombrear tudo. Ainda assim, a aliança lhe parecia conveniente. Iaiá possuía decerto a força necessária para dominar desde logo o marido; e o titão encadeado teria ao pé de si, em vez de um abutre a picar-lhe o fígado, uma formosa rola destinada a prolongar-lhe as ilusões da juventude.

Se eram boas as impressões que Iaiá lhe deixava nos últimos dias, não eram ainda assim isentas de algum enfado, aliás passageiro. Uma ou duas vezes, Iaiá lhe pareceu singularmente áspera, e sem motivo nem duração. Esses assomos[43], porém, eram logo compensados por uma afabilidade, que parecia mais viva, mais ruidosa, talvez um pouco importuna. Ocasião houve em que Estela disse à enteada, com um sorriso de repreensão:

– Não amofines[44] o senhor dr. Jorge.

Não compreendeu Jorge por que motivo essa palavra simples, dita em tom brando, deu ao rosto de Iaiá uma expressão indignada; lembrava-se porém que a expressão foi passageira e que ela passou do singular amuo à habitual alegria:

– Bem vê – replicou Estela –, bem vê que é uma criança.

Jorge ia assim a refletir, e já de volta, quando ouviu uma voz que dizia o seu nome. Era Iaiá, que descia da casa da velha ama. Jorge parou o cavalo.

---

43. Impulsos.

44. Amofinar: aborrecer.

– Em que vai pensando? – disse ela.

– Na senhora – respondeu o moço afoitamente, depois de verificar que ninguém os podia ouvir.

Iaiá caminhou até a rua, acompanhada de um homem velho, o irmão de Maria das Dores.

– Que anda fazendo aqui? – continuou Jorge inclinando o busto sobre o pescoço do cavalo.

– Vim visitar a Maria das Dores. Coitada! Está tão abatida!

– Bem; eu logo lhe direi o que é; vá ver a doente.

– Já a vi; volto agora para casa. O senhor João vai acompanhar-me.

Jorge apeou-se.

– Deixa-me acompanhá-la também? – perguntou.

– Deixo; mas é só por ser curiosa. Quero saber o que ia pensando a meu respeito. Vamos, senhor João?

Jorge enfiou a rédea no braço e colocou-se ao lado dela; Iaiá tomou-lhe afoitamente o outro braço.

– Vá, conte-me tudo.

– O Procópio Dias embarcou hoje.

Iaiá, que já havia dado os primeiros passos, estacou.

– Para onde? – disse.

– Para o rio da Prata; morreu-lhe um irmão em Buenos Aires.

– Mas sem se despedir de nós!

– Naturalmente, custava-lhe fazê-lo, e quis poupar-se à dor da separação. Esteve porém comigo, e prometeu-me que a demora seria curta. Vi-o muito aflito com a viagem, tão aflito que não sei se lhe diga que era... era, decerto, era maior a dor da viagem do que a da morte do irmão. Talvez lhe faça injúria nisso, mas parecia.

– Por quê? – perguntou a moça erguendo os olhos para ele.

– Não sei se lhe deva dizer por quê – acudiu Jorge. – E daí, não se tratando de nenhuma coisa do outro mundo... É verdade que as moças bonitas, como a senhora, costumam ser cruéis... Não sei... Há situações um pouco...

– Ridículas – concluiu Iaiá.

– Como ridículas?

– Por exemplo, a sua.

Jorge enfiou um pouco; mas, a um homem de sociedade, Iaiá não parecia de força a fazer perder o equilíbrio. Sorriu levemente, e retorquiu sem azedume:

– Não é ridículo ser afetuoso; eu cuidava responder à linguagem de seu coração.

– Supunha que a ausência de Procópio Dias me deixava saudades...

– Supunha.

– Que tem o senhor com isso?

A resposta de Jorge foi um simples gesto negativo. Contudo, não pôde zangar-se, porque sentia tremer o braço da moça, e olhando de esguelha para ela via-a pálida e com os olhos no chão. Se a palidez e o tremor eram de cólera, não chegou a sabê-lo; mas provavelmente não era outra coisa, porque, ao cabo de três a quatro minutos, Iaiá ergueu os olhos e estendeu-lhe a mão, dizendo:

– Façamos as pazes.

– Nunca estivemos em guerra, acho eu.

– Talvez em véspera de guerra.

– Não por culpa minha...

– Nem minha – acudiu a moça. – E erguendo o chapelinho de sol para o céu: – Talvez por culpa daquele – disse ela suspirando.

Após o suspiro, veio uma risadinha seca e forçada, mas longa ainda assim com o som de um golpe de cristal. Tinham andado poucos minutos, e esses poucos eram já de sobra para espertar a curiosidade de Jorge e para lhe dar direito a pedir uma explicação. Jorge pediu-lha em termos afetuosos, perguntando por que razão era o céu culpado em uma guerra que devia romper entre ambos, e sobretudo qual seria o pretexto dessa guerra. Iaiá refletiu um instante, e começou a falar com os olhos baixos.

– O motivo é o senhor mesmo – disse ela.

– Eu?

– O senhor, que é meu inimigo, que me detesta. Não me dirá que mal lhe fiz eu? – continuou ela erguendo subitamente os olhos. – Escusa fazer esse gesto de espanto; sei que o senhor me detesta, e por mais que pergunte a mim mesma, não sei, não me recordo... Diga, fale com franqueza.

– Tanto melhor! – exclamou Jorge. – Vejo que havia entre nós um equívoco e é chegada a ocasião de o desfazer. Quer que lhe fale com franqueza? O inimigo não sou eu, é a senhora; é a senhora, ou antes, era ou parecia ser. Agora compreendo; retribuía-me a aversão que supunha haver em mim. Tanto melhor! Façamos as pazes de uma vez.

Iaiá apertou a mão que ele lhe ofereceu e chegaram alegremente à casa. Jorge quis retirar-se logo, mas a moça ordenou a Raimundo que conduzisse o cavalo, e Jorge foi compelido a entrar por alguns minutos. Luís Garcia não estava em casa. Estava o Sr. Antunes. Iaiá mal deu tempo aos primeiros cumprimentos.

– Ande jogar comigo – disse ela.

– Em boa paz?

– Em boa paz.

Iaiá preparou o xadrez, no gabinete contiguo à sala; Jorge sentou-se pacientemente diante da adversária, retificou a posição de duas peças, excluiu as que lhe dava de partido e adiantou o primeiro peão.

– Vá – disse –, é a sua vez.

Iaiá não obedeceu ao convite. Olhava para ele, com ar inquieto.

– Dá-me sua palavra de honra de que me não negará o que lhe vou perguntar? – disse ela ao cabo de alguns instantes de silêncio.

Jorge hesitou um pouco.

– Conforme.

– Exijo.

"Que me pedirá ela que lhe não possa afirmar?", pensou Jorge. E em voz alta respondeu:

– Dou.

– Foi ele quem lhe encomendou...

– O sermão? – interrompeu Jorge sorrindo. – Serei franco; foi ele mesmo.

Iaiá baixou os olhos ao tabuleiro, cavalgou a torre com o bispo como distraída, e, em voz ainda mais baixa do que lhe falara, perguntou:

– O senhor é homem de segredo?

– Sou – redarguiu afoitamente Jorge.

– Pois bem – continuou Iaiá –, eu gosto dele, gosto muito, mas não desejo que ele saiba.

– Deveras? Não está gracejando?

– Não estou.

Jorge estendeu-lhe a mão:

– Magnífico – disse ele alegre –, não é preciso mais. Uma vez que se amam, virão naturalmente a...

Não pôde acabar, porque a moça, erguendo-se de súbito, afastou-se da mesa, com um arremesso, e dirigiu-se à janela que dava para o jardim. Jorge ficou espantado. Não entendia o que estava vendo. Inclinou-se sobre o tabuleiro e começou a mover as peças, sozinho, sem plano, maquinalmente. Assim jogando, ouvia o som do tacão de Iaiá que feria o ladrilho do chão, com um movimento precipitado e nervoso. Durou isso cinco minutos. Iaiá voltou-se para dentro, saiu da janela e aproximou-se da mesa. Jorge ergueu então a cabeça para ela e sorriu.

– Não me dirá que lhe fiz eu, para ficar tão zangada comigo? – perguntou com benevolência.

– Nada; eu é que fui estouvada e não sei se mais alguma coisa.

Jorge protestou que não.

– Foi ríspida somente – disse ele – e, se o foi sem querer, não foi sem motivo. Não me dirá que motivo é esse? Parece-me que não a tratei mal...

– Não.

– Nesse caso, o motivo está na senhora mesma; e, se eu não tivesse medo de que se zangasse outra vez comigo, atrevia-me a pedir-lhe que me dissesse tudo, ou pelo menos alguma coisa.

– Para quê? Vamos jogar.

– Está escurecendo.

– Mando vir luzes.

Vieram luzes; começaram a jogar. Entre eles o xadrez não podia oferecer interesse, mas, dado que pudesse, não seria naquela ocasião. Um e outro estavam distraídos e preocupados. A primeira partida foi concluída, em pouco tempo, quase sem cálculo.

– Outra? – perguntou Iaiá.

– Vamos.

– Antes de começar – disse ela colocando as peças, e sem olhar para Jorge –, quero dizer que tem um meio seguro de nunca brigar comigo.

– Qual é?

– É ser meu confidente.

– Senhor de seus segredos?

– Todos.

– O meio é fácil; só eu ganho na troca.

– Nisso dou prova de grande coração.

Já não era a menina ríspida de alguns instantes; dissera as últimas palavras com muita graça e placidez. Ao mesmo tempo, continuava a arranjar metodicamente as peças. Acabou e reclinou-se no dorso da cadeira.

– Não me declarou ainda se aceitava – disse ela.

Jorge hesitou um instante. Era gracejo ou proposta séria? A um gracejo responde-se com outro, a uma proposta responde-se com seriedade. Jorge hesitava em tomar sobre os ombros uma parte da responsabilidade dos sentimentos da moça. Quais seriam eles? Que projetos despertariam naquele cérebro provavelmente indomável? Não podiam ser outros senão os de casamento com Procópio Dias, visto que ela confessava amá-lo. Essa reflexão fê-lo declarar afoitamente que aceitava a confidência.

– Sabe o que aceita? – perguntou Iaiá.

– Farejo.

– Toque! – disse ela estendendo-lhe a mão.

Jorge deu-lhe a sua.

– Não se trata em todo caso de nenhum assassinato? – perguntou rindo.

– Não.

A segunda partida foi mais animada, mas só por parte de Iaiá. A moça ria às vezes, mas a maior parte do tempo fazia convergir toda a sua atenção para o jogo. Quando falava, era moderada e dócil. Essa alternativa e contraste de maneiras interessava naquele momento o espírito de Jorge. Que espécie de mulher fosse, imperiosa como uma matrona, travessa como uma criança, incoerente e enigmática, era coisa que ele não podia em tão pouco tempo descobrir; mas o enigma aguçava-lhe a atenção. Enquanto ela tinha os olhos no tabuleiro, Jorge buscava ler-lhe a alma na fronte lisa e cândida; mas não via a alma, via só uns fiapos castanhos do cabelo, que lhe caíam sobre a testa e esvoaçavam levemente ao sopro da aragem que entrava pela janela, e lhe davam um ar de puerícia. A boca fina e pensativa corrigia aquela expressão da cabeça; era a primeira vez que ele lhe descobria um forte indício de energia e tenacidade.

Quando era a vez de Jorge, Iaiá afastava o busto, reclinava-se no espaldar da cadeira e ficava a olhar para ele, como ele havia olhado para ela. Mas nesse olhar não cintilava curiosidade; era uma luz velada e baça, como alheia ao mundo exterior. Encontravam-se assim os olhos de um e de outro, e a partida continuava, até chegar ao fim sem novo incidente.

Prestes a acabar, Estela entrou no gabinete, sem os interromper. Sentou-se caladamente a um canto da janela. O jogo cessou no momento em que entrou Luís Garcia.

– Perdi duas partidas, papai – disse a moça –; mas por um triz não ganhei a segunda.

Jorge quis sair logo depois; foi obrigado a demorar-se, porque Iaiá lembrou-se de ir tocar piano. Era a primeira vez que Jorge conseguia ouvi-la. A moça escolheu uma página de Meyerbeer[45]; Jorge confessara uma vez que era esse o autor de sua predileção.

No dia seguinte a impressão deste era um tanto complexa e perplexa. Aquela mistura de franqueza e reticência, de agressão e meiguice, dava à filha de Luís Garcia uma fisionomia própria, fazia dela uma personalidade; mas a fisionomia era ainda confusa e a personalidade vaga. Jorge sentia-se empuxado e retido, ao mesmo tempo, por dois sentimentos contrários; tinha curiosidade e repugnância de penetrar o caráter da moça, e conhecer e distinguir os elementos que o compunham. O que lhe parecia claro e definitivo era que as primeiras palavras de

---

45. Giacomo Meyerbeer (1791-1864), compositor alemão, autor de diversas óperas e peças para piano e canto.

Iaiá, tão duras e tão secas, não passavam de uma expressão de despeito, por supor da parte dele a aversão que não existia; e, se as palavras em si o magoavam, a explicação lisonjeava-lhe o amor-próprio. O resto era inexplicável. Jorge resolveu, entretanto, não lhe falar mais de Procópio Dias, apesar da confissão aliás contrastada ou diminuída pelo gesto que se lhe seguiu.

Iaiá pareceu perder a disposição agressiva; à força de afabilidade apagou inteiramente os vestígios da antiga rispidez. A alma não se lhe tornou mais transparente, nem o caráter menos complexo; mas a esquisita urbanidade dos modos fazia suportáveis os saltos mortais do espírito, e aumentava o interesse do que havia nela obscuro ou irregular; finalmente, era um corretivo à tenacidade com que a moça confiscava literalmente o filho de Valéria. Jorge estimou, sobre todas, essa circunstância, porque lhe tornou mais fácil a frequência da casa. Ele pertencia ao pai ou à filha – muitas vezes aos dois. Iaiá atirou-se ao xadrez com um ardor incompreensível, e, dizendo-lhe Jorge que era preciso ler alguns tratados, ela pediu-lhe um, e, porque ele só os tivesse em inglês, Iaiá pediu-lhe que lhe ensinasse inglês.

– Mas eu sou um mestre muito ríspido – observou ele.

– A discípula é muito pior.

Estela assistia algumas vezes às lições do idioma e do jogo; duas coisas que lhe pareciam incompatíveis com o espírito da enteada. Verdade é que Iaiá mudara tanto naquelas últimas semanas! Não lhe supusera nunca tão longa paciência, nem tão repousada atenção. Iaiá gastava uma a duas horas por dia a decorar os verbos e os substantivos da nova língua, e essa paixão recente tinha o condão singular de irritar a madrasta. Jorge, pelo contrário, sentia em si os júbilos do pedagogo. O professor é o pai intelectual do discípulo; Jorge contemplava paternalmente aquela inteligência fina, paciente e tenaz servida por dois olhos de pomba e duas mãos de arcanjo.

No meado de fevereiro tornaram a falar de Procópio Dias, a propósito de uma carta que Luís Garcia recebera.

– Veja lá – disse a moça –, ele escreveu a papai e nem uma palavra especial para mim. "Lembranças a Dona Estela e a Iaiá." Nada mais. Ele escreveu-lhe?

– Até agora, não.

– Não há nada como a ausência para fazer esquecer tudo, isto é, esquecer os que ficam. Talvez já não pense em casar comigo. Foi um capricho que passou, como todos os caprichos; foi como a chuva de ontem, que deu apenas alguns salpicos de nada. E contudo parecia que vinha abaixo o céu. Não é? A paixão dele não é como a trovoada? Ameaçou no Rio de Janeiro e foi cair em Buenos Aires. Aposto que vem de lá casado. Verá que não é outra coisa. Que me diz a isso? Vamos; diga alguma coisa.

– Não posso – redarguiu Jorge. – A senhora deu-me o cargo de confidente e não de conselheiro; limito-me a ouvi-la. Verdade é que o tal cargo até agora parece simples sinecura.

– Que é sinecura?[46]

Jorge sorriu e definiu-lhe a palavra.

– Não é sinecura – acudiu Iaiá –; pelo contrário, é um cargo muito espinhoso.

– Não creio. A confidência única até hoje não me pareceu sincera. A senhora não ama o Procópio Dias.

Iaiá franziu a testa.

– Por que me diz isso?

– Porque, se o amasse, falaria de outro modo, e sobretudo não falaria tanto. O amor, nessa idade, vive de reticências, não de frases e menos ainda de frases tão compostas.

– Cale-se! – interrompeu ela batendo-lhe com a gramática na ponta dos dedos. E depois de uma pausa: – Se ele lhe escrever, mostra-me a carta?

Como Jorge lhe dissesse que sim, Iaiá fez um movimento para rasgar o volume em dois pedaços. Jorge perguntou-lhe o que tinha. "Nervoso!", respondeu a moça, sacudindo os ombros com um calafrio. Depois, como a amparar-se, lançou-lhe a mão a um dos pulsos. Jorge sentiu a pressão de uns dedos de ferro; e parece que outros dedos invisíveis também comprimiam as faces da moça, vermelhas como se vertessem sangue.

46. Cargo que exige pouco trabalho.

Capítulo XIII

Jorge achou em casa, nessa mesma noite, uma carta de Buenos Aires. Procópio Dias narrava-lhe a viagem e os primeiros passos, e dizia ter toda a esperança de se demorar pouco tempo. Tudo isso era a terça parte da carta. As duas outras terças partes eram saudades, protestos, expressões de sentimento, e um nome no fim, um nome único, e que era a chave do escrito. Jorge leu atentamente essas confidências, e na mesma noite esboçou uma resposta. Não era fácil combinar a discrição que quisera conservar em suas relações com Procópio Dias e a necessidade de lhe mandar algumas esperanças. Embora com esforço, redigiu a resposta conveniente, contando-lhe as boas impressões que tinha; só as boas, não lhe disse as duvidosas; sobretudo não desceu a nenhuma realidade, a nenhum nome próprio; nada mais que uma extensa série de locuções igualmente animadoras e vagas.

No dia seguinte não foi à casa de Luís Garcia; choveu torrencialmente. Mas no outro dia foi, logo depois do jantar. Achou reunida a família.

– *Good evening, my dear* mestre! – bradou Iaiá logo que o viu entrar na sala.

– Faltava mais uma língua a esta tagarela – disse Luís Garcia rindo –; daqui a pouco tempo ninguém a poderá aturar.

Jorge não esperava, decerto, encontrar na moça a mesma expressão que lhe deixara na antevéspera, quando de um gesto nervoso lhe comprimira o pulso. Tinham passado 48 horas, e para que ela se restabelecesse bastariam apenas 48 minutos. Contava com a mudança; não obstante procurou ler-lha nos olhos, e achou-os tão alegres como o tom em que ela o saudara. A lição isolou-os, e foi também o pretexto mais favorável para lhe mostrar a carta de Procópio Dias. Iaiá viu-a selada e compreendeu tudo; arrebatou-a às mãos de Jorge.

– Ah! – disse este –, seu gesto vale um discurso.

– Posso ler?

– Pode.

Iaiá desdobrou a carta e leu-a para si. Enquanto lia, Jorge fitava-a. Não lhe via nenhuma confusão, alvoroço ou alegria;

os olhos seguiam lentamente de uma linha a outra, e a mão firme voltava a página. No fim, quando leu o próprio nome, teve um movimento de tédio, e inconscientemente amarrotou o papel; mas emendou-se logo, alisou a carta com a mão e restituiu-a silenciosamente. Durante alguns segundos ocupou-se em traçar com um lápis alguns círculos na margem da folha aberta da gramática; ergueu enfim os olhos e perguntou sem rir:

– Acredita no que diz essa carta?

– Acredito; tudo o que está aí escrito já o ouvi de viva voz, e com a mesma sinceridade e calor. Quem sabe? Pode ser que seja o primeiro amor desse homem.

– O primeiro... O primeiro... – repetiu ela entre dentes.

– Talvez o primeiro – insistiu Jorge –, e para uma moça, acho que deve ter algum encanto ser amada por um homem considerado superior às paixões. A vida de Procópio Dias teve sempre outra ordem de interesses...

– Conhece-o há muitos anos?

– Há muitos, não; conheço-o desde o Paraguai.

– Acha que eu fazia bem em me casar com ele?

– Bem ou mal, conforme o amor que lhe tiver. Esse é o ponto necessário, e, em meu conceito, o ponto duvidoso. Receio que a senhora o não ame deveras; já tive ocasião de o dizer.

– Preciso de alguns esclarecimentos. O senhor amou decerto alguma vez...

– Nunca.

– Nunca? Nunca teve um amor, um só que fosse? Não creio. Um coronel! Nada; não creio; só se me jurasse; era capaz de jurar?

– Juro.

– Em nome de sua mãe? – concluiu ela fitando-lhe uns olhos cuja expressão imperativa contrastava com o tom submisso da palavra.

Jorge hesitou um instante. Tinha ceticismo bastante para proferir uma fórmula vaga de juramento; mas recuou diante da fórmula positiva. Hesitou e ladeou a pergunta.

– Esse nome resume justamente o meu único amor – disse ele –; amei a minha mãe.

Iaiá sorriu com ar de dúvida; depois olhou para ele comovida.

– Eu amo meu pai – redarguiu ela –; nossos corações podem entender-se.

A esta palavra não havia que replicar; pareceu-lhe a condenação do pretendente. Apertou a mão que a moça lhe estendeu, e sentiu-a fria. Após uma curta pausa, abanou a cabeça, murmurando:

– Assim, pois, nenhuma sombra de esperança...

– Faça o que entender – disse a moça no fim de outra pausa. – Em todo o caso, desejo ler a resposta que lhe der.

Jorge abriu a carteira e tirou de lá o rascunho da carta que pretendia mandar a Procópio Dias.

– A resposta – disse ele – já está escrita. Não querendo matá-lo, pus aqui algumas gotas de esperança; não ousaria contudo mandar o remédio, sem ouvi-la.

Iaiá recebeu o papel dobrado, olhou um instante para ele, outro para Jorge.

– Leia – disse este.

Iaiá não obedeceu: pegou do lápis, e sobre a folha do papel dobrado começou a lançar os traços de um desenho. Posto que a luz batesse em cheio no papel, Jorge não pôde ver desde logo o que era; mas esperava, em frente da moça, que ela rematasse o capricho. Nessa ocasião, Estela foi ter com eles.

– Já acabou a lição? – perguntou.

– Agora é uma lição de desenho, ao que parece – disse Jorge.

Estela pôs a mão no ombro da enteada.

– É o Procópio Dias! – disse ela olhando para o desenho.

Era, mas o desenho frisava com a caricatura; a fealdade de Procópio Dias excedia as proporções verdadeiras, o nariz era enormemente triangular, as rugas da testa grossas e infinitas: um monstro cômico. Estela sorriu da travessura, mas repreendeu-a.

– Deixe ver – disse Jorge quando ela acabou.

– Para quê? – retorquiu Iaiá com indiferença.

E, levando o papel à chama, queimou-o. Jorge interrogou-a com os olhos; ela encarou-o sem se perturbar. Depois folheou a gramática lentamente.

– Continuemos a lição – disse ela. – *I love*. Vá; onde estávamos? Aqui, era aqui.

Estela assistiu à lição toda, com a paciência da curiosidade. Não olhava nunca para o mestre, dividia a atenção entre a discípula e o livro. A lição foi longa, mais longa do que era necessário, porque o próprio mestre não acompanhava pontualmente o texto e a leitura. Iaiá tinha diante de si dois juízes, cada um dos quais buscava decifrar-lhe na fronte a inscrição que lá lhe teria posto o seu destino. Percebia-o, e não se enfadava. Ia de um tempo a outro, e do indicativo ao imperativo, voltando ao começo logo que chegava ao fim, fitando os dois inquisidores com um olhar em que pareciam dormir todas as ignorâncias da Terra.

A tranquilidade era aparente. Nessa noite, recolhida aos aposentos, a moça deu largas a dois sentimentos opostos. Entrou ali prostrada. "Que estou eu fazendo?", disse ela apertando a cabeça entre os punhos. Abriu a veneziana da janela e interrogou o céu. O céu não lhe respondeu nada; esse imenso taciturno tem olhos para ver, mas não tem ouvidos para ouvir. A noite era clara e serena; os milhões de estrelas que cintilavam pareciam rir dos milhões de angústias da Terra. Duas delas despegaram-se e mergulharam na escuridão, como os figos verdes do *Apocalipse*. Iaiá teve a superstição de crer que também ela mergulharia ali dentro e cedo. Então, fechou os olhos ao grande mudo, e alçou o pensamento ao grande misericordioso, ao céu que se não vê, mas de que há uma parcela ou um raio no coração dos símplices. Esse ouviu-a e confortou-a; ali achou ela apoio e fortaleza. Uma voz parecia dizer-lhe: "Prossegue a tua obra; sacrifica-te; salva a paz doméstica". Restaurada a alma, ergueu-se do primeiro abatimento. Quando abriu de novo os olhos, não foi para interrogar, mas para afirmar – para dizer à noite que naquele corpo franzino e tenro havia uma alma capaz de encravar a roda do destino.

Tarde conciliou o sono. Já dia claro, sonhou que ia calcando a beira de um abismo, e que uma figura de mulher lhe lançava as mãos à cinta e a levantava ao ar como uma pluma. Pálida, com o olhar desvairado, a boca irônica, essa mulher sorria, de um sorriso triunfante e mau; murmurava algumas frases truncadas que ela não entendia. Iaiá bradou-lhe em alta voz: "Dize-me que não amas e eu te amarei como te amava!" Mas a mulher, sacudindo a cabeça com um gesto trágico e colando-lhe os lábios nos lábios, soprou ali um beijo convulso e frio como a morte. Iaiá sentiu-se desfalecer e rolou ao abismo. Acordou agitada e deu com a madrasta, a contemplá-la, ao pé da cama. No primeiro instante, fechou os olhos e recuou até a parede, mas logo depois voltou a si.

– Tive um pesadelo horrível – disse ela respirando largamente –, rolei no fundo de um abismo, empurrada por duas mãos de ferro. Ainda estou fria. Veja as minhas mãos. Tenho o peito oprimido. Felizmente passou. Está aqui há muito tempo? Eu agitei-me muito?

– Falaste em voz bem alta.

– Que foi?

– "Dize-me que não amas e eu te amarei como te amava." Não sei que estas palavras se possam dizer no fundo de um abismo. Tu confundes os sonhos...

– Talvez; não me lembra outra coisa. Só me lembro do abismo, que felizmente não passou da minha imaginação. É muito tarde, não é?

– Nove horas.

– Nove horas!

Estela foi à janela e, abrindo a veneziana, mostrou-lhe o sol. Depois encostou-se ali a olhar para fora. Entrara alguns minutos antes, admirada do prolongado sono da enteada, e ia pousar-lhe a mão no ombro, quando ouviu aquela palavra balbuciada no meio de grande agitação; palavra misteriosa e vaga, mas que se lhe embebeu no coração como um espinho. De sua parte, Iaiá não estava menos inquieta. Receava que houvesse dito alguma coisa mais – um nome ou uma circunstância precisa –; em todo caso, era bastante o que ouvira a madrasta para imaginar que o sonho lhe escancarara as portas da consciência. Uma e outra espreitavam-se desconfiadas e medrosas. A madrasta deixou a janela e foi sentar-se na beira da cama. Ambas sorriam com esforço e nenhuma conseguia falar primeiro. Correram assim três longos minutos de acanhamento e observação recíproca. Estela foi a primeira que rompeu o silêncio.

– O teu pesadelo foi um castigo – disse ela –; foi o castigo da caricatura que ontem fizeste. Aquilo não é bonito. Todos sabem que o Procópio Dias é bem recebido em nossa casa. Que se há de pensar de nós, quando virem que se tratam assim as pessoas ausentes?

Iaiá refletiu um instante.

– Era preciso – disse ela –, era uma maneira de desenganar de uma vez as pretensões desse senhor.

– Mas quem te falou nelas?

– O dr. Jorge, que parece protegê-lo. Não é possível que haja ninguém mais feliz do que aquele homem. Bastou gostar de mim, para que todos se empenhem em aprová-lo e aconselhar-me que não devo tomar outro marido. Parece-lhe que eu...

– A que propósito te falou nisso o dr. Jorge?

– A propósito de coisa nenhuma; falou porque é amigo dele. Não lhe disse eu uma vez que um dia, se todos teimarem, serei obrigada a casar com Procópio Dias? Receio muito que assim aconteça.

– Não – disse Estela vivamente –; não há de acontecer assim, primeiramente porque eu não o consentirei nunca; depois, porque tu amas a outro...

– Eu?

– O teu amor de colégio, aos doze anos e meio.

– Ah! – disse Iaiá. E depois de alguns instantes continuou, com um gesto de grande vergonha: – Fiz mal em lhe dizer aquilo; peço-lhe que não repita a ninguém.

Estela não ouviu as últimas palavras. Erguera-se outra vez para dissimular a comoção, que parecia crescer. Entretanto, Iaiá enfiou um roupão e enterrou o pé na chinelinha matinal. Quando, cinco minutos depois, encontrou os olhos de Estela, achou-os sombrios, como os da figura do pesadelo, e insensivelmente buscou ver se teria um abismo ao pé de si.

– Iaiá – disse Estela em tom seco –, tu amas, tu confessas que amas a alguém; quero que me digas o nome desse homem, ouves? Exijo sabê-lo para avaliar o que te convém. Sabes que tenho autoridade de mãe.

Iaiá sentiu ferver-lhe o sangue nas veias.

– Minha mãe morreu – redarguiu com igual sequidão –, estou pronta a obedecer a meu pai.

Estela apenas disfarçou a sensação interior; após alguns instantes de silêncio, saiu.

Longe da enteada, a madrasta deu inteira expansão aos sentimentos que a combaliam. Fechou-se no gabinete do marido; depois evocou o passado, como uma força contra o presente, porque era o presente que ameaçava tragá-la. Um instante abalada pela leitura da carta de 1867, buscou recobrar a antiga quietação, mas a interferência de Iaiá perturbou essa obra de sinceridade. O procedimento da enteada, a súbita conversão às atenções de Jorge, toda aquela intimidade visível e recente acordara no coração de Estela um sentimento, que nem aos orgulhosos poupa. Ciúme ou não, revolvera a cinza morna e achou lá dentro uma brasa. Suspeitou a rivalidade da outra, e não foi preciso mais para que o grito de rebelião fizesse estremecer aquela alma solitária e virgem. O pensamento perdeu a habitual placidez. O coração começou a bater com a celeridade e a violência das grandes febres.

Eram as energias latentes de um amor comprimido, mas intenso, como uma cratera que acaso fechasse uma abóbada de gelo; pior que tudo, tinha a fatalidade de um longo constrangimento, a luta de duas forças igualmente pujantes, indomáveis e cegas. O orgulho vencera uma vez; agora era o amor, que, durante os anos de jugo e compressão, criara músculos e saía a combater de novo. A vitória seria uma catástrofe, porque Estela não dispunha da arte de combinar a paixão espúria com a tranquilidade doméstica; teria as lutas e as primeiras dissimulações; uma vez subjugada, iria direito ao mal.

Ora, no meio desse duelo, já doloroso, embora ainda curto, ouviu Estela a última palavra da enteada, comentário da que lhe escapara na agitação do pesadelo. Saiu dali aterrada, tateando as sombras, e desviando os olhos quando algum clarão de realidade se lhe acendia ao longe. Não podia crer na rivalidade consciente e declarada de Iaiá; era inverossímil, seria a sua própria vergonha e condenação. Mas as palavras retiniam-lhe ao ouvido, e o gesto frio e duro da enteada parecia clarear o que havia obscuro nelas.

Não podia durar muitas horas a situação em que a fatalidade das circunstâncias havia posto as duas mulheres. Iaiá era a mais dúctil[47], e, outrossim, a mais interessada. Logo que Estela a deixou só, caiu em si e compreendeu que, além de ferir cruelmente a mulher que lhe servia de mãe, levantara uma ponta do véu em que trazia envolto o pensamento; ao demais, a injúria produzira a reação do amor, do amor que lhe tinha e não perdera de todo, apesar dos acontecimentos últimos. Na seguinte manhã foi ter com a madrasta.

– Confesso que fui excessiva e desobediente – disse ela –; não o devia ser, mas a senhora falou com um modo tão seco! Tão duro! Pareceu-me que duvidava de mim; fosse o que fosse, não era o seu modo do costume. Sempre a respeitei como minha mãe; não nego, não poderia negar nunca os seus direitos, assim como não desconheço a sua amizade; mas a senhora mesma tem um bocadinho de culpa; sempre me tratou antes como irmã do que como filha. Daí veio alguma confiança, alguma liberdade, e foi por isso que ontem cheguei a esquecer quem éramos, para a tratar como não devia. Foi isso somente; foi um excesso, uma leviandade, nada mais. Consulte o seu próprio coração e ele lhe responderá que não foi mais do que isso. Vá; pergunte-lhe, ele me conhece.

Estela escutou-a silenciosamente, sem vergar a altivez da fronte, mas também sem nenhuma expressão de despeito ou desafio. Luzia-lhe nos olhos alguma coisa que espreitava a alma da outra por baixo das pálpebras descidas. Iaiá falara de um jato, mas não de um só tom; simplicidade, timidez, faceirice – havia de tudo na maneira por que se exprimiu durante aqueles poucos segundos. A explicação era a um tempo sincera e hábil, mas de tal modo se confundiam os dois caracteres, que a própria inabilidade não tinha consciência de si: era antes um instinto do que um cálculo.

– Que me pedes tu? – disse Estela no fim de alguns instantes. – Que te perdoe? Que esqueça a tua imprudência? Uma coisa é mais fácil do que a outra. Estás absolvida; faze agora com que eu esqueça.

---

47. Manipulável.

– Por que não? Eu consegui fazer com que me amasse, quando a senhora não sabia ainda se eu era má ou boa.

– Era fácil. Tua mãe era tua mãe; mas não te amou mais do que eu. Se alguma vez o reconheceste, não foi ontem; ontem cedeste a um mau preconceito contra as madrastas, e levantaste entre mim e ti um espectro, que se pudesse falar seria para te condenar também. Não me queixo; nunca me queixei de coisa nenhuma: quando estimo alguém, perdoo; quando não estimo, esqueço. Perdoar e esquecer é raro, mas não é impossível; está nas tuas mãos.

Subjugada pelo tom com que a madrasta falara, simples, severo e levemente repassado de tristeza, Iaiá cedeu a um nobre impulso de submissão. Pegou-lhe nas mãos e beijou-as. A madrasta sentiu nelas uma lágrima. Não recusou esse testemunho do coração, e tê-la-ia apertado ao seio se lho permitisse a inflexibilidade do espírito. Limitou-se a contemplá-la com os olhos amoráveis de outro tempo.

Quando se separaram daí a alguns minutos, alguma coisa dizia à consciência de ambas que não vinham de fundar a paz, mas simples tréguas. Essa persuasão cresceu nos demais dias, porque uma e outra sentiam-se mutuamente observadas. Como houvesse entre elas um acordo tácito para não turbar a paz doméstica, Luís Garcia não percebeu essa situação nova; Jorge ainda menos do que ele. Iaiá não alterou os hábitos dos últimos dias, conquanto usasse mais alguma cautela; as relações dos dois eram, aliás, tão frequentes e familiares como dantes. Uma vez, como a ausência de Jorge se houvesse prolongado além do costume, Iaiá mostrou-se-lhe um pouco retraída; e, perguntando-lhe ele o que tinha, respondeu afoitamente que a ausência a magoara muito.

– Quatro dias apenas – observou ele.

No primeiro domingo de março, Jorge foi ali às onze horas da manhã, e só achou Luís Garcia e Estela. Iaiá tinha ido à casa de Maria das Dores. Quando a moça voltou, Jorge e Estela estavam no jardim, ao pé da porta da sala; entre ambos havia uma cadeira vaga – a de Luís Garcia, que fora dentro alguns minutos antes. Nenhum dos dois falava nessa ocasião; Estela estalava as unhas, Jorge batia na testa com o castão da bengala.

Era constrangimento? Era dissimulação? Iaiá não soube decidir; mas o aspecto dos dois deixou-a sem pinga de sangue.

No dia seguinte voltou à casa de Maria das Dores; sabia do passeio usual de Jorge; queria vê-lo, falar-lhe. A doente não contava com a visita tão próxima da outra. Iaiá esteve com ela apenas alguns minutos, e saiu fora, a pretexto de que fazia calor e queria ver a tarde. A tarde era bela; o céu tinha todos os tons, desde o escarlate até o opala; ao nascente, algumas nuvens, raras e finas, manchavam de branco o fundo azul.

A casa ficava numa pequena elevação; Iaiá sentou-se numa pedra lisa, que servia de banco, e dali circulou um olhar pelo horizonte, depois desceu os olhos à cidade e ao mar, e esse espetáculo, tão saído deles, levou-a aos tempos, não muito remotos, em que entre ela e o pai nenhum coração viera interpor-se. No meio das reflexões, viu parar um homem, ao longe; era Jorge; vinha a pé, em atitude de quem medita. Passaria ele sem a ver? Ergueu-se; viu-o aproximar-se, parar de novo e olhar na direção da casa. Cortejou-o de longe e fez-lhe sinal para que subisse. Jorge obedeceu sem dificuldade.

Maria das Dores, doente de uma paralisia, ficou estupefata quando viu entrar um desconhecido pela mão de Iaiá, interrogou a moça com os olhos, e Iaiá, depois de um instante de acanhado silêncio, respondeu com desgarre:

– É meu noivo, que vem vê-la. Quero que o conheça e não diga nada a ninguém, ouviu?

Dizendo isso, aproximou-o mais da paralítica. A boa velha contemplou-o alguns instantes, disse-lhe algumas palavras de conselho, pediu-lhe que fizesse feliz a sua filha de criação, e não obteve dele uma palavra ou um gesto de assentimento. Supô-lo comovido; mas ele estava simplesmente atônito.

Saindo fora da casa, assentaram-se à porta, na mesma pedra, assaz larga e extensa para dois.

– Foi preciso dizer-lhe aquilo – explicou Iaiá – porque eu desejo conversar com o senhor, e os noivos conversam mais à vontade. Demais, ela não é só paralítica; tem a vista fraca; amanhã posso substituí-lo, sem que ela dê pela mudança. Agora falemos de nós e daquela carta... E, antes da carta, diga-me, sabia que eu estava aqui?

– Não; mas não vim até estes lados sem esperança de a encontrar. Já que fala na carta, deixe-me dar-lhe uma explicação; se a não dei até hoje, é porque não quisera voltar a um assunto aborrecido para a senhora e para mim.

– Para o senhor?

– Para mim.

Iaiá apertou-lhe a mão com força.

– Vá – disse –; também tenho de lhe dizer alguma coisa grave; mas ouçamos primeiro a sua explicação.

– Oh! Custa pouco – acudiu Jorge. – Escrevi o esboço da carta por me parecer que podia ser-lhe agradável. Lembra-se que uma vez me havia falado naquele sentido? Duvidei mais tarde, e disse-lho. Contudo havia tanta incerteza e contradição entre suas palavras e ações, que não era difícil supor alguma coisa; há paixões que começam assim caprichosamente. A carta era um meio de dizer ao pretendente que seus suspiros podiam não ser inúteis. Era isso; só isso. Confesso que adotei o papel mais passivo, desinteressado, e não sei até se... creio que a senhora já o qualificou de ridículo. A forma podia não ser grave, mas a intenção era afetuosa, e, se merecia um riso, também merecia um aperto de mão. Esboçada a carta, não a mandaria sem mostrá-la; foi o que fiz; mas sua reprovação foi tão eloquente que me fez cair em mim e reconhecer que a carta era demais.

– Era de menos.

– Queria então que fosse eu próprio a Buenos Aires? – perguntou Jorge sorrindo.

– Queria, se ao chegar lhe dissesse: "Pense em outra coisa; Iaiá não o ama".

– Para isso, basta que lhe não diga nada.

– Não o ama – repetiu a moça –, não o ama, não o ama.

– Desta vez é sério e definitivo?

– Que admira? – replicou a moça com gravidade. – Não lhe parece a coisa mais natural do mundo que uma moça não ame o Procópio Dias? Não sei o que são os outros homens; poucos tenho visto; nossa vida é tão retirada! Mas, enfim, não me parece que o Procópio Dias seja homem de se ficar morrendo por ele. E contudo ele morre por mim. Meu coração perdoa-lhe; é o mais que pode fazer. Aceitá-lo seria impossível. Já reparou nos olhos dele? Têm às vezes uma expressão esquisita, que não vejo nos olhos de papai nem nos seus. Não gosto dele; não poderia gostar nunca.

Dessa vez foi Jorge que lhe apertou a mão.

– Tem razão – disse ele –, se o não ama deveras está tudo acabado. Não lhe digo que ele fosse um noivo perfeito; não podia ser; mas aceitável era. Hoje percebo que entre a senhora e ele há alguns contrastes, mas o que é que não concilia o tempo? Esqueça o que lhe disse a tal respeito; e assentemos não falar mais de semelhante assunto. Provavelmente não escreverei nada; é duro dizer a um homem que todas as suas esperanças são vãs.

– A paz do meu espírito não valerá esse sacrifício?

– Vale mais; posso fazê-lo.

Iaiá refletiu.

– Não! Não é preciso; não lhe diga nada; ele há de entender tudo.

Como fizessem uma pausa longa, viram duas ou três pessoas, que passavam embaixo, olharem para cima com certo ar curioso e indiscreto. Jorge ergueu-se.

– Estamos dando na vista – disse ele –; hão de supor que somos dois namorados.

– Sente-se – disse Iaiá em tom intimativo. E continuou: – Que perde o senhor com isso? Dirão que não tem mau gosto em amar uma moça bonita.

– Se dissessem que éramos dois namorados, erravam decerto, porque eu sei... eu suspeito que a senhora ama a outro. Uso dos meus direitos de confidente, exigindo que me diga a verdade.

– Toda – respondeu Iaiá –, e era esse o ponto grave de que lhe queria falar. Ainda uma vez, o senhor estima-me? Tem-me amizade sincera?

– Pois duvida?

– Eu duvido de tudo e de todos; até de mim. Mas enfim, preciso de alguém que me ouça, a quem eu conte o que penso e o que sinto, e até o que receio, porque também receio, e há horas em que tremo sem saber de quê. É verdade, há ocasiões em que me parece que uma grande infelicidade vai cair sobre mim, e daí a nada penso justamente o contrário; penso que vou receber a maior felicidade do mundo, e fico alegre como um passarinho. Coisas de criança, não é?

– Não, coisas de moça. É certo que ama? A quem?

Iaiá olhou para ele algum tempo, satisfeita da impaciência que parecia ler-lhe na fronte.

– Respondo que sim e que não – disse ela. – Se me pergunta a quem amo, digo-lhe que não sei, não amo ninguém; mas sinto alguma coisa misteriosa e esquisita, e não sei... desconfio... não sei que seja. Por que é que as mesmas coisas, que me eram indiferentes, agora me parecem interessantes, e até chego a supor que me falam? Ainda há pouco, antes de o ver, estava a olhar embebida para o céu, quase sem pensar, mas ainda assim curiosa ou ansiosa; olhava para o céu e para o mar; o coração apertou-se-me; depois alargou-se-me como se quisesse devorar tudo. Há dias em que me levanto alegre e viva, como uma criança; papai diz que são os meus dias azuis. Há outros em que tenho vontade de quebrar tudo, e não digo mais de duas palavras em cada hora; são os meus dias negros. Ouço às vezes uma voz que me fala; penso que é alguém e reconheço que a voz é a da minha própria imaginação. Tudo será imaginação, creio; mas é tão novo e tão bom! Em todo caso, parece-me extraordinário, e se não é loucura... É verdade, às vezes penso que vou ficar doida, e nessas ocasiões tenho medo. Será isso?

– Não – acudiu Jorge –, não é loucura, é sabedoria, é a grande sabedoria da natureza. Isso que sente não será amor; mas é necessidade de amar; é o rebate que lhe dá o coração. Alguém virá um dia, e a voz anônima que a senhora costuma ouvir lhe falará então pela boca do homem que o coração lhe apontar.

Iaiá escutava-o como encantada, mas sem olhar para ele. Quando Jorge acabou, fez-se entre ambos uma longa pausa. A moça tinha os olhos no horizonte, onde as cores da tarde desmaiavam rapidamente. Jorge contemplava-a tomado de interesse e até de inveja; compreendia os primeiros sobressaltos desse coração em flor, e dizia a si mesmo que há sensações que o tempo leva para não restituir mais.

Iaiá acordou de suas reflexões.

– Francamente – disse ela –; o senhor não se ri de mim?

– Rir? A senhora não me conhece. Não há que rir de sentimentos sinceros; e seria pagar muito mal a confiança de que me dá prova. Não me julgue um espírito vulgar...

– Papai faz-lhe muitos elogios.

– Há de saber, ou fica sabendo, que minha natureza simpatiza com o que está acima do comum. A senhora vale muito; posso dizer que há dois meses eu ainda a não conhecia...

– Não tente a minha vaidade – interrompeu Iaiá –; prefiro que me dê um bom conselho.

– Dou-lhe um – disse Jorge depois de curta pausa –; resista um pouco a essas sensações, cujo excesso pode perturbar-lhe a existência. Não é só o coração que lhe fala, é também a imaginação, e a imaginação, se é boa amiga, tem seus dias de infidelidade. Dê um pouco de poesia à vida, mas não caia no romanesco; o romanesco é pérfido. Eu, que lhe falo, lastimo não ter já essa ordem de sentimentos em flor, e contudo não sei se ganharia com eles.

– Quê! Não seria capaz de amar?

– Meu coração não envelheceu ainda.

– Entendo; amaria hoje de outro modo...

– De outro modo, e tão sinceramente como dantes; um amor de olhos abertos.

– Penso que o amor verdadeiro, ou ao menos o melhor, é o que não vê nada em volta de si, e caminha direito, resoluto e feliz aonde o leva o coração. Para que servem os olhos abertos?

– A senhora quer saber muita coisa – disse Jorge sorrindo. – Não basta que o coração lhe diga: ame a este; é preciso que os olhos aprovem a escolha do coração. Admira-se? Ouça-me até o fim; eu desejo preservá-la de alguma escolha má. Eleja um marido digno, um espírito que a entenda, que a admire, um homem que a possa honrar; não se deixe levar dos primeiros olhos que pareçam responder aos seus...

Iaiá abaixou a cabeça.

– Não acharei nenhum – disse ela –; eu creio que esse amor morrerá comigo...

Como essa ideia parecesse entristecê-la, Jorge sentiu-se tomado de compaixão, ao ver que persistia naquela aurora pura uma sombra de superstição romanesca. Pegou-lhe na mão, viu-a estremecer, recusar-lha e cruzar os braços.

– Tem medo de mim? – disse ele ao cabo de um instante.

– Tenho.

Jorge calou-se. Com a bengala entrou a reproduzir no chão umas reminiscências de geometria. Sentia-se atalhado, curioso, e tanto desejava como lhe custava sair dali. Não chegava a entendê-la claramente; a verdade, quando ia a tocá-la, parecia inverossímil. Entretanto, Iaiá não rompia o silêncio; tinha a fronte pendida e meditava. Talvez meditava na palavra que acabava de proferir, fruto da situação violenta em que ela própria ou os acontecimentos a haviam colocado. Era a rebelião do pudor. De quando em quando, sacudia a fronte como a expelir uma ideia enfadonha ou cruel. Numa dessas vezes, Jorge disse com brandura:

– Para que negá-lo? A senhora padece; não sei se com razão ou sem ela, mas parece padecer muito!

– Oh! Muito!

E dessa vez a palavra era tão angustiosa, tão sincera, tão vinda do coração, que ele cedeu antes a um impulso de generosidade do que à conveniência de não ser repelido segunda vez. Pegou-lhe nas mãos e pediu-lhe que fosse até o fim da confiança, dizendo-lhe a causa de seus males. Talvez ele pudesse removê-los.

Iaiá inclinou o rosto sobre as mãos de Jorge. Este sentiu nelas algumas lágrimas, vertidas sem soluços. Não passava ninguém; mas ele nem teve tempo de refletir na possibilidade de um estranho. Inclinou-se também e perguntou-lhe afetuosamente o que tinha. Iaiá ergueu a cabeça e enxugou os olhos, mas não respondeu nada.

– A senhora não tem confiança em mim – disse Jorge.

– Há coisas que se não fazem, outras que se não dizem; algumas ficarão entre mim e Deus – retorquiu ela como se fizesse uma reflexão para si. Depois fitou-o e pediu-lhe a promessa de que não diria nada do que acabava de ver e ouvir.

– Essa promessa não se faz; está feita por si. Quanto ao seu segredo, não quero violentá-lo, mas tenho esperança de que a senhora mesma o há de dizer um dia; eu saberei obter-lhe esse resto de confiança que ainda me nega.

– Já! – exclamou a moça vendo Jorge levantar-se.

– Repare que a noite vem caindo; não posso ficar nem mais um minuto. Um confidente tem limites. Olhe; não peço muita coisa, mas desejo alguma coisa mais. Confidente é pouco; mestre ainda menos. Dê-me outro título ou cargo; deixe-me ser seu... seu quê? seu... seu irmão. Sim?

– Não! – disse ela energicamente.

Jorge empalideceu, como se acabasse de ver o fundo da alma da moça. A negativa era alguma coisa mais do que um capricho. Não retorquiu; estendeu-lhe a mão.

– Até quando? – disse ela.

– Até amanhã.

Três minutos depois, Jorge estava na rua. A noite descia rapidamente. Ele não olhou para trás; se olhasse veria a figura de Iaiá envolta já na meia sombra do crepúsculo. Veria mais; vê-la-ia refletir um pouco e espalmar a mão no ar, como uma ameaça, na direção em que ele ia.

Iaiá entrou na casa da doente.

– Seu noivo? – disse esta.

– Já foi.

– Quando é o casamento?

– O dia não sei. – E depois de uma pausa: – Mas que se há de fazer é certo. Ou eu não sou quem sou.

Capítulo XIV

Guiando para casa, Jorge ia agitado e inquieto; recapitulava a conversação que acabava de ter com a filha de Luís Garcia. O acaso propusera-lhe um enigma, o tempo dava-lhe a decifração. Seria a decifração? O espírito do moço recuava, não dava crédito à realidade, pelo menos à realidade aparente; mas esta impunha-se-lhe de quando em quando, e Jorge recompunha todas as circunstâncias daquelas últimas semanas e ainda dos meses anteriores. Que era a esquivança, a rispidez, a hostilidade de Iaiá, senão a máscara de um sentimento contrário, a vingança de um coração atordoado pelo suposto desdém de outro? Essa reflexão vinha tão de molde com os fatos dos últimos tempos, que era difícil achar mais ajustada explicação. Logo depois, considerava que seria absurdo atribuir à moça uma ligeireza e um desgarre inconciliáveis com a prudência que reconhecia nela, a despeito dos assomos de travessura intermitente.

– Impossível! – disse ele sacudindo o ombro.

Mas esse impossível tornava a descer às regiões da probabilidade, até galgar os limites da certeza. A observação lhe mostrava que Iaiá tinha a audácia no sangue, e a razão lhe dizia que um amor sem freio possui todas as imprudências e vertigens; que umas naturezas são estoicas, outras rebeldes; finalmente, que há situações morais incomportáveis, e que a uma candura de dezessete anos é lícito não distinguir entre o sentimento que fala e a conveniência que restringe. Essa era a interpretação benévola; depois vinha a interpretação pessimista. Podia ser que todos aqueles atrevimentos encobrissem um cálculo – o cálculo da ambição, que intentasse trocar a beleza pelo benefício de uma posição ostensiva e superior. Quando essa suspeita lhe brotou no espírito, Jorge não sentiu diminuir a admiração nem a estima; porquanto, a ambição, se ambição havia, parecia ser de boa raça. Mas era impossível combinar o cálculo com as lágrimas daquela tarde, e ele as sentira quentes, silenciosas, e não podia crer que uma vida quase adolescente possuísse já a arte da hipocrisia.

Não há vida tão física ou tão alheia ao sentimento da personalidade que em tal situação não padecesse, ao menos, trinta minutos de insônia. A insônia de Jorge durou mais algum tempo. De envolta com as conjeturas havia um pouco de satisfação pessoal. A certeza ou a probabilidade de que, sem nenhuma ação própria, iniciara nos mistérios do amor uma alma ainda nova e ingênua dava ao coração dele alguma coisa da volúpia do egoísmo; sensação que, aliás, diminuiu quando lhe ocorreu que talvez esse amor obscuro lhe houvesse já causado lágrimas e desesperos. Ele tinha razão quando dizia não ser espírito vulgar. Afrouxara-se-lhe o ardor dos primeiros tempos, a imaginação tinha o voo mais curto; mas a generosidade juvenil ficara intacta, e com ela a faculdade de ressentir as dores alheias.

"Pobre menina!", dizia consigo.

No dia seguinte, Jorge examinou detidamente se lhe convinha tornar à casa de Luís Garcia, ao menos com a assiduidade do costume. A situação moral de Iaiá tendia a agravar-se com a presença contínua dele; em tais casos, a ausência era um ato de critério e até de misericórdia. Misericórdia foi o que ele disse consigo, e sorriu logo depois, com um sorriso de modéstia envergonhada. A verdade é que Jorge ansiava por lá voltar; tinha curiosidade de contemplar a sua obra, agora que a descobria ou presumia havê-la descoberto; se não é que a noite lhe trouxera uma sombra de dúvida, e ele queria verificar definitivamente a realidade.

De noite foi. Luís Garcia estava um pouco ansiado e abatido.

– Venha, doutor! – disse ele quando viu entrar o filho de Valéria – Este coração é o meu importuno.

A mulher procurava animá-lo; a filha tinha o terror nos olhos. Jorge auxiliou a família no trabalho de o confortar; três quartos de hora depois a moléstia cedia, e tornava ao trabalho surdo da destruição. Luís Garcia era outro, logo que passava uma dessas crises; tornava-se gárrulo[48] e risonho, com o fim de reanimar ele próprio a família e comunicar-lhe a esperança que lhe começava a faltar. Jorge não se deixou contaminar da ilusão; recordou a sentença do médico e sentiu a próxima extinção daquele homem. Iaiá não conhecia a sentença do médico; mas o espetáculo da aflição do pai tinha-a prostrado muito. Aparentemente não se lembrava da entrevista da véspera; podia até supor-se que, de quando em quando, não se lembrava da presença de Jorge.

Jorge achou-a nos subsequentes dias, tal qual era nos outros, menos travessa, porém, e muito mais senhora. Ao cabo de uma semana, trazia todos os elementos de convicção: "Ama-me!", pensava ele ao sair dali uma noite. A convicção, por mais que a suspeita o houvesse prevenido, atordoou o espírito

48. Tagarela.

de Jorge, que nessa mesma noite resolveu não voltar lá; resolução varonil, que durou 48 horas.

Alguns dias, três semanas, decorreram assim na mais aprazível familiaridade. Jorge, se não obtivera o título, exercia realmente as funções de irmão mais velho; era um guia, um conselheiro, uma autoridade. Escutava-a com interesse; recebia a confidência dos sentimentos da moça, e as ambições de um coração cuja sede parecia contentar-se da água que pudesse conter a própria mão, no primeiro arroio do caminho. Ao mesmo tempo, buscava temperar-lhe o romanesco com uma forte dose de realidade.

Durante esse tempo, nenhuma frase igual às daquela tarde veio sacudir o espírito de Jorge; nenhuma lágrima lhe caiu nas mãos. Mas, se a palavra não vinha, a voz era insinuante e comovida, às vezes; se os olhos não choravam, luziam ou quebravam-se de um modo pouco comum. Jorge fingia não compreender; mais do que isso, forcejou por se persuadir a si próprio que não compreendia: resultado útil, que lhe dava a vantagem de saborear em silêncio o gozo de se saber amado, sem perder o de contemplar uma natureza original, moralmente exuberante e forte, que, além de tudo, tinha para ele a fascinação do mistério.

No fim daquelas três semanas encontraram-se em casa da paralítica. Não houve acordo, mas nada foi casual.

– Vou amanhã à casa de Maria das Dores – disse Iaiá uma noite, prestes a despedir-se dele.

E no outro dia de tarde, Jorge, que havia rareado os passeios daqueles últimos tempos, acertou de caminhar para ali, e com tão boa fortuna, que achou a moça sentada no mesmo banco de pedra em que lhe falara da primeira vez.

Outra vez, quando Iaiá ali voltou, já encontrou Jorge ao pé da enferma. Maria das Dores estava ainda mais contente com a honra da visita do que com a esmola que ele dissimuladamente lhe levara envolvida em um lenço de ramagens. Jorge animava-a, dizia-lhe que ainda iriam à Penha naquele ano. Iaiá parou à porta, espantada e contente.

– Venha – disse a enferma –, ande ver como seu noivo está caçoando com a velha.

– Agradeço-lhe – disse Iaiá –, creia que ela merece todas as consolações.

Na noite desse dia, quando Jorge entrou em casa, um pouco inebriado da entrevista, achou uma carta de Procópio Dias, que o encheu de contentamento. Procópio Dias tinha necessidade de se demorar ainda uns dois meses. Dois meses! Era a eternidade. Jorge sentiu-se confortado com a notícia de tão longa ausência. Que importava a presença, se ela o não amava? Essa reflexão não a fez Jorge, mas a filha de Luís Garcia, quando ele lhe deu a notícia da carta:

– Que tenho eu que ele esteja ausente ou presente? Ele ou um estranho é a mesma coisa.

A eternidade foi um minuto; os dois meses voaram como um tufão. Um dia, no último desses dois meses, Iaiá disse ao filho de Valéria que achara enfim um marido.

– Um marido? – repetiu Jorge empalidecendo.

– Parece que um marido. Não me aprova?

– Se ainda o não conheço.

– Não sei se é um marido – continuou Iaiá depois de um instante –; mas achei o homem a quem amo.

– É a mesma coisa.

– Ou quase.

Houve entre ambos uma longa pausa, durante a qual Iaiá tinha os olhos fitos no moço, enquanto este não tinha os seus em parte nenhuma; vagavam de um ponto a outro. Iaiá repetiu que achara um marido.

– É a segunda vez que me diz isso – redarguiu Jorge com a voz trêmula e irritada –; se o achou, tanto melhor; casará com ele.

– Não me disse uma vez que não me deixasse ir com os primeiros olhos que parecessem responder aos meus? Não me disse que era conveniente escolher um homem...

– O que eu disse foram palavras sem sentido – tornou Jorge –; não se dão conselhos ao coração que ama. O casamento vem talhado do céu, segundo diz o povo; outros dirão que vem do acaso; ou é o destino de cada um, ou é uma loteria. A senhora não me pede certamente que lhe diga o número em que há de sair a sorte grande? Compre o bilhete e deixe correr a roda. Alguns dias de paciência e nada mais...

A excitação de Jorge era extraordinária, mas não foi longa. Alguns instantes de silêncio bastaram a aplacá-la ou diminuí-la; pelo menos o gesto não traiu a agitação interior. Pálido, sim, estava pálido; mas a voz, se não era firme, perdera a aspereza do primeiro instante.

– Refleti depois da nossa conversa – disse ele –, e não desejo tomar nenhuma responsabilidade em um ato de que depende a felicidade de sua vida.

– Então, não me estima, é o que é – disse Iaiá em voz queixosa.

Jorge respondeu com um olhar, e a resposta que ele quisera fosse um simples protesto transgrediu esse limite: foi um protesto, uma queixa e acaso uma interrogação. Iaiá abaixou os olhos; uma onda de sangue lhe avermelhou a face; Jorge viu-a ofegante e acanhada durante alguns segundos. Não indagou o motivo; ergueu-se para sair. Iaiá reteve-o pela aba do fraque.

– Nega-me então todo o auxílio? – disse ela. – Depois de alguns meses de uma vida em que me acostumei a ouvir seus conselhos, o senhor recusa-me este. Que lhe fiz eu?

– Nada.

Jorge saiu. "Que tenho eu que ela ame, que se case ou não se case? Sou eu seu pai? Seu tutor?" Quando assim falava, sentia dentro de si uma resposta; a consciência desvendava-lhe a realidade. "Sim, tu amas", dizia-lhe ela, "tu não fazes outra coisa há dois meses; deixaste-te envolver nos fios invisíveis; não sentiste que essa intimidade de todos os dias era a gota d'água que te cavava o coração. Ah! Tu querias saciar a curiosidade e sair dali sem deixar alguma coisa, sem receber também alguma outra coisa? Não se brinca com um inimigo; e ela o era, e continuará a sê-lo, porque tu estás definitivamente atado."

A essa voz importuna e verdadeira, Jorge erguia os ombros. Tentou refugiar-se no sono. O sono rejeitou-o de si. Então fumou, desceu à chácara, fatigou o corpo para melhor adormecer o espírito; mas a lua que batia no repuxo mostrava-lhe, ora um casebre de Santa Teresa, ora uma varanda da Tijuca, como se fossem o verso e o anverso da medalha de seu coração, toda a história da vida que ele vivera até ali. A diferença entre uma e outra dessas duas fases é que presentemente o desengano não o levaria à guerra, nem lhe daria os desesperos do primeiro dia. Não; Jorge levantou-se na manhã seguinte um pouco atordoado, mas não inteiramente abatido. Sentia alguma opressão moral, um desejo de saber quem era o adversário preferido. Merecê-la-ia? Que a merecesse, embora; ele tinha um direito anterior e superior; desde que a amava, excluía todos os outros.

À força de pensar naquilo, chegou a entrever a realidade; perguntou a si mesmo se a declaração da moça não seria antes um estratagema. Podia ser; tinha-a visto corar, inclinar o colo, ficar por algum tempo acanhada e comovida. Essa conjetura desabafou-lhe um pouco o espírito, e, por isso que era a conjetura da esperança, não tardou em transferir-se a evidência. Relembrou todas as ações de Iaiá, suas palavras, as circunstâncias e os termos de reconciliação, as lágrimas sem motivo, a paciência, o interesse, o gosto de o conversar; finalmente, esse quê misterioso que divulga a uma alma a preferência de outra. Quando pouco a pouco lhe penetrou no coração essa ideia, Jorge reconheceu que havia sido precipitado. Queria escrever-lhe e recuou; queria lá voltar, mas resolveu o contrário.

"Se é um estratagema", pensou ele, "ela terá nisso o seu castigo; se verdadeiramente ama a outro, que vou lá fazer agora?"

Pensou isso; pensou mais; só não pensou em Estela.

Iaiá não se pôde conter. Ao cabo de sete dias de ausência, determinou ir ao lugar onde mais de uma vez encontrara o filho de Valéria.

– Vai chover – disse Luís Garcia –, guarda a visita para amanhã.

Iaiá teimou na resolução:

– É uma nuvem que passa – disse ela –; em saindo a lua verá como o tempo fica limpo.

Estava inquieta, preocupada, tinha estremecimentos nervosos; não atendeu à segunda observação do pai. O pai dizia-lhe que não havia necessidade de desobedecer para realizar um capricho. Como repetisse a expressão, Iaiá ficou pálida e não ousou responder; mas Estela, que assistia calada aos conselhos de um e à resistência de outra, disse sorrindo à enteada:

– Vá; seu pai deixa-a ir.

Iaiá ia agradecer a intervenção; mas, quando os olhos das ditas mulheres se encontraram, detiveram-se por um instante longo. Poucos minutos depois chegava a moça à casa de Maria das Dores. Despediu Raimundo; a porta estava aberta; entrou. Da sala, onde se deteve, ouviu noutra sala interior a voz de Jorge.

– Não se esqueça; há de entregar-lhe isto, quando ela vier; não mande lá à casa; é um livro.

Iaiá entrou.

– Não contava comigo? – disse ela.

– Não; por isso deixava-lhe este livro – respondeu Jorge tirando o embrulho à doente e entregando-o à moça –, é um romance, creio que lhe falei nele uma vez.

Iaiá tomou-lhe o livro, abriu-o, folheou-o com sofreguidão, como certa de achar uma página marcada. Estava marcada uma página, e a marca era um bilhete. Abriu-o; dizia assim:

> A senhora deu-me uma vez um título que eu esperei viesse a ser verdadeiro. Diga se me enganei, se o céu lhe destinou outro noivo, ou se meu coração pode ter ainda uma esperança. Não lhe custará muito; não custa muito uma simples palavra.

Enquanto ela lia rapidamente estas linhas, e tornava-as a ler, Jorge afastou-se até a sala da frente. A carta era das que não permitem a presença do autor; precisam do prestígio da ausência; são, para assim dizer, expressões truncadas que a imaginação perfaz e amplia. Jorge ia a sair, quando ouviu o rumor dos passos de Iaiá; deteve-se a esperar a resposta. A moça parou diante dele, e entre ambos houve um momento de silêncio e hesitação.

– Cego! – disse enfim Iaiá estendendo-lhe as mãos com um ar de simplicidade e confiança.

Jorge recebeu-as nas suas, e a linguagem que a alma não quis confiar do lábio do homem, eles a disseram com os olhos, durante alguns minutos largos. Jorge perguntou finalmente:

– É certo? Ama-me?

Iaiá cingiu-lhe o pescoço com os braços e inclinou a cabeça com um gesto de submissão. Jorge inclinou-se também e nos cabelos, nos fios de cabelo, que lhe pendiam na testa, pousou o mais puro e fugitivo dos beijos. Ao contato daquele lábio, Iaiá enrubesceu e estremeceu toda; mas não fugiu, não retirou os braços; deixou-se ficar subjugada e feliz.

Homero conta que Vênus, descendo ao campo da batalha entre gregos e troianos, saiu dali ferida e ensanguentada. Iaiá teve a sorte da diva homérica; interpondo-se entre Jorge e Estela trouxe dali ferido o coração. Naquele espaço de alguns meses, obra de paciência e luta, de violência e simulação, para a qual fizera convergir todas as forças morais, não suspeitou que, vencendo ao outro, podia vencer-se a si mesma. Queria ser uma barreira entre o passado e o presente, sem cogitar na dificuldade do plano, nem nas consequências possíveis dele. Sobretudo, não pensou na moralidade da ação. Que podia ela saber disso? A suspeita ia até admitir a persistência do amor no coração da madrasta, mas não lhe atribuía mais do que uma aspiração ou saudade silenciosa; não sabia mais. Para combater esse inimigo inerte é que pôs em campo a porção de astúcia que a natureza lhe dera, as graças do rosto e a rara penetração de espírito.

Iaiá transpôs a soleira e saiu; precisava de ar, de espaço, de luz, a alma cobiçava um imenso banho de azul e ouro, e a tarde esperava-a trajada de suas púrpuras mais belas. Jorge acompanhou-a; a comoção dele era sincera e forte, mas menos intensa, menos desvairada que a de Iaiá, cujos olhos pareciam dizer a tudo o que a rodeava, desde o sol poente até ao último grelo de capim: "Olhai, vede as bodas do meu coração; este é o meu amado".

Perto da noite, Raimundo veio buscá-la; Jorge acompanhou-a. Iaiá lembrou-se de traçar com um grampo, no musgo que reveste o aqueduto, o nome de Jorge e a data; instando com ele, Jorge escreveu também o nome dela. Raimundo sorria entre dentes. Em caminho falaram do presente e do futuro; e, num intervalo, tocaram levemente no passado.

– Sabe que eu tinha um desgostozinho? – disse Iaiá. Jorge interrogou-a com os olhos. – É verdade, um capricho –

continuou ela. – Quisera que o senhor nunca tivesse gostado de outra pessoa, e é bem possível que não seja este o primeiro amor de seu coração.

– Não é – respondeu Jorge depois de um instante de reflexão. – Amei uma vez, há muito tempo; mas todo esse passado acabou.

– Está certo de que acabou?

– Criança! Que noiva receou nunca de um amor antigo, começado e acabado, antes dela ser amada também? Que o novo amor seja sincero e fiel, eis o que se deve pedir e exigir. Quanto ao passado, é como os defuntos; reza-se por ele, quando se reza.

– Tenho medo de almas de outro mundo – tornou Iaiá sorrindo.

Iaiá mostrou-se tão expansiva naquela noite e nos seguintes dias, derramou de tal modo a vida que a enchia que Estela compreendeu tudo o que se passava entre a enteada e Jorge. Há uns amores, aliás verdadeiros, a que precedem muitas contrafações[49]; primeiro que a alma os sinta, tem despendido a virgindade em sensações ínfimas. Iaiá ignorava tudo; não soletrara o amor, aprendera-o de um lance. Trazia o coração intacto. Seu acordar foi uma aurora súbita, mas rutilante e límpida. No meio da embriaguez que lhe dava o novo sentimento, não cogitou nas possíveis consequências dele; não perguntou a si própria se era verdade que no coração da madrasta havia uma saudade ou uma esperança silenciosa, e se isso podia ser a raiz de largos ódios e dissensões domésticas. Não interrogou o futuro. Fenômeno curioso! A lembrança do pai foi por um instante esquecida; o egoísmo do amor devorou-a.

Capítulo XV

A fronte de Estela não tinha a tristeza dos vencidos. O amor persistia no coração, como um mau hóspede; e o espetáculo daqueles últimos meses não fizera mais do que irritá-lo. Mas a força moral de Estela subjugou-o. A luta fora longa, violenta e cruel; a consciência do dever e o respeito de si própria

49. Fingimentos.

acabaram vencendo. Talvez não fosse difícil perceber, por baixo da serenidade do rosto, o cansaço que deixam as grandes tempestades morais. A tempestade ninguém lha viu.

Não obstante, no dia em que a paixão dos dois lhe pareceu evidente, Estela sentiu rugir-lhe no coração um vento de cólera; vento forte e instantâneo. Dessa vez, o olhar penetrante de Iaiá não pôde ler no fundo da alma da madrasta; e porventura lhe diminuiu a suspeita quando a viu contemplar sem irritação nem abatimento a situação nascida de seu esforço único.

Entretanto, a moléstia que solapava a existência de Luís Garcia agravou-se por aquele tempo, e o enfermo foi compelido a pedir alguns meses de licença. Chamado a vê-lo, o médico reconheceu que a enfermidade tocava ao desenlace, e com a enfermidade a vida. Não o disse à família, mas não o escondeu de Jorge, quando este diretamente lho perguntou.

– Está condenado à morte – disse ele –; a moléstia devorou-o lentamente, mas com segurança. Pode viver dois a três meses.

Jorge ficou aterrado. Os acontecimentos tinham tomado tal feição que ele já pedia a vida de Luís Garcia. Quem lho dissera alguns anos antes? Não somente padeceria com a morte do enfermo, mas teria de ver padecer Iaiá, de cuja adoração filial era testemunha, e chegava a recear que o golpe lhe fosse fatal. Nada disse, afetou tranquilidade e indiferença, mas entendeu que os sucessos o designavam a proteger a família e dispunha-se a assumir esse papel, quando fosse ocasião.

Estela não receou menos do que na moléstia anterior; mas dessa vez não interrogou Jorge, conquanto o visse falar ao médico. Nos últimos tempos, o seu silêncio era mais contínuo e habitual. Parecia desinteressada de tudo, menos do marido. Suspeitou da gravidade da moléstia, interrogou o médico, e ouviu deste palavras de esperança.

– Não lhe peço esperanças ilusórias – disse Estela –; peço-lhe que me diga toda a verdade.

– A verdade é cruel de dizer.

– Perdido? – disse ela com voz surda.

O silêncio do médico foi a confirmação daquela palavra. Estela sentiu fugir-lhe todo o sangue, mas não soltou uma lágrima. Pôde refletir no perigo de ser vista essa denúncia do mal, e dominou-se. Quando se achou só consigo, deu livre campo às angústias; encarou a catástrofe e pensou nas consequências da morte e no incerto futuro que a aguardava dentro de poucos dias. O futuro trouxe-a ao presente, o presente levou-a ao passado. A vida só lhe dera alegrias médias e dores máximas. Não foi a paixão que a levou ao casamento, mas somente a conveniência e o raciocínio. No casamento achara os sentimentos de apreço, a mútua consideração, a brandura das relações domésticas; esse fogo, porém, cuja intensidade não dura, mas que é o férvido sol dos primeiros dias, precursor necessário da tarde repousada e da noite tranquila, esse fogo, essa fusão de duas existências, esse ardor expansivo, condição de sua natureza moral, não os conheceu Estela. Ou o destino ou o orgulho privou-a de achar no casamento a paixão santificada. Pois bem, se alguma coisa podia compensar-lhe a falta era a longa duração de uma felicidade segura, embora tíbia[50]; era envelhecer sob a monotonia de um horizonte sem sol nem tempestade. O destino negava-lhe a compensação.

Não tinha Estela ao pé de si com quem repartisse as tristezas. O pai seria o último de todos. A viuvez deixá-la-ia sem família. Essa ideia trouxe outra – a de apressar o casamento da enteada, de modo que nenhum vínculo moral lhe sobrevivesse ao marido. Uma noite, tendo Luís Garcia adormecido, Estela deu a perceber à enteada que o estado do pai era grave. Iaiá empalideceu. Jorge fez um gesto de reprovação.

– A moléstia não é leve, decerto – disse este –, mas não se segue daí que se deva...

– Tudo se deve prever – tornou Estela. – Pela minha parte, entendo que prevenir um caso fatal não é fazer com que ele se dê. Iaiá sabe o amor que lhe tem seu pai; seria para ele uma fortuna poder abençoá-la. Vamos lá – continuou ela, pegando nas mãos de um e de outro –, por que é que se não casam?

Momentaneamente acanhados, nenhum deles assentiu nem recusou. Iaiá olhava espantada para a madrasta.

– O silêncio é uma maneira de responder – continuou esta –; querem dizer que concordam comigo, não é? Nesse

50. Débil, sem ardor.

caso, seremos três para fazer a coisa mais simples do mundo, que é casar duas criaturas que se amam... Por que não a pede o senhor amanhã? O casamento pode ser feito dentro de poucos dias, à capucha, coisa simples...

Iaiá tinha enfim saído do primeiro instante de estupefação.

– Mas papai está mal? – disse ela.

– Todos nós estamos mal, apesar de termos saúde – respondeu Estela –; num dia cai a casa. A doença dele é grave, é coração...

– Tem razão – interveio Jorge –; podemos concluir tudo em poucos dias, duas semanas, quando muito, ou três.

Jorge não ficou pouco impressionado da intervenção de Estela. Conhecendo os sentimentos que a distinguiam, admirava essa impassibilidade moral que esquecia ou fingia esquecer. Depois examinou-se a si próprio; sentiu que o amor que o dominava agora, posto fosse profundo, não era violento, não lhe queimava o coração. Comparou-se ao que tinha sido, e esse cotejo, no primeiro instante, não foi importuno; foi antes lição e filosofia. Mentalmente sorriu. Era ele o mesmo homem? Outrora caminhara resoluto às soluções trágicas; agora, com igual sinceridade, entregava o coração a outra mulher. Na fronte desta mal ousara roçar um ósculo medroso e casto, ele, que fizera a cena da Tijuca. O homem não era o mesmo. Embora a isenção presente, Jorge experimentou um pouco da nostalgia do passado; sorria sem amargura, mas com um travo de melancolia.

– Aquele orgulho é ainda maior do que eu pensava – dizia ele.

No dia seguinte, Procópio Dias veio acordá-lo em casa.

– Quando chegou? – perguntou Jorge.

– Ontem de tarde; a primeira visita que faço é esta. Demorei-me mais do que queria; mas enfim cá estou, cá estou, e mais magro. O senhor é que me parece mais gordo.

Procópio Dias falou compridamente da política argentina e da magistratura de Buenos Aires; falou também um pouco das mulheres platinas. De quando em quando, abria um claro, como para deixar que o outro intercalasse alguma coisa menos estrangeira; Jorge, porém, falava pouco e sem apetite; o constrangimento dele foi visível quando Procópio Dias o interrogou acerca da família de Luís Garcia; respondeu-lhe sem interesse. Procópio Dias fitou-o durante alguns segundos; as rugas da testa engrossaram-se-lhe extraordinariamente.

– E Iaiá? – disse ele. – Parece-lhe então que nenhuma esperança...

Fez uma pausa; Jorge preencheu-a com um sorriso descorado, mas assaz explicativo. Procópio Dias começou a farejar a realidade, mas nenhuma das linhas do rosto denunciou a impressão que esta lhe causara. Após um silêncio largo, entrou a rir de bom humor.

– Quer que lhe diga um coisa? – perguntou ele. – Saiba que volto curado. Quando penso na moléstia tenho vergonha; é verdade, tenho vergonha da figura que fiz. Já sou muito maduro para cavalarias altas. A doença ainda me durou algum tempo; sarei com a mudança de clima; o amor, ao menos na minha idade, é uma espécie de beribéri[51]... Há de ter-se rido de mim; é justo, porque eu não faço hoje outra coisa.

Jorge contestou com um simples gesto; mas Procópio Dias falava com tanta naturalidade, ria com tamanha franqueza, que a explicação deu à conversa a vida que ela tendia a perder. Jorge foi mais expansivo, mais alegre; não lhe confiou a nova situação, mas o segredo parecia debruçar-se-lhe das pálpebras e dos cantos da boca. Essa alegria era um respiro da consciência, que se sentia um pouco vexada em presença daquele homem cuja confiança fora a origem de seu recente amor; era também a satisfação de não ter conseguido ligá-lo à filha de Luís Garcia; consórcio repugnante, híbrido, cujo resultado seria dar à moça uma longa amargura sem certeza de resgate.

Quando Procópio Dias saiu dali ia suspeitoso da realidade. “Mas a outra?”, dizia ele consigo. Sacudiu os ombros, e não ficou mais tranquilo. Levava já no peito um pouco de impaciência e irritação; tinha a fronte obscurecida por uma nuvem. Mais tarde alumiou-a um clarão súbito, ainda que frouxo; era um reflexo de esperança. Talvez houvesse julgado

51. Doença ocasionada pela falta de vitamina B1.

com precipitação: era possível atribuir a reserva de Jorge não à competência pessoal, mas a uma maneira de entender as máximas do decoro. Quem sabe? Ele podia ter-se arrependido de haver prometido tanto. Essa reflexão arejou um pouco o espírito, sem lhe tirar de lá o miasma corruptor. Era força conhecer a verdade. Nesse mesmo dia, foi ele a Santa Teresa.

Luís Garcia concedera naquela manhã a mão da filha. Na ocasião em que Procópio Dias ali entrou, tinha-a ele ao pé de si, e contemplava-a com amor e saudade – duas vezes saudade, porque também a morte os viria desunir. Entre si recordava os tempos em que ele e ela eram, um para o outro, toda a terra e todo o céu; e perguntava à natureza se era justo sobrepor ao primeiro vínculo outro vínculo estranho, e a natureza lhe respondia que não somente era justo, mas até necessário. Então o pai sentia-se feliz com a felicidade da filha, cujo egoísmo lhe ensinava a abnegação. Se ela devia amar a outrem, que faria ele mais do que ceder? Quanto ao noivo eleito, merecia-lhe todas as aprovações; era o único estranho que lhe penetrara um pouco mais na intimidade; amante, benquisto e opulento, podia dar à moça, além da felicidade do coração, todas as vantagens sociais, ainda as mais sólidas, ainda as mais frívolas – e esse homem obscuro, enfastiado e cético saboreava a ventura que a filha iria achar no turbilhão das coisas que ele não cobiçara nunca.

Uma noite bastou a Procópio Dias para conhecer a situação. Não obstante as declarações do pretendente, que aceitou como sinceras, Jorge buscou dissimulá-la. Se Procópio Dias não tornasse a ver a moça, é possível que o tempo lhe abafasse a paixão. Mas viu-a, e viu-a mais bela do que a deixara.

– E a outra? – dizia ele.

Dessa vez a pergunta não passou vagamente; trouxe uma ideia consigo, diante da qual Procópio Dias chegou a recuar. Essa ideia era envenenar na própria origem a afeição recente; nada menos que denunciar a madrasta à enteada. Se alguma coisa pudesse atenuar a perversidade de semelhante recurso, era a persuasão que tinha de que diria a verdade. Cria deveras no amor secreto dos dois; com algum esforço poderia fazer supor que o casamento da filha de Luís Garcia era uma sugestão da madrasta. Ele próprio achava essa combinação verossímil, conveniente, reparadora.

– Maganão![52] A duas amarras! – dizia o pretendente em tom surdo.

A ocasião veio. Um pouco irritada com a assiduidade de Procópio Dias e a confiança que parecia renascer nele, Iaiá assentou de lhe dizer francamente que estava prestes a casar. Procópio Dias empalideceu. Supunha apenas provável o que era já definitivo. Olhou longamente para ela; a extinção da esperança não implicava a extinção do desejo; pelo contrário, vinha pungi-lo e açulá-lo.[53] Seus olhos mostraram então duas expressões diversas; a primeira involuntária, a mesma com que os dois velhos de Israel espreitavam a filha de Helcias[54], um olhar terreno e mau; a segunda voluntária, não de queixa, não de súplica, mas de lástima. A ideia ruim tornava a arder-lhe no cérebro.

– Não sabia – disse ele, depois de curta pausa. – Com quem?

– Com o dr. Jorge.

– Ah!

Procópio Dias riu com a testa, e tornou-se a deitar-lhe um olhar de lástima.

– Pobre moça! – murmurou ele entre dentes.

Iaiá fitou-o severamente; depois sorriu e perguntou com alguma ironia:

– Não aprova a escolha?

– A escolha é excelente – disse ele –; mas há circunstâncias que fazem do ótimo péssimo. Ouça-me: a senhora sabe que eu a amei; supõe talvez que já não a amo e engana-se; amo-a como no primeiro dia. Tive ideia de casar com a senhora; perdi a ideia, mas guardei o sentimento. Talvez isso lhe diminua a sinceridade das minhas palavras; mas eu cedo à voz da consciência, sem calcular a sua aprovação...

Fez uma pausa.

---

52. Malandro, velhaco.

53. Intensificá-lo.

54. Referência aos episódios bíblicos de Daniel, 13, sobre os dois anciãos que se apaixonam por Suzana, filha de Helcias.

– Acabe – disse a moça.

– Há coisas que um coração inexperiente não pode entender; coisas que talvez se lhe não devam referir. Quer um conselho? Não aceite o casamento; desfaça-o, não para casar comigo, mas desfaça-o.

Iaiá fez-se pálida. Procópio Dias, pasmado do próprio arrojo, compreendeu que havia ido longe naquelas poucas palavras; mas já não havia meio de as explicar de modo verossímil. Como se fizesse um monólogo interior, abanava a cabeça ou levantava a ponta do lábio, enquanto os olhos, perdidos no ar, tinham o aspecto vítreo das fortes concentrações. Iaiá olhou para ele atônita e confusa: não sabia o que pensasse, não podia ou não queria entender. Afinal, coligindo todas as forças, perguntou audazmente por que motivo lhe cumpria desfazer o casamento.

– Qualquer que seja o motivo – disse ele –, não lhe aconselho que o aceite logo como decisivo. Reflita antes de resolver; a responsabilidade será sua, do mesmo modo que o benefício há de ser seu. Meu conselho é que o desfaça.

– Por quê?

– Porque muitas vezes o casamento é... é uma máscara, uma... Seu noivo ama a outra pessoa... Que tem?

Iaiá fizera-se lívida. Terror, indignação, abatimento, sua alma passou por todos esses estados, padeceu-os até simultaneamente, sem que a boca achasse uma só palavra de resposta ou de protesto. A delação fulminara-a; nunca Procópio Dias chegou a compreender o motivo de tamanho e tão súbito efeito. O efeito aterrou-o em parte, e em parte o consternou; alguma fibra lhe ficara intacta, no meio da decomposição moral de todo o seu ser, essa bastou a ressentir o golpe que ele mesmo vibrara.

– Outra... Que outra? – balbuciou Iaiá segurando-lhe um dos braços.

Procópio Dias abanou a cabeça solenemente, como a dizer que não podia ir mais longe. A esse gesto seguiu-se um silêncio largo, durante o qual a moça pôde vencer a primeira comoção e refletir sobre o que lhe convinha entender.

– Ama a outra? – disse ela. – Quem quer que seja essa rival, já agora o noivo é meu; e é natural que me ame mais do que a ela, visto que prefere casar comigo...

Não obstante a firmeza que procurava dar à palavra, a palavra era difícil e a voz parecia morrer-lhe na garganta. Procópio Dias compreendeu que a comoção estava apenas dominada e que o veneno penetrara abaixo da epiderme. Era a primeira vez que lhe via esse aspecto dolorido; antes de embarcar, conhecia-a menina caprichosa; depois do regresso, achou-a senhora refletida; naquela ocasião, a dor, oculta embora, como que lhe dava um encanto mais. Efetivamente o rosto de Iaiá traía o estado do coração; os olhos não correspondiam ao esforço que ela fazia para os fixar.

– Se lhe parece, esqueça o meu conselho – disse ele – e não me leve a mal se lhe preguei um susto. Talvez o susto haja passado. Não importa; creia que há casamentos impossíveis; casamentos destinados a... não sei a quê... pode ser que a coisa nenhuma... ou a coisa muito grave, muito grave.

– Cale-se! – rugiu surdamente a moça.

Procópio Dias continuou:

– Uma só palavra – disse ele. – Há de atribuir ao despeito o aviso que lhe dei. É verdade; há uma grande porção de despeito em mim. Por que lhe falaria eu, se não tivesse um motivo pessoal? Esse homem traiu-me; eu tinha-lhe confiado o depósito do meu amor; ele abusou da confiança: fez-se amado em meu lugar. Não me queixo da senhora. A senhora não me devia nada; um pouco de simpatia, talvez; no futuro, pode ser que me deva também um pouco de gratidão.

Procópio Dias saiu logo depois dessas palavras. Estava satisfeito; desde que pôde formular em um ou dois raciocínios o sentimento oculto que o fazia agir, achou nele a legitimidade de tudo o que acabava de dizer. Era um duelo; recebera um golpe na espádua[55], respondia com outro no coração, mais certeiro e provavelmente mortal; e, se não era duelo, era emboscada por emboscada; direito de represália.

Prostrada com o golpe que acabava de receber, Iaiá não teve sequer as lágrimas do desespero nem as da indignação. Há

55. Ombro.

dores secas, como há cóleras mudas. A suspeita, que o tempo devia carcomer de todo, e que o amor de Jorge ia já tornando problemática, essa ruim suspeita renascia tão vivaz e pertinaz como alguns meses antes, quando arrancou aos olhos de Iaiá as primeiras lágrimas de mulher. Não podia crer que o amor de Jorge não fosse sincero; era-o; parecia-o, ao menos. Mas a existência do outro amor, não era já o coração que lho dizia, era uma voz estranha que a vinha delatar: circunstância nova, que fazia convalescer a dúvida anterior, até o ponto de lhe dar todos os visos da realidade. Iaiá sentia-se arrojada outra vez ao vasto e escuro espaço de suas antigas cogitações; erma, desamparada de toda proteção humana, não lhe restava mais que duvidar e gemer, até achar na própria ductilidade de seu espírito a força que lhe não podia dar nenhuma origem exterior.

A madrasta foi ter com ela meia hora depois de sair Procópio Dias. Pouco antes, o marido tivera tamanha aflição, que Estela chegou a recear o último golpe; agora ficava prostrado. Estela apareceu à enteada com o olhar ainda assustado e o passo malseguro; Iaiá não viu essa mudança, nem ouviu as primeiras palavras com que ela lhe falou do pai. Olhava só, enquanto o coração parecia querer despedaçar-lhe a arca do peito.

– Iaiá, ande ter com seu pai; seu pai está hoje muito doente.

Vendo que a moça não se movia, Estela lançou-lhe o braço à roda da cintura.

– Vamos – disse.

Iaiá estremeceu toda; depois, metendo-lhe as mãos nos ombros, empurrou-a violentamente e caminhou para a porta.

– Iaiá! – bradou a madrasta.

A enteada voltou-se e, estendendo o dedo sobre os lábios, impôs-lhe silêncio. O olhar desvairado e incônscio parecia antes de loucura que de indignação. Estela ficou estupefata.

Luís Garcia foi o laço que ainda pôde conservar atadas essas duas existências, já agora antipáticas uma à outra. A vida dele era necessária a ambas. Uma punha nela todas as esperanças de um coração crédulo; outra apenas lhe dava aquela porção última, que não desampara os necessitados. Tréguas houve, mas sombrias e violentas. Não se falavam as duas, não trocavam um só olhar na ausência de Luís Garcia; diante dele, mostravam-se como dantes. Essa situação incomportável parecia, aliás, definitiva.

Jorge percebeu-a; ele próprio sentiu a princípio o efeito de um acontecimento, que não podia adivinhar e necessariamente era grave. Iaiá, porém, venceu-se depressa em relação a ele. A alma, se o vento lha fizera dobrar, para logo retomou a posição dos outros dias; mostrou-se terna com ele, afável, impaciente de concluir o casamento. Um só pensamento influía nela: confiscar aquele homem, arrastá-lo consigo, dominá-lo depois, despedaçar de uma vez o laço que supunha atá-lo ao coração da madrasta.

Marcou-se um sábado para o casamento; mas os primeiros dias da semana foram de tão mau agouro que a família resolveu diferi-lo para melhor ocasião. O enfermo piorou rapidamente. A moléstia entrou no último período.

Iaiá viu morrer tristemente o sol do sábado, e não viu nascer mais aprazivelmente o de domingo. Não pensava ainda na morte o pai, mas alguma coisa lhe fazia tremer o coração. A presença de Jorge é que lhe dava ânimo e conforto, posto que ele próprio se sentisse apreensivo com o desenlace próximo da enfermidade de Luís Garcia.

Lenta e caprichosa nos primeiros tempos, a enfermidade teve rápido e inflexível o período último. No fim de poucos dias a morte foi declarada iminente. Estela, não obstante achar-se preparada para o golpe, mal pôde resistir ao primeiro abalo. Iaiá ficou como doida. O pai fora a sua primeira e contínua adoração. Durante alguns anos não conheceu outro mundo, outro afeto, outra família, além daquele homem grave e terno, cujos olhos a protegiam e alumiavam. No primeiro instante não pôde crer na triste nova. Mas a realidade avultou a seus olhos, e foi então que a alma tentou romper todos os elos e voar, antes dele, a esperá-lo na imensa vastidão azul, para empreenderem juntos a derradeira viagem. Não chorou nas primeiras horas; a dor trancara-lhe as lágrimas; mas estas vieram logo depois, e ela as verteu em silêncio, sufocando os soluços, estorcendo-se na solidão da alcova.

Luís Garcia reiterou a Jorge o pedido que lhe fizera uma vez, em relação à família, mas agora restringia-o a Estela.

– Peço-lhe que não desampare os meus. Sei que morro, e quero ter a certeza de que só deixo algumas saudades. O senhor vai casar com minha filha; nada me inquieta a esse respeito. Mas Estela, que não é mãe de Iaiá, ou é somente mãe de coração, Estela vai ficar só, e eu não quisera morrer com a ideia de que a deixo infeliz. Promete-me que não a desamparará nunca?

Jorge prometeu. Estela, que estava presente, procurou tranquilizar o enfermo, e pediu-lhe que não falasse tanto. Luís Garcia não atendeu; exaltou as virtudes da mulher, a dedicação, o zelo, a afeição que lhe tinha.

– Digo-lhe que fui feliz – concluiu ele –; minha alma era já velha, quando à dela se lhe uniu, e contudo... sim, minha alma rejuvenesceu um pouco...

– Já tem falado muito – interrompeu Estela –, descanse, não quero que diga mais nada.

Luís Garcia pediu ainda à mulher e à filha que se amassem como até ali. Tinha falado excessivamente; ficara abatido. Dali em diante, a morte não fez mais do que apoderar-se, trecho a trecho, da sua vítima. Já a noite desse dia foi mais cruel que as anteriores; todo o seguinte dia foi de angústia para as duas mulheres. Na manhã do outro começou a agonia dele, que durou algumas horas.

Ao vê-lo morrer, as duas mulheres ficaram longo tempo prostradas. Era a primeira vez que contemplavam a morte. Nenhuma delas vira nunca expirar uma só criatura humana, e a primeira que a seus olhos se despedia da vida representava para elas largos anos de afeição terna e profunda, e o mais forte laço moral que as ligava uma a outra. Nesse instante solene, abraçaram-se sem reflexão; a dor impeliu-as com a mão de ferro, e madrasta e enteada confundiram ali suas nobres, tristes e inúteis lágrimas.

Aos pés da cama, com o gesto dolorido, Jorge via a aflição das duas mulheres, sem lhes poder nem querer valer. Quanto a Raimundo, não pôde ver expirar o senhor; correu ao jardim, onde ficou longo tempo sentado no chão, com a cabeça encanecida entre os joelhos, sacudido pela violência dos soluços.

Capítulo XVI

A morte de Luís Garcia foi uma complicação mais. Passados os primeiros dois meses, Jorge pensou em realizar o casamento sem aparato, como um simples ato de interesse doméstico, aliás necessário pela situação em que se achavam as duas senhoras. O Sr. Antunes fora morar com elas, e era o chefe natural da família; mas Jorge não esquecera que Luís Garcia nenhuma confiança tinha na pessoa do sogro; demais, entregara diretamente a Jorge a chefia da casa. Ora, cumpria legalizar e santificar a designação do moribundo.

Mas, se isso lhe parecia claro e necessário, não se atrevia ainda assim propô-lo à noiva, e por duas razões. A primeira era o natural respeito à dor da filha, que ele podia magoar ainda mais falando-lhe desde logo no casamento. Era a segunda a frieza e o silêncio com que esta o tratava depois da morte do pai. A diferença era positiva e inexplicável; mas a boa-fé explica tudo, e Jorge atribuiu essa nova feição da moça ao profundo golpe que o desastre lhe desfechara. Sabia da paixão filial de Iaiá; era testemunha dessa adoração constante, que parecia contar com a eternidade da vida.

A ideia de falar a Estela apenas lhe passou pela mente; rejeitou-a sem esforço. Limitou-se a esperar, e ia ali com a assiduidade que lhe permitia a condição de noivo. Ia às noites, não todas; passava uma ou duas horas, a atar e desatar uma conversação frouxa, muitas vezes sem interesse. Sobre todos três, mas principalmente sobre as duas, pesava ainda a lembrança do finado. O Sr. Antunes tomava parte nessas conversações íntimas, e era ele quem forcejava por lhes dar a perdida animação; temperava-a com algum dito folgazão, ouvido com indiferença, quando não com tédio. Posto que o casamento de Jorge com a enteada da filha estivesse tratado, ele nutria a esperança de que alguma coisa o viria desfazer, e nessa carta incerta jogava todo o futuro.

Uma noite, Jorge propôs diretamente a Iaiá a necessidade de apressar o casamento.

– Não sendo a cerimônia pública – disse ele –, não daremos que falar aos outros, se alguma coisa há que falar...

– Quer a minha resposta hoje mesmo? – interrompeu Iaiá.

– Podia ser hoje.

Estela, que estava presente, apoiou a reflexão de Jorge.

– Convém decidir, quanto antes – disse ela –, não vale a pena deixar passar mais tempo sem utilidade.

– Sem utilidade – repetiu Iaiá olhando para o teto.

– Decerto...

Iaiá baixou os olhos aos dois; fitou-os a um e outro, longo tempo, com severidade; depois, retorquiu em tom ríspido:

– Deixem ao menos o tempo de chorar meu pai!

Jorge proferiu algumas palavras de afeição; Estela não protestou nem retorquiu: ergueu-se silenciosamente e deixou-os. O silêncio foi longo, Jorge não tomara à má parte a súplica da noiva; atribuiu-a ao sentimento de piedade filial, que era nela mais forte que qualquer outro.

– Iaiá – disse ele –, ninguém lhe nega o direito de chorar seu pai; se insistimos é em benefício da família. Seu pai recomendou-me que olhasse pelos seus, e eu quisera poder fazê-lo, não como estranho, mas como parente; por isso lembrei a conveniência de realizar o casamento quanto antes, mas se lhe parece que pode ser adiado...

– Pode.

– Até quando?

– Até um dia.

– Que dia?

– Sábado de Aleluia, por exemplo.

– Falemos sério – disse Jorge.

– Sério? Dia de são Nunca.

Jorge franziu a testa.

– Que quer isso dizer? Retira a sua palavra? Em todo o caso, tinha direito de saber o motivo, porque algum motivo há de haver...

Iaiá tinha-se levantado, pegou-lhe a mão e levou-o até a janela. O transtorno das feições era visível; os olhos luziam de impaciência, enquanto a palavra parecia medrosa e recalcitrante. Pasmado do que via, e curioso do que ela lhe iria dizer,

Jorge não pensou sequer em a aquietar; se lhe pegou nas mãos foi por um movimento instintivo; mas quando as sentiu geladas e trêmulas ficou aterrado.

– Que tem, Iaiá? Você padece; vamos, fale, diga-me tudo. Já me não ama?

– Se o não amo! – disse vivamente a moça deitando os olhos ao céu, como a tomá-lo por testemunha da sinceridade de seu coração; mas logo depois arrependeu-se e continuou de um modo compassado e frio. – Amei-o; não importa saber se muito ou pouco, mas amei-o. O senhor foi a primeira pessoa que me fez bater o coração de um modo diferente do que ele batia; foi a primeira pessoa que me disse palavras novas, que me fizeram bem...

Jorge lançou-lhe o braço à cintura e conchegou-a ao coração.

– Pois sim – disse ele –; eu repetirei essas palavras em todo o resto da nossa vida. Seja boa, e sobretudo seja franca. Para que há de negar o que se está vendo? Eu sei que ainda me ama...

– Eu? – disse a moça deslaçando-se-lhe dos braços. – Eu tenho-lhe horror.

Jorge sorriu.

– Horror, por quê? – disse ele.

Mas o gesto da moça veio apagar-lhe o sorriso começado. Iaiá levara as mãos ao seio, como se quisera conter os ímpetos do coração; os olhos luziam-lhe de extraordinário fulgor. Ofegante, por alguns minutos, não pôde articular uma só palavra; quando chegou a falar disse simplesmente:

– Que razão há agora para que nos casemos? – E depois de uma pausa: – Tenho ciúmes do passado, e o senhor amou já uma vez. Assim como eu ia entregar-me ao senhor, com o coração limpo de qualquer outro afeto, assim quisera que o senhor nunca houvesse amado a ninguém. Que é o seu coração para mim? Um sobejo de outra; talvez nem isso; esse mesmo resto não me pertence, não é meu; fiquemos nesse ponto, e tome cada um de nós a sua liberdade.

Iaiá recusou outra explicação, aliás desnecessária; a linguagem era transparente. Jorge saiu dali com o espírito transtornado e confuso. O motivo da recusa, para ser sincero, era pueril ou romanesco demais; nenhuma noiva teve ciúmes de um amor anônimo e extinto; logo, a alusão de Iaiá não era vaga e sem objeto, mas ia direito à pessoa de Estela. Seria isso? Jorge não queria crer e mal podia duvidar.

No dia seguinte, acabado o almoço, apareceu-lhe o pai de Estela.

– Iaiá manda-lhe isto – disse ele sacando da algibeira uma carta.

Jorge recebeu-a pressurosamente e abriu-a; leu estas palavras únicas: "Não posso ser sua mulher; esqueça-me e seja feliz". Empalideceu; tornou a ler a carta, sem a entender, posto que ela não fosse mais do que a fórmula escrita e seca do que Iaiá lhe dissera na véspera. Mas, entre as queixas e efusões de uma hora de desânimo e aquela intimação, havia um abismo; a carta trazia o cunho da resolução definitiva, que ele não achara ou não quisera achar nas declarações verbais da moça.

– Iaiá deu-lhe isto agora mesmo?

– Antes do almoço – respondeu o Sr. Antunes, cujo olhar forcejava por soletrar no rosto de Jorge algumas linhas do drama que supunha haver lá dentro.

– Não lhe parece que Iaiá anda triste? – perguntou Jorge no fim de um minuto.

– A morte do pai prostrou-a muito.

Jorge foi dali ao gabinete; o Sr. Antunes acompanhou-o. A preocupação do moço era uma chuva benéfica às esperanças do pai de Estela, que todas pareciam reflorir. Como este falasse da filha com a prolixidade astuta do pretendente, Jorge atentou numa ideia, que a princípio lhe pareceu absurda, mas com a qual se familiarizou a pouco e pouco; mordeu-lhe o coração a suspeita de que o procedimento de Iaiá era uma desforra de Estela, uma como vingança póstuma. O inexplicável da carta podia justificar até certo ponto essa suspeita sem fundamento nem verossimilhança, que afinal acabou por não achar nenhuma repulsa na consciência dele.

Duas horas depois Jorge escrevia estas poucas palavras à viúva de Luís Garcia:

Iaiá mandou-me há pouco o incluso bilhete. Peço-lhe o favor de uma explicação.

A carta de Iaiá fora escrita naquela manhã, depois de uma noite de agitação e luta. Nem foi a única. Iaiá escrevera outra, menos lacônica, a Procópio Dias. Morto o pai, esse homem fora ali três vezes, sem trocar com a moça uma só palavra relativa à estranha confidência que lhe fizera antes. Eram visitas de meia hora, não mais; durante esse curto lapso de tempo, Procópio Dias não discrepava um instante da gravidade um pouco triste que adotara. Não era o folgazão primitivo, mas também não era um poeta desesperado e pálido; ficava a igual distância de um e outro modelo. Os acontecimentos pareciam aconselhar-lhe uma discreta ausência; mas, além de não ter melindres nem escrúpulos, floria-lhe no peito a esperança, a esperança tenaz dos cobiçosos. Não a sussurrava ao ouvido da moça, nem a ostentava nos olhos, na compostura, nos meneios, todos eles impregnados da submissão de uma alma desenganada e passiva. Iaiá tratava-o com bondade, já agora mais constante; posto não lhe passasse pela cabeça a ideia de vir a desposá-lo, não lhe destoava o aspecto dessa paixão resignada e muda.

Depois de soltar a palavra decisiva, Iaiá entendeu que lhe devia dar a forma última, desligando-se da solene promessa. Não o fez sem muita lágrima solitária. A pobre criança amava o filho de Valéria com a singeleza de um coração quase adolescente, e só então mediu todo o império que ele adquirira sobre ela. Mas duas circunstâncias a induziam ao desfecho; era a primeira a revelação de Procópio Dias, confirmação de suas suspeitas; a segunda foi o espetáculo que se lhe ofereceu aos olhos, naquela noite, logo depois de se despedir do noivo. Sabendo que a madrasta estava no gabinete do pai, ali foi ter e espreitou pela fechadura; viu-a sentada com a cabeça inclinada ao chão, desfeito o penteado, mas desfeito violentamente, como se lhe metera as mãos em um momento de desespero, e caindo-lhe o cabelo em ondas amplas sobre a espádua, com a desordem da pecadora evangélica. Iaiá não a viu sem que os olhos se umedecessem.

– Que se casem! – disse a moça resolutamente.

Desligando-se da promessa feita, Iaiá refletiu que ia ficar só, e que precisava forçosamente de um amparo; foi então que lhe lembrou Procópio Dias. Não encarou a ideia sem repugnância; aceitável na palestra, Procópio Dias era-lhe antipático para a convivência conjugal. Não o podia amar, e, uma vez resoluta a aceitá-lo, começou logo de o aborrecer. Que muito? Era um marido; não exigia outro mérito. A carta que lhe escreveu não saiu de um jato, foi trabalhada e repisada; o texto definitivo dizia que fosse ali sem demora para lhe falar de objeto que interessava à felicidade de ambos. Isto, e nada mais que uma lágrima, que lhe resvalou dos cílios no papel como um protesto contra o que ia nele escrito.

Raimundo, chamado para levar essa carta, recebeu-a depois de alguma hesitação. Olhou para o papel e para a sinhá moça. Depois sacudiu a cabeça com um ar de dúvida. Iaiá simulou não ver nada, mas o gesto do preto impressionou-a. Ia afastar-se, Raimundo reteve-a dizendo:

– Iaiá me desculpe... Esta carta... Raimundo não gosta de falar àquele homem.

– Não lhe fales; basta deixar a carta em casa dele.

Raimundo não insistiu; acompanhou com os olhos a filha de seu antigo senhor, abanando a cabeça com o mesmo ar de alguns momentos antes. Depois olhou para a carta, como se quisesse adivinhar o que ia dentro. Não era só pressentimento, mas também dedução do que ele via naquelas últimas semanas. Tinham-lhe dado notícia do casamento; falara-se nisso todos os dias antes da morte de Luís Garcia. Morto este, cessou toda a alusão ao projeto, que parecia dever executar-se dentro de pouco tempo. O coração do preto dizia que aquela carta era alguma coisa mais do que um recado sem consequência. Quis levá-la a Estela; mas rejeitou o expediente, por lhe parecer infidelidade. Dez minutos depois saiu em direção à casa de Procópio Dias.

Entretanto chegavam às mãos de Estela o bilhete de Jorge e, o de Iaiá. A viúva não podia crer que lera. A carta da enteada era um ato de insubordinação, inexplicável na essência e na forma; e se essa carta a fez pasmar, a de Jorge fê-la gemer.

O noivo desenganado recorria à intervenção de Estela. A primeira amada desse homem era agora a sua confidente, a quem ele escrevia sem saudade, sem remorso, talvez sem hesitação.

– Sogra! – concluiu Estela com amargura; e, erguendo os olhos do papel para o espelho que pendia da parede fronteira, contemplou caladamente as suas graças ainda em flor. Iaiá entrou nessa ocasião. A madrasta chamou-a ao pé de si, e mostrando-lhe o bilhete que escrevera ao noivo, perguntou-lhe o que queria dizer aquilo. A enteada ficou silenciosa durante alguns segundos; mas a resolução deu-lhe força e tranquilidade.

– Quer dizer o que aí está escrito – respondeu ela –; não posso casar com o dr. Jorge.

– Por quê?

– Não posso.

– Por quê? – repetiu Estela com autoridade.

– Amo a outra pessoa.

– Não creio; tem decerto outro motivo.

– Que motivo?

– Nenhum que seja sensato – acudiu a madrasta –, mas algum há de haver, que não seja esse. O passo que deu é grave; não é próprio de uma moça obediente; chega a ser contrário à cortesia. Não importa; tudo se pode explicar; explique-me esta carta.

Iaiá não obedeceu à intimação da madrasta, e para tirar à recusa qualquer aparência ofensiva, conservou um ar de modéstia e resignação. Estela não se deu por vencida; demonstrou-lhe que só um motivo grave podia justificar semelhante procedimento, e que era forçoso dizê-lo ao noivo; lembrou-lhe finalmente a estima que sempre houvera entre Jorge e o pai. Nesse ponto Iaiá estremeceu e fitou na madrasta uns olhos que não eram os de pouco antes. Parecia-lhe sacrilégio evocar o nome do pai. Não se pôde ter; deu um passo e interrompeu-a com sequidão:

– Não posso casar, porque a senhora gosta dele.

Estela, que já então estava sentada, ergueu-se de golpe ao ouvir essa súbita e inesperada explicação. A face pálida, que o traje da viúva ainda mais empalidecia, tingiu-se de uns longes de vermelho. Podia ser confusão ou indignação. Durante uma pausa relativamente longa, Iaiá não tirou os olhos da madrasta. Essas duas lâmpadas buscavam examinar-lhe, no momento supremo, todos os recantos da consciência e todos os atalhos do passado. Não disse nada, para melhor gozar do abalo que acabava de produzir em Estela; era o juro do sacrifício. Mas Estela sentou-se daí a pouco, e foi a primeira que rompeu o silêncio.

– Tu estás maluca – disse ela tranquilamente. – Quem te meteu semelhante ideia na cabeça?

– Não examinemos agora quem foi ou o que foi que me fez adivinhar a verdade – respondeu Iaiá –; basta saber que decidi romper o casamento, que o mandei dizer ao dr. Jorge, e que talvez dentro de poucos dias outra pessoa lhe pedirá minha mão.

Essas palavras transtornaram de todo a viúva, que, atônita e irritada, deu alguns passos na sala, buscando conter a explosão de seus sentimentos. Iaiá foi ter com ela, falou-lhe com brandura e submissão.

– Não se zangue, mamãezinha, se lhe não disse antes o que fiz agora mesmo; estava certa de que aprovaria, ou me perdoaria, quando menos. O homem de que lhe falo ama-me, e a senhora mesma não rejeitou a ideia de me ver casada com ele.

– Não tens culpa da imprudência que cometeste – disse Estela –; porque antes disso tinhas perdido a razão. Vem cá; disseste-me aí uma palavra absurda, e é preciso que me digas outra com que expliques a primeira. Por que eu gosto dele? – continuou depois de alguns instantes. – Que queres dizer com isso?

Iaiá curvou a cabeça.

– Fala!

– Não direi nada; essa palavra explica tudo. Se gosta como eu creio, é a sua felicidade que lhe trago, não digo a troco da minha, porque seria lançar-lhe em rosto o sacrifício, mas a troco de uma ilusão, e nada mais. Não pense que lhe quero mal; não posso querer mal a quem me tem ou teve alguma afeição e substituiu dignamente minha mãe. Se lhe quisesse mal, é provável que não fizesse o que fiz.

Enquanto falava a enteada, Estela tinha a fronte inclinada e pensativa; atitude em que se conservou ainda durante algum tempo.

– Bem vê que acertei – disse Iaiá –; seu silêncio confirma a minha suposição.

– Eu! – exclamou Estela estremecendo. – Tu não entendes nada dos sentimentos, não conheces o coração. Eu amá-lo? Eu? Não! Não é possível!

– Talvez não, mas o que está feito, está feito.

A madrasta quis retê-la, mas não pôde; Iaiá saiu sem dizer nada. Estela ficou atordoada, confusa e até medrosa; reboavam-lhe aos ouvidos as palavras de Iaiá, não como um som exterior, mas como o brado da própria consciência. Venceu o abatimento, reagiu depressa como lhe pediam as circunstâncias e a própria necessidade de sua natureza. Não teve tempo de cogitar no modo por que a enteada chegara a suspeitar um sentimento que ela recalcara no coração. Urgia reparar o mal feito pela imprudência da moça. Estela dispôs-se a responder desde logo à carta de Jorge, e não sabia ainda claramente o que lhe havia de dizer. Tratou primeiro de chamar Raimundo, e vendo que ele não acudia foi ter com Iaiá.

– Raimundo foi levar uma carta minha ao Procópio Dias – respondeu esta.

Estela caiu numa cadeira. Pela primeira vez, alumiou-lhe o espírito uma ideia cruel: a ideia de que a suspeita de Iaiá fosse mais do que uma simples e inocente conjetura. Os olhos que lançou à moça ardiam de indignação. Cobriu-os depressa, não para chorar, mas para fugir aos da outra. O olhar de Estela fez vacilar por um instante a convicção da enteada; a cólera pareceu-lhe sincera e até excessiva; mas o gesto que se lhe seguiu atenuou e desvaneceu a primeira impressão. Iaiá supôs ver na atitude da madrasta uma confissão involuntária, uma expressão de abatimento e desespero, como de pessoa que entrevê a felicidade própria e julga dever sacrificá-la à de outrem. Era generosa. Caminhou para ela, dobrou as curvas, pousou-lhe no regaço os braços, trêmulos de comoção; com as mãos desviou as de Estela e fitou-lhe os olhos, que estavam sombrios.

– Fui estouvada, confesso – disse ela –, devia tê-la consultado antes de fazer o que fiz. Mas eu temia a sua oposição, e não queria torná-la desgraçada. Sou mais moça que a senhora, se tivesse de consolar-me, consolava-me depressa. Mas não tenho; não amava; cedi a um capricho, e não sinto a menor dor ao despedir-me dele. Ande, perdoe-me; e esteja certa de que não a amarei menos do que até agora.

Ergueu-se e procurou beijá-la. A madrasta recuou instintivamente a cabeça; era um resto de repugnância, que a fisionomia ingênua e pura de Iaiá para logo dissipou. Em tão verdes anos, sem nenhum trato social, era lícito supor na menina tamanha dissimulação? Estela concluiu que a ação da enteada vinha, não de uma suposição ultrajante, mas de um impulso desinteressado. Qualquer que fosse o fundamento da suspeita, o procedimento da enteada trazia o cunho da candura e da boa-fé; assim pensando, Estela sentiu desoprimir-se-lhe a alma. Não era generosa – ou tinha somente a generosidade fria e altiva, que nasce da soberba. Mas não era insensível, e o desinteresse da menina tocou-lhe profundamente o coração. Inclinou-se para ela, tomou-lhe a cabeça entre as mãos e fitou-a, com um olhar severo e maternal ao mesmo tempo.

– Perdoo-te – disse finalmente – porque não sabes o que fizeste. A intenção é que te salva do meu ódio; digo mal, do meu desprezo. Se queres medir bem a profundidade do abismo que acabas de cavar, fica sabendo que me injuriaste, pensando servir-me, e que o resultado do teu erro pode talvez arrancar-te lágrimas amargas e inúteis. Teu castigo será que só eu as enxugarei; ouves bem? Só eu.

Dizendo isso, soltou a cabeça da enteada com um gesto ríspido, em que havia ainda um pouco de irritação. Iaiá estava pálida. Sentiu na palavra seca e fria da madrasta um alento de indignação sincera; e a alma caiu-lhe prostrada, mais ainda do que o corpo, que, não podendo suster-se, procurou amparar-se no móvel que achou mais próximo. A dúvida, que já antes atravessara o espírito da moça, começou a invadi-lo. Iaiá fitou Estela com o mais agudo de seu olhares, acompanhou-a de um lado para outro, porque a madrasta, logo depois das palavras que lhe disse, entrara a andar e a refletir. Se a viúva era sincera,

Iaiá acabava de fazer gratuitamente a sua própria desgraça; foi o que a moça pensou. No atordoamento moral em que essa hipótese a lançou, Iaiá achou-se entre dois desejos, maldefinidos, mas inteiramente opostos um ao outro. Quisera e não quisera ter-se enganado; aspirava a conciliar o coração e a consciência. Seu espírito evocou a hora inicial da suspeita – aquela funesta manhã em que a carta de Jorge foi lida por Estela; recordou o gesto da madrasta, o tremor, a lividez, os vivos sintomas de consternação, do medo ou do remorso. Seria engano aquilo? Não era evidente que eles se haviam amado, que se amavam ainda naquela ocasião? E, dada a afirmativa, era acaso impossível que Estela, ao menos, o amasse ainda hoje?

Iaiá ateve-se a essa conclusão, embora confirmasse a ruína de suas esperanças; a conclusão, porém, contrastava com a impassibilidade da madrasta. Já então perdera Estela o alvoroço do primeiro momento. Depois de alguns minutos de reflexão, parara em frente da enteada. Era difícil ver na atitude quieta, no aspecto de matrona severa e digna, alguma coisa que se parecesse com as ânsias, o triunfo ou o abatimento de uma rival. Iaiá deixou-se estar diante dela, a fitá-la e a revolvê-la. A porção da alma que transparecia do rosto da viúva era tão fria, tão indiferente, que mal se podia combinar com o sentimento que Iaiá lhe atribuía. Foi o que esta pensou ver com seus olhos finamente sagazes; e, no meio desse contraste entre o aspecto presente e a revelação passada, Iaiá acabou por não saber definitivamente onde ficava a verdade, e esteve a ponto de lhe pedir de joelhos.

Achavam-se então no gabinete de Luís Garcia, defronte da secretária, onde o finado encontrara, com outros papéis, a carta que dera lugar às conjeturas de Iaiá. Não havia mudança nem no número nem na disposição dos móveis. Só a luz era diferente, porque a daquele dia era viva e clara, coada através de uma atmosfera serena, como a vida anterior dessa família, ao passo que a de hoje vinha turva e meio apagada pelas nuvens de um céu chuvoso e triste. Na longa pausa que houve entre a madrasta e a enteada, os únicos sons que se ouviam eram o rufar da chuva na folhagem do jardim e o tique-taque de um relógio de parede.

– Escuta – disse finalmente Estela –, se alguma razão tens para crer que amo esse homem, é necessário mostrar-te a realidade das coisas.

Estela abriu duas ou três gavetinhas da secretária, e, depois de alguma busca entre os maços de cartas que ali encontrou, virou uma, abriu-a e deu-a à enteada. Iaiá recebeu-a com as mãos trêmulas de curiosidade; leu-a toda; devia ser a mesma que o pai mostrara à madrasta.

– Essa moça era a senhora? – murmurou ela como se ainda esperasse resposta negativa.

– Era eu.

Iaiá deixou-se cair numa cadeira rasa, a mesma em que Estela estivera sentada, quando ouviu a confidência do marido.

– Vês? – disse Estela. – Foi por mim que ele fez o sacrifício de ir para a guerra, sem esperança de ser retribuído nem de contar um dia com a minha gratidão. Foi para a guerra, lutou, padeceu, fiel ao sentimento que o tinha levado, até o ponto de o crer eterno. Eterno! Sabes quanto durou essa eternidade de alguns anos. É duro de ouvir, minha filha, mas não há nada eterno neste mundo; nada, nada. As mais profundas paixões morrem com o tempo. Um homem sacrifica o repouso, arrisca a vida, afronta a vontade de sua mãe, rebela-se e pede a morte; e essa paixão violenta e extraordinária acaba às portas de um simples namoro, entre duas xícaras de chá...

– A senhora não o amou nunca? – interrompeu Iaiá, ao sentir o tremor e o despeito com que a madrasta proferiu as últimas palavras.

– Havia entre nós um fosso largo, muito largo – disse Estela. – Eu era humilde e obscura, ele distinto e considerado; diferença que podia desaparecer, se a natureza me houvesse dado outro coração. Medi toda a distância que nos separava e tratei simplesmente de evitá-lo. Foi então que ele embarcou; interiormente aprovei-o. Talvez lhe não neguei um pouco de compaixão silenciosa, mas nada mais. Casamento, entre nós, era impossível, ainda que todos trabalhassem para ele; era impossível, sim, porque o consideraria uma espécie de favor, e eu tenho um grande respeito a minha própria condição. Meu pai já me achava, em pequena, uns arremessos de orgulho.

Como querias tu que, com tal sentimento, pudesse desposar um homem socialmente superior a mim? Era preciso dar-me outra índole. Todas as felicidades do casamento achei-as ao pé de teu pai. Não nos casamos por amor; foi escolha da razão, e por isso acertada. Não tínhamos ilusões; pudemos ser felizes sem desencanto. Teu pai não tinha os mesmos sentimentos que eu; era mais tímido que orgulhoso. Qualquer que fosse a razão do seu desapego ao mundo, bastava que o tivesse, para me fazer feliz; vivemos assim alguns anos de inteiro isolamento, sem conhecer o amargor, que é o que fica no fundo da vida, sem necessidade da dissimulação... Minto; tive necessidade de fingir, desde que aquele homem aqui apareceu; era necessário. Um dia teu pai mostrou-me essa carta e referiu-me a paixão encoberta que aí se conta; podes imaginar se ouvi tranquila. Mas, fora desse acontecimento, que outro podia perturbar minha alma? Não vi nenhuma porta abrir-se-me por obséquio, nenhuma mão apertou a minha por simples condescendência. Não conheci a polidez humilhante, nem a afabilidade sem calor. Meu nome não serviu de pasto à natural curiosidade dos amigos de meu marido. Quem é ela? Donde veio? Ninguém me perguntou donde vinha, não é verdade? Perguntaste-me quem era eu? Não; amaste-me como tinhas amado tua mãe, e eu amei-te como se foras minha filha. E para isso bastou-nos estender os braços; não foi preciso descer nem subir.

– Não foi – bradou Iaiá comovida, apertando-lhe as mãos.

– Já vês quem eu era e sou; uma espécie de animal feroz, que prefere a charneca[56] ao jardim. Não me senti lisonjeada com a paixão que inspirei; rejeitei, talvez, um marido digno das ambições de qualquer mulher. Era isso o que querias saber? Pois aí tens a minha história, a história dessa carta, que já agora podemos rasgar...

Estela pegou na carta e rasgou-a lentamente, em pedaços miúdos, enquanto a enteada refletia nas revelações que acabava de ouvir. A madrasta deitou os fragmentos do papel à cesta.

56. Terreno árido.

– Resta consertar a imprudência e casar – disse Estela dando à palavra um tom galhofeiro.

– Não sei! – murmurou Iaiá. – O que a senhora me disse é grave; não há sentimentos eternos. Parece que, depois de tamanha paixão, qualquer outro afeto não terá longa vida.

– Por que não? Não hás de querer agora uma paixão que o leve à guerra; seria um desastre. Mas está nas tuas mãos fazer que ele te ame, sempre e muito.

Iaiá refletiu um instante.

– Jure-me que o não ama!

Estela franziu o sobrolho; depois mostrou-lhe o bilhete que Jorge lhe escrevera pouco antes, e cuja redação dissiparia à moça qualquer dúvida em relação ao noivo. Era uma evasiva para lhe não confessar nem mentir. A primeira vez que lhe negara o amor, foi antes um grito do coração que queria enganar-se a si próprio; agora preferia calar-se. A certeza da isenção de Jorge importava muito mais que a de Estela; a alma de Iaiá, no primeiro instante, respirou à larga. O respeito que tinha à madrasta, e um pouco de ciúme retrospectivo que a mordia, ao pensar naquela paixão tão violenta e tão desenganada, empeciam à moça qualquer outra manifestação. Quando se achou a sós consigo, levava o espírito arejado da suspeita que o oprimira durante largos meses, mas o vento que o lavou das sombras, lá lhe queimou algumas das flores desabotoadas ao calor do primeiro sol. A felicidade tinha um travo de desgosto e humilhação; o coração tremia de medo.

Quando mais absorta estava nesse contraste de sensações, viu Raimundo transpor a porta do jardim.

Capítulo XVII

Iaiá foi ter com Raimundo.

– Entregaste?

– Não entreguei – disse o preto.

Iaiá ficou alguns instantes imóvel. Raimundo tirou a carta do bolso, e esteve com ela nas mãos, sem atrever-se a levantar os olhos; levantou-os enfim e disse resolutamente:

– Raimundo não achou bonito que Iaiá escrevesse àquele homem, que não é seu pai nem seu noivo, e voltou para falar a nhanhã Estela.

– Dê cá – disse a moça secamente –; não é preciso.

Raimundo entregou-lhe a carta e sacudiu a cabeça encanecida, como se quisera repelir os anos que sobre ela pesavam e retroceder ao tempo em que Iaiá era uma simples criança, travessa e nada mais. Tinha-lhe custado a resolução; três vezes investira a porta de Procópio Dias para obedecer à filha do seu antigo senhor, e três vezes recuara, até que venceu nele o pressentimento – uma coisa que lhe martelava no coração, dizia ele daí a pouco a Estela, quando lhe referiu tudo.

Estela não se deteve mais. Na carta que escreveu a Jorge, disse que a enteada era apenas uma menina romanesca, desconfiada e curiosa, queria desfazer o casamento porque supunha não ser amada com ardor igual ao seu. "Iaiá adora-o", concluiu Estela, "e não se sente adorada. Venha prostrar-se ao pé do altar, e terá em mim a mais piedosa sacristã."

Iaiá teve notícia da carta, e já tarde para opor qualquer objeção. O primeiro impulso foi agradecer a pia fraude da madrasta; mas a alma, picada por um resto de ciúme, depressa conteve o impulso, e a única resposta da moça foi um gesto de acanhamento e um silêncio largo. Ouviu-a depois sem azedume nem impaciência, atenta à menor hesitação que lhe truncasse a palavra, ou à mínima sombra de desgosto que lhe velasse os olhos. A verdade é que a ternura da madrasta e a jovialidade recente de seus modos traziam certa nota desusada e violenta, e esse excesso fazia refletir a enteada.

Entretanto, a carta de Estela chegou às mãos de Jorge, que a leu duas vezes para conseguir entender-lhe o sentido. A explicação tinha o defeito de ser um pouco sutil, mas a alma de Jorge conservava sempre uma porta aberta aos sentimentos extraordinários. Demais, qualquer explicação favorável era um benefício, e aquela tinha a vantagem de afagar o amor-próprio, além de vir ajustada com o espírito inquieto e súbito da noiva. Leu a carta sem cotejar o texto com a assinatura, sem atentar naquela sacristã em cujos ombros quisera outrora atar a veste sacerdotal.

Nessa mesma noite foi à casa da noiva, que o recebeu sem contentamento nem mortificação, um pouco lacônica e meditativa. Nem um nem outro aludiu aos sucessos últimos; fê-lo Estela com muita pertinência e tato. Não obstante, como a explicação da viúva não correspondia exatamente à realidade das coisas, a situação ficou ainda obscura e vaga, e porventura exagerou o acanhamento recíproco. A persuasão de que Iaiá exigia da parte dele maior intensidade de sentimento não inclinara o espírito de Jorge a nenhuma ostentação teatral, mas acabou por lhe infundir deveras maior ternura e aumentou a vitalidade de um sentimento, que é a forma desinteressada do egoísmo, a felicidade de fazer outrem feliz.

– Marquemos o casamento para esta semana – disse Estela na noite de um domingo.

– Ainda não – respondeu a enteada.

Posto visse dissipada a tempestade que lhe negrejara sobre a cabeça, Iaiá enxergava ainda para o lado poente um espectro, e para o lado do nascente uma possibilidade. Esses dois pontos negros vinham estragar a beleza azul do céu e torná-lo pesado e melancólico. O mistério do futuro unia-se ao mistério do passado; um e outro podiam devorar o presente, e ela receava ser esmagada entre ambos. A convivência da família aterrava-a. Que seria para ela o casamento, se tivesse de penetrar nele com a perpétua ameaça diante dos olhos, uma antiga semente de amor, que a primeira brisa da primavera podia fazer brotar e crescer de novo? Acreditava na isenção presente da madrasta, e na inteira cura do marido, mas o futuro? A beleza de Estela estava ainda longe do declínio, e a modéstia de Iaiá fazia-a persuadir de que, ainda no declínio, seria superior à sua.

Uma noite, entrou o Sr. Antunes e deu uma carta à filha, que a leu silenciosamente.

– Olha – disse ela apresentando a carta à enteada.

Iaiá leu-a; eram duas páginas escritas de alto a baixo, e por letra desconhecida. Uma antiga condiscípula de Estela, residente no norte de São Paulo, aceitava a proposta que esta lhe fizera, de ir dirigir-lhe o estabelecimento de educação que ali fundara desde alguns meses.

– Bem vês que é necessário casar-te quanto antes – disse Estela logo que a enteada acabou a leitura.

Iaiá sentiu os olhos úmidos e atirou-se aos braços da madrasta. A efusão era sincera; havia ali afeto, reconhecimento e admiração. Mas, por isso mesmo que era sincera, deveria molestar a madrasta, se alguma coisa pudesse já molestá-la. Estela sorriu, um sorriso que queria dizer: "Bem sei que sou demais". A língua, porém, não proferiu uma palavra única.

– Que quer dizer isso? – perguntou o pai de Estela, que nada sabia da carta, e consequentemente nada entendia daquela expansão da moça.

Estela mostrou-lhe a carta. O pai não pôde acabar de ler: a primeira página fizera-lhe compreender tudo. Seus olhos iam do papel à filha e da filha ao papel, sem que a boca se atrevesse a formular nenhuma queixa ou censura.

– Não digo que me obedeças – murmurou ele –, mas parece que podias consultar-me...

– Eu estava certa da sua aprovação – respondeu Estela. – Ou parece-lhe que fiz mal?

– Nunca fizeste bem em coisa nenhuma – disse tristemente o pai. E pegando-lhe nas mãos: – Tão moça! Tão bonita!

O dia do casamento foi definitivamente marcado naquela noite. Como Estela declarasse que ela própria serviria de madrinha, Iaiá procurou dissuadi-la cautelosamente; também ao noivo repugnou a intervenção espiritual da viúva. Mas Estela não se deu por entendida. O papel de acólita[57], que a si mesma distribuíra, tinha-o desempenhado com lealdade e dignidade. Quis ir até o fim. Era o melhor modo de se mostrar isenta e superior. Jorge sentia-se vexado e transportado ao mesmo tempo, ao observar a simplicidade e o desvelo que a viúva punha naquele ato. Iaiá sentia só admiração e gratidão. Tinha já certeza de que o passado era pouca coisa, e de que o futuro seria coisa nenhuma. O casamento ia separá-las, reconciliando-as.

Casados os dois, Estela preparou-se para seguir viagem, não obstante a resistência do pai, que foi tenaz e hábil. O pai ficaria. Estava já tão cansado para viagens longas! A diferença do clima, a falta de relações, a necessidade de não abrir mão do emprego eram motivos de grave peso para não arriscar-se a deixar o Rio.

---

57. Acólito, na igreja católica, é aquele que ajuda o padre na condução dos atos litúrgicos. Sentido figurado.

– Ao menos, prometes vir ver-me de quando em quando? – disse o Sr. Antunes sentindo tremer-lhe nos olhos uma lágrima sincera.

Estela respondeu que sim; depois pediu-lhe que aceitasse uma mesada. O pai recusou comovido.

– Tu vales muito – exclamou ele. O tom com que proferiu estas palavras deu uma esperança à filha.

– O senhor pode valer ainda mais do que eu – disse ela.

Depois contou-lhe a paixão de Jorge e todo o episódio da Tijuca, causa originária dos acontecimentos narrados neste livro; mostrou-lhe com calor, com eloquência, que, recusando ceder à paixão de Jorge, sacrificara algumas vantagens ao seu próprio decoro; sacrifício tanto mais digno de respeito, quanto que ela amava naquele tempo o filho de Valéria. Que pedia agora ao pai? Pouca e muita coisa; pedia que a acompanhasse, que cessasse a vida de dependência e servilidade em que vivera até ali; era um modo de a respeitar e respeitar-se. O pai escutava-a atônito.

– Tu chegaste a amá-lo! – exclamou ele. – Não o aborrecias? Amaram-se? E só agora sei... Bem digo eu; tu és uma fera. Não tens, nunca tiveste pena de minha velhice... Ele é tão bom! Tão digno! E se morresse por tua causa? Não terias remorso? Não te havia de doer o coração quando soubesses que um moço tão bem-nascido, que gostava de ti... Sim, ele gostava muito de ti; e tu também... e só hoje!

Estela fechou os olhos para não ver o pai. Nem esse amparo lhe ficava na solidão. Compreendeu que devia contar só consigo, e encarou serenamente o futuro. Partiu; o pai despediu-se dela com o desespero no coração – e dessa vez a dor era desinteressada e pura. Jorge consolou-o depressa. Não houve interrupção na convivência, e o Sr. Antunes continuou a achar ali a mesma proteção e cordialidade. Se o casamento fora um atentado, ele os absolveu disso, e repartiu com ambos infinita solicitude. Outra vez comensal assíduo, tornou a ser o homem de confiança. Fora dali, as horas de lazer que lhe deixava o pouco trabalho eram empregadas nas sessões do júri, nas galerias da Câmara dos Deputados ou nos bancos do Carceler.[58] Não tendo já a aspiração de uma aliança vantajosa, adotou a devoção da loteria. Era ele quem dava, secretamente, notícias de Estela a Iaiá.

Esta achou no casamento a felicidade sem contraste. A sociedade não lhe negou carinhos e respeitos. Se, antes de casar, Iaiá possuía o abecedário da elegância, depressa aprendeu a prosódia e a sintaxe; afez-se a todos os requintes da urbanidade, com a presteza de um espírito sagaz e penetrante. Nenhuma nuvem do passado veio sombrear a fronte de um ou de outro; ninguém se interpunha entre eles. Iaiá escrevia algumas vezes a Estela, que lhe respondia regularmente, e no mais puro estilo de família. De longe em longe a enteada presenteava a madrasta, que lhe retribuía logo na primeira ocasião. Quanto a encontrarem-se, era difícil; Estela aplicava todos os seus cuidados à nova ocupação.

Procópio Dias viu a morte de todas as esperanças últimas, com uma filosofia que não supunha ter em si. Naturalmente padeceu alguns dias de despeito; mas o despeito acabou com o amor. Verdade é que o ambiciado casamento abriu nele o desejo de não morrer solteiro; e, perdida uma oportunidade, tratou de haver outras à mão. Ultimamente voltou à região do celibato. Duas ou três vezes encontrou Iaiá e o marido. A última foi num sarau. Jogou o voltarete com Jorge e acompanhou a mulher até a carruagem, não sem lançar um olhar furtivo ao estribo, onde Iaiá pousou o pé, cansado de valsar.

No primeiro aniversário da morte de Luís Garcia, Iaiá foi com o marido ao cemitério a fim de depositar na sepultura do pai uma coroa de saudades. Outra coroa havia sido ali posta, com uma fita em que se liam estas palavras: *A meu marido.* Iaiá beijou com ardor a singela dedicatória, como beijaria a madrasta se ela lhe aparecesse naquele instante. Era sincera a piedade da viúva. Alguma coisa escapa ao naufrágio das ilusões.

Fim

---

58. Café Carceler, localizado na rua 1º de Março, cidade do Rio de Janeiro.

Relendo a fase romântica de Machado

*Fábio Augusto Steyer**

Iaiá Garcia é considerada a última obra da fase "romântica" de Machado de Assis. Assim é apresentada nos livros didáticos a partir da visão de uma historiografia mais tradicional de nossa literatura, que divide sua carreira em duas fases bem distintas, sendo a última (a "realista") considerada a mais importante. Ela representaria o auge da genialidade deste que, sem exagero, é um dos mais importantes autores entre aqueles que algum dia se aventuraram a escrever ficção em língua portuguesa. Mas será mesmo assim?

Para início de conversa, é preciso lembrar que, se as classificações e visões esquemáticas da ciência não funcionam perfeitamente sequer nas áreas exatas, como a física ou a matemática, nas humanidades isso parece ser praticamente impossível. Se estudamos Machado a partir desses parâmetros, talvez seja porque os fins didáticos justificam os meios. Mas a questão que se deve colocar é que ele é um escritor singular em nossa história literária, cujas características superam em muito qualquer visão classificatória que se queira fazer de sua obra. Se em *Iaiá Garcia* e nas outras obras da "primeira fase" é possível realmente encontrar uma série de características claramente românticas, também é verdade que elas já revelam muito do que seria o Machado da "segunda fase", indiscutivelmente superior em termos de qualidade literária. Da mesma forma, como bem lembrou certa vez o professor de literatura Michael Wood, da Universidade de Princeton, há obras da segunda fase, como *Memorial de Aires*, por exemplo, que não diferem tanto das primeiras em tom e estilo. E o próprio Machado, não se

* Doutor em Literatura Brasileira, professor da Universidade Estadual de Ponta Grossa (PR).

pode esquecer, criticava em sua época um tipo de realismo à moda de Eça de Queiroz no qual hoje é frequentemente enquadrado.

Iaiá Garcia foi originalmente publicado sob a forma de folhetim, entre 1º de janeiro e 2 de março de 1878, no jornal *O Cruzeiro*, do Rio de Janeiro, do qual Machado de Assis foi colaborador até setembro do mesmo ano. Ainda em 1878 a editora G. Vianna, do Rio de Janeiro, publicou a primeira edição do romance. A próxima saiu apenas vinte anos depois, em 1898, pela Garnier, que também publicou a terceira, em 1919. Segundo dados da Academia Brasileira de Letras, ao contrário das obras mais conhecidas do autor, como *Dom Casmurro* ou *Memórias póstumas de Brás Cubas*, todas da fase "realista", que foram traduzidas para várias línguas, *Iaiá Garcia* só foi transposta para o inglês, em edição de 1976 da P. Owen, de Londres, com versão de R. L. Buccleuch. Além disso, se comparada às obras da fase "realista", *Iaiá Garcia* e os outros livros do período "romântico" foram objeto de estudos, artigos, dissertações e teses em número bem mais reduzido. Pode-se dizer que o Machado que se lê na atualidade é prioritariamente o da "segunda fase", ficando a fase "romântica" relegada a um plano que não condiz com a qualidade que permeia a carreira do escritor como um todo. Isso sem falar nos contos (Machado é um excelente contista) e na crítica literária, duas facetas de Machado menos conhecidas dos alunos de ensino médio, do público em geral e, lamentavelmente, inclusive em muitos cursos superiores de Letras.

Mesmo assim, *Iaiá Garcia* teve seus momentos de repercussão nacional, sendo inclusive adaptado para outras mídias. No cinema, foi baseado no romance que Geraldo Vietri fez o filme *Que estranha forma de amar*, de 1978. E em 1982, com texto do crítico de cinema Rubens Ewald Filho, tornou-se telenovela, exibida pela TV Cultura.

Agora, essa virada de uma fase para outra na carreira de Machado de Assis, da qual *Iaiá Garcia* pode ser considerado como ponto nevrálgico, já recebeu diversas interpretações dos críticos e historiadores da nossa literatura. Uma delas é a hipótese biográfica de Lúcia Miguel Pereira (*Machado de Assis: estudo crítico e biográfico*), que procura associar a ascensão social de um escritor mulato na sociedade escravocrata do final do século XIX com a possibilidade de crítica à própria classe à qual ele agora passava a pertencer. Também é fundamental lembrar da visão sociológica de Roberto Schwarz (*Ao vencedor as batatas* e *Um mestre na periferia do capitalismo*), com sua análise das "ideias fora do lugar" e da presença das práticas do favor e do clientelismo nas obras da fase "romântica" de Machado, classificadas por ele como "um conjunto de narrativas médias e provincianas" ou como "literatura apagada". Embora admita a presença nos livros desse período de algumas características que mais tarde viriam a consagrar o escritor, dentro de uma certa continuidade, Schwarz efetivamente ressalta a descontinuidade, o que seria o grande salto qualitativo de Machado. Se em *Iaiá Garcia* a perspectiva é relativamente amena a respeito da relação entre proprietários e dependentes, valorizando a dignidade dos atores em suas relações sociais ("relações menos bárbaras para os dependentes, e menos estéreis para os abastados"), nas obras do período "realista" a inovação e radicalização da forma como são tratados os temas e os procedimentos literários utilizados para tal fim (o narrador, por exemplo) são bem mais críticas. Diz Schwarz:

> A desprovincianização literária ocorre em grande escala, seja degradando a figura das relações sociais locais, confrontadas ou expostas à norma e ao progresso da civilização burguesa, nunca sem vexame, seja desmoralizando a reputação incondicional destes mesmos progressos e normas levados, no contexto, a desempenhar papéis deslocados e contrários ao seu conceito.[1]

Ainda a destacar, na fortuna crítica do romance, a pesquisa de Hélio de Seixas Guimarães (*Os leitores de Machado de Assis: o romance machadiano e o público de literatura no século XIX*), que lança a hipótese de que o Machado "romântico" ainda acreditava na possibilidade de uma ficção popular no Brasil de sua época, e que ela, além disso, fosse capaz de descrever e representar artisticamente a sociedade brasileira

---

1. SCHWARZ, Roberto. *Um mestre na periferia do capitalismo*. São Paulo: Editora 34, 2000, p. 237.

de então. O Machado "realista", ao contrário, teria percebido que, numa sociedade em que apenas 18% da população era alfabetizada, sendo que destes apenas 2% tinham condições de ler e comprar livros, esse projeto era impossível. O projeto de um romance popular, nos moldes dos grandes centros urbanos europeus, perseguido por muitos de nossos escritores na virada do século XIX para o XX, estava fadado ao fracasso. Até porque, num país que continuava predominantemente rural, a vida social era ainda marcada pela escravidão e não oferecia nem trabalho, nem escola para os de baixo. Machado, a partir da percepção desse quadro, teria dado uma grande virada em sua carreira, abandonando a ideia de uma ficção popular e elaborando uma obra literária sem concessões, com um nível de exigência interpretativa bem maior para seus (poucos) leitores, momento em que efetivamente vieram à tona de maneira explícita suas qualidades como escritor.

De qualquer forma, parece que, independentemente da posição interpretativa que se assuma a respeito dos diferentes momentos da obra machadiana, é de suma importância que sejam resgatadas as continuidades ao lado das descontinuidades. A fase "romântica" precisa ser muito mais lida, debatida e estudada do que vem sendo na atualidade. *Iaiá Garcia*, como já disse, é ponto central dessa discussão, pois marca um momento de transição. De que modo Luís Garcia, Estela, Jorge, Iaiá e Valéria podem nos ajudar nesse sentido, não cabe discutir neste pequeno texto. Mas quem sabe o narrador convencional de Iaiá Garcia já revele algumas ironias, por mais sutis que sejam, explicitadas depois no Machado "realista". Assim também vale observar a própria forma de descrição e elaboração das personagens, além das situações em que Machado as coloca, bem como algumas possíveis simetrias entre ações e pessoas envolvidas na trama, todas imersas num mundo social atravessado pelo favor. Talvez aí o leitor encontre – mesmo que nas entrelinhas – o Machado de *Brás Cubas* ou *Dom Casmurro*: buscando a continuidade junto com a descontinuidade, para que possamos redescobrir e redimensionar *Iaiá Garcia* e a "fase romântica" no conjunto de sua obra. Afinal, como escreveu o próprio Machado em um famoso conto, "o melhor drama está no espectador e não no palco".

Coleção **L&PM** POCKET

980.**Retrato inacabado** – Agatha Christie
981.**Solanin (1)** – Inio Asano
982.**Solanin (2)** – Inio Asano
983.**Aventuras de menino** – Mitsuru Adachi
984(16).**Fatos & mitos sobre sua alimentação** – Dr. Fernando Lucchese
985.**Teoria quântica** – John Polkinghorne
986.**O eterno marido** – Fiódor Dostoiévski
987.**Um safado em Dublin** – J. P. Donleavy
988.**Mirinha** – Dalton Trevisan
989.**Akhenaton e Nefertiti** – Carmen Seganfredo e A. S. Franchini
990.**On the Road – o manuscrito original** – Jack Kerouac
991.**Relatividade** – Russell Stannard
992.**Abaixo de zero** – Bret Easton Ellis
993(24).**Andy Warhol** – Mériam Korichi
995.**Os últimos casos de Miss Marple** – Agatha Christie
996.**Nico Demo: Aí vem encrenca** – Mauricio de Sousa
998.**Rousseau** – Robert Wokler
999.**Noite sem fim** – Agatha Christie
1000.**Diários de Andy Warhol (1)** – Editado por Pat Hackett
1001.**Diários de Andy Warhol (2)** – Editado por Pat Hackett
1002.**Cartier-Bresson: o olhar do século** – Pierre Assouline
1003.**As melhores histórias da mitologia: vol. 1** – A.S. Franchini e Carmen Seganfredo
1004.**As melhores histórias da mitologia: vol. 2** – A.S. Franchini e Carmen Seganfredo
1005.**Assassinato no beco** – Agatha Christie
1006.**Convite para um homicídio** – Agatha Christie
1008.**História da vida** – Michael J. Benton
1009.**Jung** – Anthony Stevens
1010.**Arsène Lupin, ladrão de casaca** – Maurice Leblanc
1011.**Dublinenses** – James Joyce
1012.**120 tirinhas da Turma da Mônica** – Mauricio de Sousa
1013.**Antologia poética** – Fernando Pessoa
1014.**A aventura de um cliente ilustre** *seguido de* **O último adeus de Sherlock Holmes** – Sir Arthur Conan Doyle
1015.**Cenas de Nova York** – Jack Kerouac
1016.**A corista** – Anton Tchékhov
1017.**O diabo** – Leon Tolstói
1018.**Fábulas chinesas** – Sérgio Capparelli e Márcia Schmaltz
1019.**O gato do Brasil** – Sir Arthur Conan Doyle
1020.**Missa do Galo** – Machado de Assis
1021.**O mistério de Marie Rogêt** – Edgar Allan Poe
1022.**A mulher mais linda da cidade** – Bukowski
1023.**O retrato** – Nicolai Gogol
1024.**O conflito** – Agatha Christie
1025.**Os primeiros casos de Poirot** – Agatha Christie
1027(25).**Beethoven** – Bernard Fauconnier
1028.**Platão** – Julia Annas
1029.**Cleo e Daniel** – Roberto Freire
1030.**Til** – José de Alencar
1031.**Viagens na minha terra** – Almeida Garrett
1032.**Profissões para mulheres e outros artigos feministas** – Virginia Woolf
1033.**Mrs. Dalloway** – Virginia Woolf
1034.**O cão da morte** – Agatha Christie
1035.**Tragédia em três atos** – Agatha Christie
1037.**O fantasma da Ópera** – Gaston Leroux
1038.**Evolução** – Brian e Deborah Charlesworth
1039.**Medida por medida** – Shakespeare
1040.**Razão e sentimento** – Jane Austen
1041.**A obra-prima ignorada** *seguido de* **Um episódio durante o Terror** – Balzac
1042.**A fugitiva** – Anaïs Nin
1043.**As grandes histórias da mitologia greco-romana** – A. S. Franchini
1044.**O corno de si mesmo & outras historietas** – Marquês de Sade
1045.**Da felicidade** *seguido de* **Da vida retirada** – Sêneca
1046.**O horror em Red Hook e outras histórias** – H. P. Lovecraft
1047.**Noite em claro** – Martha Medeiros
1048.**Poemas clássicos chineses** – Li Bai, Du Fu e Wang Wei
1049.**A terceira moça** – Agatha Christie
1050.**Um destino ignorado** – Agatha Christie
1051(26).**Buda** – Sophie Royer
1052.**Guerra Fria** – Robert J. McMahon
1053.**Simons's Cat: as aventuras de um gato travesso e comilão – vol. 1** – Simon Tofield
1054.**Simons's Cat: as aventuras de um gato travesso e comilão – vol. 2** – Simon Tofield
1055.**Só as mulheres e as baratas sobreviverão** – Claudia Tajes
1057.**Pré-história** – Chris Gosden
1058.**Pintou sujeira!** – Mauricio de Sousa
1059.**Contos de Mamãe Gansa** – Charles Perrault
1060.**A interpretação dos sonhos: vol. 1** – Freud
1061.**A interpretação dos sonhos: vol. 2** – Freud
1062.**Frufru Rataplã Dolores** – Dalton Trevisan
1063.**As melhores histórias da mitologia egípcia** – Carmem Seganfredo e A.S. Franchini
1064.**Infância. Adolescência. Juventude** – Tolstói
1065.**As consolações da filosofia** – Alain de Botton
1066.**Diários de Jack Kerouac – 1947-1954**
1067.**Revolução Francesa – vol. 1** – Max Gallo
1068.**Revolução Francesa – vol. 2** – Max Gallo
1069.**O detetive Parker Pyne** – Agatha Christie
1070.**Memórias do esquecimento** – Flávio Tavares
1071.**Drogas** – Leslie Iversen
1072.**Manual de ecologia (vol.2)** – J. Lutzenberger

1073.**Como andar no labirinto** – Affonso Romano de Sant'Anna
1074.**A orquídea e o serial killer** – Juremir Machado da Silva
1075.**Amor nos tempos de fúria** – Lawrence Ferlinghetti
1076.**A aventura do pudim de Natal** – Agatha Christie
1078.**Amores que matam** – Patricia Faur
1079.**Histórias de pescador** – Mauricio de Sousa
1080.**Pedaços de um caderno manchado de vinho** – Bukowski
1081.**A ferro e fogo: tempo de solidão (vol.1)** – Josué Guimarães
1082.**A ferro e fogo: tempo de guerra (vol.2)** – Josué Guimarães
1084(17).**Desembarcando o Alzheimer** – Dr. Fernando Lucchese e Dra. Ana Hartmann
1085.**A maldição do espelho** – Agatha Christie
1086.**Uma breve história da filosofia** – Nigel Warburton
1088.**Heróis da História** – Will Durant
1089.**Concerto campestre** – L. A. de Assis Brasil
1090.**Morte nas nuvens** – Agatha Christie
1092.**Aventura em Bagdá** – Agatha Christie
1093.**O cavalo amarelo** – Agatha Christie
1094.**O método de interpretação dos sonhos** – Freud
1095.**Sonetos de amor e desamor** – Vários
1096.**120 tirinhas do Dilbert** – Scott Adams
1097.**200 fábulas de Esopo**
1098.**O curioso caso de Benjamin Button** – F. Scott Fitzgerald
1099.**Piadas para sempre: uma antologia para morrer de rir** – Visconde da Casa Verde
1100.**Hamlet (Mangá)** – Shakespeare
1101.**A arte da guerra (Mangá)** – Sun Tzu
1104.**As melhores histórias da Bíblia (vol.1)** – A. S. Franchini e Carmen Seganfredo
1105.**As melhores histórias da Bíblia (vol.2)** – A. S. Franchini e Carmen Seganfredo
1106.**Psicologia das massas e análise do eu** – Freud
1107.**Guerra Civil Espanhola** – Helen Graham
1108.**A autoestrada do sul e outras histórias** – Julio Cortázar
1109.**O mistério dos sete relógios** – Agatha Christie
1110.**Peanuts: Ninguém gosta de mim... (amor)** – Charles Schulz
1111.**Cadê o bolo?** – Mauricio de Sousa
1112.**O filósofo ignorante** – Voltaire
1113.**Totem e tabu** – Freud
1114.**Filosofia pré-socrática** – Catherine Osborne
1115.**Desejo de status** – Alain de Botton
1118.**Passageiro para Frankfurt** – Agatha Christie
1120.**Kill All Enemies** – Melvin Burgess
1121.**A morte da sra. McGinty** – Agatha Christie
1122.**Revolução Russa** – S. A. Smith
1123.**Até você, Capitu?** – Dalton Trevisan
1124.**O grande Gatsby (Mangá)** – F. S. Fitzgerald
1125.**Assim falou Zaratustra (Mangá)** – Nietzsche
1126. **Peanuts: É para isso que servem os amigos (amizade)** – Charles Schulz
1127(27).**Nietzsche** – Dorian Astor
1128.**Bidu: Hora do banho** – Mauricio de Sousa
1129.**O melhor do Macanudo Taurino** – Santiago
1130.**Radicci 30 anos** – Iotti
1131.**Show de sabores** – J.A. Pinheiro Machado
1132.**O prazer das palavras** – vol. 3 – Cláudio Moreno
1133.**Morte na praia** – Agatha Christie
1134.**O fardo** – Agatha Christie
1135.**Manifesto do Partido Comunista (Mangá)** – Marx & Engels
1136.**A metamorfose (Mangá)** – Franz Kafka
1137.**Por que você não se casou... ainda** – Tracy McMillan
1138.**Textos autobiográficos** – Bukowski
1139.**A importância de ser prudente** – Oscar Wilde
1140.**Sobre a vontade na natureza** – Arthur Schopenhauer
1141.**Dilbert (8)** – Scott Adams
1142.**Entre dois amores** – Agatha Christie
1143.**Cipreste triste** – Agatha Christie
1144.**Alguém viu uma assombração?** – Mauricio de Sousa
1145.**Mandela** – Elleke Boehmer
1146.**Retrato do artista quando jovem** – James Joyce
1147.**Zadig ou o destino** – Voltaire
1148.**O contrato social (Mangá)** – J.-J. Rousseau
1149.**Garfield fenomenal** – Jim Davis
1150.**A queda da América** – Allen Ginsberg
1151.**Música na noite & outros ensaios** – Aldous Huxley
1152.**Poesias inéditas & Poemas dramáticos** – Fernando Pessoa
1153.**Peanuts: Felicidade é...** – Charles M. Schulz
1154.**Mate-me por favor** – Legs McNeil e Gillian McCain
1155.**Assassinato no Expresso Oriente** – Agatha Christie
1156.**Um punhado de centeio** – Agatha Christie
1157.**A interpretação dos sonhos (Mangá)** – Freud
1158.**Peanuts: Você não entende o sentido da vida** – Charles M. Schulz
1159.**A dinastia Rothschild** – Herbert R. Lottman
1160.**A Mansão Hollow** – Agatha Christie
1161.**Nas montanhas da loucura** – H.P. Lovecraft
1162(28).**Napoleão Bonaparte** – Pascale Fautrier
1163.**Um corpo na biblioteca** – Agatha Christie
1164.**Inovação** – Mark Dodgson e David Gann
1165.**O que toda mulher deve saber sobre os homens: a afetividade masculina** – Walter Riso
1166.**O amor está no ar** – Mauricio de Sousa
1167.**Testemunha de acusação & outras histórias** – Agatha Christie
1168.**Etiqueta de bolso** – Celia Ribeiro
1169.**Poesia reunida (volume 3)** – Affonso Romano de Sant'Anna
1170.**Emma** – Jane Austen
1171.**Que seja em segredo** – Ana Miranda
1172.**Garfield sem apetite** – Jim Davis

1173.**Garfield: Foi mal...** – Jim Davis
1174.**Os irmãos Karamázov (Mangá)** – Dostoiévski
1175.**O Pequeno Príncipe** – Antoine de Saint-Exupéry
1176.**Peanuts: Ninguém mais tem o espírito aventureiro** – Charles M. Schulz
1177.**Assim falou Zaratustra** – Nietzsche
1178.**Morte no Nilo** – Agatha Christie
1179.**Ê, soneca boa** – Mauricio de Sousa
1180.**Garfield a todo o vapor** – Jim Davis
1181.**Em busca do tempo perdido (Mangá)** – Proust
1182.**Cai o pano: o último caso de Poirot** – Agatha Christie
1183.**Livro para colorir e relaxar** – Livro 1
1184.**Para colorir sem parar**
1185.**Os elefantes não esquecem** – Agatha Christie
1186.**Teoria da relatividade** – Albert Einstein
1187.**Compêndio da psicanálise** – Freud
1188.**Visões de Gerard** – Jack Kerouac
1189.**Fim de verão** – Mohiro Kitoh
1190.**Procurando diversão** – Mauricio de Sousa
1191.**E não sobrou nenhum e outras peças** – Agatha Christie
1192.**Ansiedade** – Daniel Freeman & Jason Freeman
1193.**Garfield: pausa para o almoço** – Jim Davis
1194.**Contos do dia e da noite** – Guy de Maupassant
1195.**O melhor de Hagar 7** – Dik Browne
1196(29).**Lou Andreas-Salomé** – Dorian Astor
1197(30).**Pasolini** – René de Ceccatty
1198.**O caso do Hotel Bertram** – Agatha Christie
1199.**Crônicas de motel** – Sam Shepard
1200.**Pequena filosofia da paz interior** – Catherine Rambert
1201.**Os sertões** – Euclides da Cunha
1202.**Treze à mesa** – Agatha Christie
1203.**Bíblia** – John Riches
1204.**Anjos** – David Albert Jones
1205.**As tirinhas do Guri de Uruguaiana 1** – Jair Kobe
1206.**Entre aspas (vol.1)** – Fernando Eichenberg
1207.**Escrita** – Andrew Robinson
1208.**O spleen de Paris: pequenos poemas em prosa** – Charles Baudelaire
1209.**Satíricon** – Petrônio
1210.**O avarento** – Molière
1211.**Queimando na água, afogando-se na chama** – Bukowski
1212.**Miscelânea septuagenária: contos e poemas** – Bukowski
1213.**Que filosofar é aprender a morrer e outros ensaios** – Montaigne
1214.**Da amizade e outros ensaios** – Montaigne
1215.**O medo à espreita e outras histórias** – H.P. Lovecraft
1216.**A obra de arte na era de sua reprodutibilidade técnica** – Walter Benjamin
1217.**Sobre a liberdade** – John Stuart Mill
1218.**O segredo de Chimneys** – Agatha Christie
1219.**Morte na rua Hickory** – Agatha Christie
1220.**Ulisses (Mangá)** – James Joyce
1221.**Ateísmo** – Julian Baggini
1222.**Os melhores contos de Katherine Mansfield** – Katherine Mansfied
1223(31).**Martin Luther King** – Alain Foix
1224.**Millôr Definitivo: uma antologia de *A Bíblia do Caos*** – Millôr Fernandes
1225.**O Clube das Terças-Feiras e outras histórias** – Agatha Christie
1226.**Por que sou tão sábio** – Nietzsche
1227.**Sobre a mentira** – Platão
1228.**Sobre a leitura** ***seguido do*** **Depoimento de Céleste Albaret** – Proust
1229.**O homem do terno marrom** – Agatha Christie
1230(32).**Jimi Hendrix** – Franck Médioni
1231.**Amor e amizade e outras histórias** – Jane Austen
1232.**Lady Susan, Os Watson e Sanditon** – Jane Austen
1233.**Uma breve história da ciência** – William Bynum
1234.**Macunaíma: o herói sem nenhum caráter** – Mário de Andrade
1235.**A máquina do tempo** – H.G. Wells
1236.**O homem invisível** – H.G. Wells
1237.**Os 36 estratagemas: manual secreto da arte da guerra** – Anônimo
1238.**A mina de ouro e outras histórias** – Agatha Christie
1239.**Pic** – Jack Kerouac
1240.**O habitante da escuridão e outros contos** – H.P. Lovecraft
1241.**O chamado de Cthulhu e outros contos** – H.P. Lovecraft
1242.**O melhor de Meu reino por um cavalo!** – Edição de Ivan Pinheiro Machado
1243.**A guerra dos mundos** – H.G. Wells
1244.**O caso da criada perfeita e outras histórias** – Agatha Christie
1245.**Morte por afogamento e outras histórias** – Agatha Christie
1246.**Assassinato no Comitê Central** – Manuel Vázquez Montalbán
1247.**O papai é pop** – Marcos Piangers
1248.**O papai é pop 2** – Marcos Piangers
1249.**A mamãe é rock** – Ana Cardoso
1250.**Paris boêmia** – Dan Franck
1251.**Paris libertária** – Dan Franck
1252.**Paris ocupada** – Dan Franck
1253.**Uma anedota infame** – Dostoiévski
1254.**O último dia de um condenado** – Victor Hugo
1255.**Nem só de caviar vive o homem** – J.M. Simmel
1256.**Amanhã é outro dia** – J.M. Simmel
1257.**Mulherzinhas** – Louisa May Alcott
1258.**Reforma Protestante** – Peter Marshall

lepmeditores

www.lpm.com.br
o site que conta tudo

Impresso na Gráfica BMF
2023

1259.**História econômica global** – Robert C. Allen
1260(33).**Che Guevara** – Alain Foix
1261.**Câncer** – Nicholas James
1262.**Akhenaton** – Agatha Christie
1263.**Aforismos para a sabedoria de vida** – Arthur Schopenhauer
1264.**Uma história do mundo** – David Coimbra
1265.**Ame e não sofra** – Walter Riso
1266.**Desapegue-se!** – Walter Riso
1267.**Os Sousa: Uma famíla do barulho** – Mauricio de Sousa
1268.**Nico Demo: O rei da travessura** – Mauricio de Sousa
1269.**Testemunha de acusação e outras peças** – Agatha Christie
1270(34).**Dostoiévski** – Virgil Tanase
1271.**O melhor de Hagar 8** – Dik Browne
1272.**O melhor de Hagar 9** – Dik Browne
1273.**O melhor de Hagar 10** – Dik e Chris Browne
1274.**Considerações sobre o governo representativo** – John Stuart Mill
1275.**O homem Moisés e a religião monoteísta** – Freud
1276.**Inibição, sintoma e medo** – Freud
1277.**Além do princípio de prazer** – Freud
1278.**O direito de dizer não!** – Walter Riso
1279.**A arte de ser flexível** – Walter Riso
1280.**Casados e descasados** – August Strindberg
1281.**Da Terra à Lua** – Júlio Verne
1282.**Minhas galerias e meus pintores** – Kahnweiler
1283.**A arte do romance** – Virginia Woolf
1284.**Teatro completo v. 1: As aves da noite** ***seguido de*** **O visitante** – Hilda Hilst
1285.**Teatro completo v. 2: O verdugo** ***seguido de*** **A morte do patriarca** – Hilda Hilst
1286.**Teatro completo v. 3: O rato no muro** ***seguido de*** **Auto da barca de Camiri** – Hilda Hilst
1287.**Teatro completo v. 4: A empresa** ***seguido de*** **O novo sistema** – Hilda Hilst
1289.**Fora de mim** – Martha Medeiros
1290.**Divã** – Martha Medeiros
1291.**Sobre a genealogia da moral: um escrito polêmico** – Nietzsche
1292.**A consciência de Zeno** – Italo Svevo
1293.**Células-tronco** – Jonathan Slack
1294.**O fim do ciúme e outros contos** – Proust
1295.**A jangada** – Júlio Verne
1296.**A ilha do dr. Moreau** – H.G. Wells
1297.**Ninho de fidalgos** – Ivan Turguêniev
1298.**Jane Eyre** – Charlotte Brontë
1299.**Sobre gatos** – Bukowski
1300.**Sobre o amor** – Bukowski
1301.**Escrever para não enlouquecer** – Bukowski
1302.**222 receitas** – J. A. Pinheiro Machado
1303.**Reinações de Narizinho** – Monteiro Lobato
1304.**O Saci** – Monteiro Lobato
1305.**Memórias da Emília** – Monteiro Lobato
1306.**O Picapau Amarelo** – Monteiro Lobato
1307.**A reforma da Natureza** – Monteiro Lobato
1308.**Fábulas** ***seguido de*** **Histórias diversas** – Monteiro Lobato
1309.**Aventuras de Hans Staden** – Monteiro Lobato
1310.**Peter Pan** – Monteiro Lobato
1311.**Dom Quixote das crianças** – Monteiro Lobato
1312.**O Minotauro** – Monteiro Lobato
1313.**Um quarto só seu** – Virginia Woolf
1314.**Sonetos** – Shakespeare
1315(35).**Thoreau** – Marie Berthoumieu e Laura El Makki
1316.**Teoria da arte** – Cynthia Freeland
1317.**A arte da prudência** – Baltasar Gracián
1318.**O louco** ***seguido de*** **Areia e espuma** – Khalil Gibran
1319.**O profeta** ***seguido de*** **O jardim do profeta** – Khalil Gibran
1320.**Jesus, o Filho do Homem** – Khalil Gibran
1321.**A luta** – Norman Mailer
1322.**Sobre o sofrimento do mundo e outros ensaios** – Schopenhauer
1323.**Epidemiologia** – Rodolfo Sacacci
1324.**Japão moderno** – Christopher Goto-Jones
1325.**A arte da meditação** – Matthieu Ricard
1326.**O adversário secreto** – Agatha Christie
1327.**Pollyanna** – Eleanor H. Porter
1328.**Espelhos** – Eduardo Galeano
1329.**A Vênus das peles** – Sacher-Masoch
1330.**O 18 de brumário de Luís Bonaparte** – Karl Marx
1331.**Um jogo para os vivos** – Patricia Highsmith
1332.**A tristeza pode esperar** – J.J. Camargo
1333.**Vinte poemas de amor e uma canção desesperada** – Pablo Neruda
1334.**Judaísmo** – Norman Solomon
1335.**Esquizofrenia** – Christopher Frith & Eve Johnstone
1336.**Seis personagens em busca de um autor** – Luigi Pirandello
1337.**A Fazenda dos Animais** – George Orwell
1338.**1984** – George Orwell
1339.**Ubu Rei** – Alfred Jarry
1340.**Sobre bêbados e bebidas** – Bukowski
1341.**Tempestade para os vivos e para os mortos** – Bukowski
1342.**Complicado** – Natsume Ono
1343.**Sobre o livre-arbítrio** – Schopenhauer
1344.**Uma breve história da literatura** – John Sutherland
1345.**Você fica tão sozinho às vezes que até faz sentido** – Bukowski
1346.**Um apartamento em Paris** – Guillaume Musso
1347.**Receitas fáceis e saborosas** – José Antonio Pinheiro Machado
1348.**Por que engordamos** – Gary Taubes
1349.**A fabulosa história do hospital** – Jean-Noël Fabiani
1350.**Voo noturno** *seguido de* **Terra dos homens** – Antoine de Saint-Exupéry
1351.**Doutor Sax** – Jack Kerouac
1352.**O livro do Tao e da virtude** – Lao-Tsé
1353.**Pista negra** – Antonio Manzini
1354.**A chave de vidro** – Dashiell Hammett
1355.**Martin Eden** – Jack London